A MULHER
NA CABINE 10

Ruth Ware

A MULHER NA CABINE 10

Tradução de Alyda Sauer

Título original
THE WOMAN IN CABIN 10

Copyright © Ruth Ware, 2016.

Ruth Ware assegurou seu direito de ser identificada como autora desta obra em concordância com o Copyright, Designs and Patents Act 1988.

Primeira publicação como "The Woman in Cabin 10" por Harvill Secker, um selo da Vintage.
Vintage integra o grupo de empresas da Penguin House.

Direitos para a língua portuguesa reservados com exclusividade para o Brasil à
EDITORA ROCCO LTDA.
Rua Evaristo da Veiga, 65 – 11º andar
Passeio Corporate – Torre 1
20031-040 – Rio de Janeiro – RJ
Tel.: (21) 3525-2000 – Fax: (21) 3525-2001
rocco@rocco.com.br
www.rocco.com.br

Printed in Brazil/Impresso no Brasil

Preparação de originais
Y. A. FIGUEIREDO

CIP-Brasil. Catalogação na fonte.
Sindicato Nacional dos Editores de Livros, RJ.

W235m	Ware, Ruth
	A mulher na cabine 10 / Ruth Ware; tradução de Alyda Sauer. – 1ª ed. – Rio de Janeiro: Rocco, 2017.
	Tradução de: The woman in cabin 10.
	ISBN 978-85-325-3091-2 (brochura)
	ISBN 978-85-8122-709-2 (e-book)
	1. Ficção inglesa. I. Sauer, Alyda. II. Título.
	CDD-823
17-44041	CDU-821.111-3

O texto deste livro obedece às normas do Acordo Ortográfico da Língua Portuguesa.

Para Eleanor, com amor.

No meu sonho, a menina estava se afastando, cada vez mais fundo sob o quebrar das ondas e os gritos das gaivotas, nas profundezas geladas e sem luz do Mar do Norte. Seus olhos risonhos estavam brancos e inchados com a água salgada, a pele clara enrugada, a roupa rasgada pelas pedras pontiagudas, se desfazendo em trapos.

Só restava o cabelo comprido e preto, flutuando na água feito ramos de alga escura, emaranhado em conchas e redes de pesca indo dar na praia, parecendo fios esgarçados de uma corda ali, inerte, e o barulho das ondas se quebrando contra as rochas enchia meus ouvidos.

Acordei, abalada de medo. Levei um tempo para lembrar onde estava, e mais tempo ainda para perceber que o rugido em meus ouvidos não era parte do sonho, mas real.

O quarto estava escuro, com a mesma névoa úmida que havia sentido no sonho, e quando sentei na cama senti uma brisa fria no rosto. Achei que o barulho estivesse vindo do banheiro.

Desci da cama tremendo um pouco. A porta estava fechada, mas, quando me aproximei dela, ouvi o ruído aumentar e as batidas do meu coração acelerando junto. Agarrei a coragem com as duas mãos e abri a porta. O som do chuveiro aberto preencheu o pequeno cômodo enquanto eu tateava à procura do interruptor de luz. O banheiro ficou iluminado. Foi então que eu vi.

Escritas no espelho embaçado, com letras que deviam ter uns quinze centímetros de altura, as palavras "PARE DE FUÇAR".

PARTE UM
Sexta-feira, 18 de setembro

1

O primeiro sinal de que alguma coisa estava errada foi acordar no escuro com a gata passando a pata no meu rosto. Eu devia ter esquecido de fechar a porta da cozinha na noite passada. Era o castigo por chegar bêbada em casa.

— Vá embora — resmunguei.

Delilah miou e esfregou a cabeça em mim. Tentei esconder o rosto no travesseiro, mas ela continuou se esfregando na minha orelha, por isso acabei rolando e a empurrei sem piedade para fora da cama.

Ela bateu no chão com um resmungo indignado e baixo. Eu cobri a cabeça com o edredom. Mas, mesmo sob a coberta, podia ouvi-la arranhando a parte de baixo da porta, que batia na moldura.

A porta estava fechada.

Sentei na cama, o coração acelerou de repente e Delilah pulou na minha cama ronronando contente. Segurei-a contra o peito para imobilizá-la e tentar ouvir.

Eu podia ter esquecido de fechar a porta da cozinha, ou então encostado sem fechar direito. Mas a porta do meu quarto abria para fora; uma falha da estranha planta do meu apartamento. Não havia como a gata ter se fechado ali dentro. *Alguém* devia ter fechado aquela porta.

Fiquei parada, congelada, segurando o corpo quente e ofegante de Delilah, procurando escutar.

Nada.

E então, com uma onda de alívio, achei que ela devia estar escondida embaixo da minha cama e que eu a prendera no quarto quando voltei para casa. Não me lembrava de ter fechado a porta, mas podia ter feito isso distraída, quando entrei. Para ser sincera, nada do que aconteceu a partir da estação do metrô estava claro para mim. A dor de cabeça tinha começado no caminho para casa e, agora que o pânico diminuíra um pouco, senti que a dor recomeçava na nuca. Eu precisava mesmo parar de beber no meio da semana. Não tinha problema aos vinte e poucos anos de idade, só que agora não me livrava das ressacas como antigamente.

Delilah começou a se remexer no meu colo, afundou as garras no meu braço e eu a soltei para vestir o robe e amarrar o cinto. Depois a peguei de novo para botá-la na cozinha.

Abri a porta do quarto e havia um homem lá parado.

Não dá para imaginar como era esse homem, porque, acreditem em mim, repassei isso umas 25 vezes com a polícia.

— Nem mesmo um pouquinho de pele nos pulsos? — eles ficavam perguntando.

Não, não e não. Ele usava um capuz, uma bandana cobrindo nariz e boca, e todo o resto estava no escuro. Menos as mãos.

Ele usava luvas de látex. Foi esse detalhe que me apavorou. Aquelas luvas diziam: sei o que estou fazendo. Diziam: vim preparado. Aquelas luvas diziam, talvez eu queira alguma coisa além do seu dinheiro.

Ficamos parados a eternidade de um segundo, cara a cara, seus olhos brilhantes presos nos meus.

Mil ideias passaram pela minha cabeça. Onde é que estava o diabo do meu telefone? Por que eu tinha bebido tanto aquela noite? Teria ouvido o homem chegar se estivesse sóbria. Ah, meu Deus, como eu queria que Judah estivesse ali.

E acima de tudo aquelas luvas. Ah, meu Deus, aquelas luvas. Eram muito profissionais. Muito *clínicas*.

Não falei nada. Não me mexi. Apenas fiquei parada com meu robe puído aberto na frente, e tremi. Delilah escapou das minhas mãos paralisadas e disparou pelo corredor até a cozinha.

Por favor, pensei. Não me machuque, por favor.

Ah, meu Deus, onde é que estava o meu celular?

Então vi alguma coisa nas mãos do homem. Minha bolsa... minha bolsa Burberry nova, mas esse detalhe parecia imensamente sem importância.

Só uma coisa tinha importância naquela bolsa. Meu celular, que estava dentro dela.

Ele apertou os olhos e tive a impressão de que devia estar sorrindo por baixo da bandana, senti o sangue descer da cabeça e subir das pontas dos dedos, formar uma poça no centro do meu corpo, pronta para lutar ou fugir, o que tivesse de acontecer.

Ele deu um passo para frente.

— Não... — eu disse.

Queria que soasse como um comando, mas saiu como uma súplica, minha voz fraquinha, esganiçada e pateticamente trêmula de medo.

— Nã...

Nem consegui terminar a palavra. Ele bateu a porta do quarto na minha cara, em cheio.

Fiquei um longo tempo paralisada, com a mão no rosto, muda de choque e de dor. Meus dedos estavam congelados, mas senti alguma coisa quente e molhada, e levei mais um tempo para entender que era sangue, que a almofada da porta cortara a maçã do meu rosto.

Quis correr de volta para a cama, enfiar a cabeça embaixo dos travesseiros e chorar, chorar, chorar. Mas uma vozinha chata na minha cabeça não parava de falar: *Ele ainda está aí, e se ele voltar? E se ele voltar para te pegar?*

Ouvi um barulho lá fora no corredor, de alguma coisa caindo, e fui tomada por uma onda de medo que devia ter o efeito de um choque elétrico, só que, em vez disso, me paralisou. *Não volte. Não volte.* Percebi que estava prendendo a respiração, fiz força para soltar o ar, tremendo, depois forcei a mão bem devagar na direção da porta.

Ouvi outro estrondo no corredor, lá fora do quarto, vidro quebrando, então corri, segurei a maçaneta e me preparei, os dedos descalços grudaram nas tábuas velhas e lascadas do assoalho, pronta para manter a porta fechada o quanto aguentasse. Abaixei ali, toda encolhida, de cócoras, com os joelhos dobrados encostados no peito, tentando abafar os soluços com o robe, enquanto ouvia o homem vasculhando o apartamento, e torci para que Delilah tivesse fugido para o jardim, para longe de qualquer maldade.

Por fim, depois de muito, muito tempo, ouvi a porta da frente abrir e fechar. Fiquei lá sentada, chorando com a cara enfiada nos joelhos, sem poder acreditar que ele tinha realmente ido embora. Que ele não ia voltar para me machucar. Minhas mãos estavam insensíveis e duras, mas eu não tinha coragem de largar a maçaneta.

Vi novamente aquelas mãos fortes nas luvas claras de borracha.

Não sei o que podia acontecer depois. Talvez eu ficasse ali a noite inteira, sem conseguir me mexer. Mas ouvi Delilah lá fora, miando e arranhando a porta.

— Delilah — falei com a voz rouca.

Minha voz tremia tanto que mal parecia a minha.

— Oh, Delilah.

Através da porta ouvi o seu ronronar, o ruído tão familiar de serra elétrica, e foi como se um feitiço tivesse se quebrado.

Soltei os dedos cheios de câimbras da maçaneta, flexionei dolorosamente, então fiquei de pé, tentei firmar as pernas bambas e girei a maçaneta.

Ela girou. Na verdade, girou com facilidade demais, sem oferecer resistência e sem mover o fecho nem um milímetro. Ele havia removido a lingueta do outro lado da porta.

Merda.

Merda, merda, merda.

Eu estava presa.

2

Levei duas horas para escapar do meu quarto. Não tinha telefone fixo, de modo que não pude pedir socorro, e a janela era lacrada com as barras da grade. Quebrei minha melhor lixa de unha batendo no fecho, mas acabei conseguindo abrir a porta e me aventurei no corredor estreito. No meu apartamento só há três cômodos — cozinha, quarto e banheiro minúsculo — e dá para ver tudo da porta do quarto, até a prateleira do corredor onde eu guardo meu aspirador de pó. Para me certificar de que o homem tinha realmente ido embora.

Minha cabeça latejava e minhas mãos tremiam quando subi os degraus até a porta da frente da vizinha. Fiquei o tempo todo olhando para trás, para a rua escura, enquanto esperava que ela atendesse. Deviam ser umas quatro da madrugada, calculei, e precisei de muito tempo e muitas batidas para acordá-la. Ouvi resmungos mais altos do que o som dos pés da sra. Johnson batendo pesado escada abaixo, e sua expressão quando abriu um pouco a porta era um misto de confusão sonolenta e medo, mas quando viu que era eu, ali encolhida, de robe, com sangue no rosto e nas mãos, a fisionomia se transformou num instante e ela soltou a corrente.

— Oh, minha nossa! O que foi que aconteceu?

— Fui assaltada.

Ficou difícil falar. Não sei se por causa do vento gelado de outono, ou se pelo choque, mas eu comecei a tremer convulsivamente e meus dentes batiam tanto que tive uma visão momentânea e horrível deles se estilhaçando dentro da minha cabeça. Afastei esse pensamento.

— Você está sangrando! — disse ela, muito preocupada. — Oh, pelo amor de Deus, entre, entre!

Ela foi na frente até a sala de estar atapetada de seu pequeno apartamento, escuro e superaquecido, mas que nesse momento parecia um santuário.

— Sente aí, sente aí — ela apontou para um sofá vermelho felpudo e depois se ajoelhou com estalos dos ossos diante do fogo a gás.

O gás sibilou e acendeu. Senti o calor aumentar um grau enquanto ela ficava de pé de novo, com muito esforço.

— Vou fazer um chá bem quente para você.

— Não precisa, sinceramente, sra. Johnson. A senhora...

Mas ela balançou a cabeça muito séria, com muita determinação.

— Não há nada melhor do que um chá quente e doce depois de um choque assim.

Fiquei lá sentada com as mãos trêmulas nos joelhos enquanto ela fazia barulho na cozinha minúscula, e depois voltou com duas canecas numa bandeja. Peguei a mais próxima de mim, dei um gole, fiz uma careta de dor quando a caneca quente encostou no corte em minha mão. O chá estava tão doce que mal conseguia sentir o gosto do sangue que se dissolvia na minha boca, e imaginei que isso devia ser bom.

A sra. Johnson não tomou o chá, ficou só me observando, de testa franzida, preocupada.

— Ele... — a voz dela falhou. — Ele *machucou* você?

Eu sabia o que ela queria dizer. Balancei a cabeça e tomei outro gole escaldante de chá antes de responder.

— Não. Ele não encostou em mim. Bateu a porta na minha cara, daí o corte no rosto. Depois eu cortei a mão tentando sair do quarto. Porque ele me trancou lá dentro.

Num lampejo, eu me vi batendo no trinco da porta com minha lixa de unha e uma tesoura. Judah sempre me provocava, recomendando que eu usasse as ferramentas apropriadas para cada coisa — sabe como é, não desenroscar um parafuso de tomada com a ponta de uma faca, nem soltar o pneu de uma bicicleta usando uma espátula de jardim. No fim de semana passado, ele riu de mim quando eu quis remendar o chuveiro com fita adesiva e passou a tarde toda consertando minuciosamente com durepoxi. Mas ele tinha viajado para a Ucrânia e eu não podia pensar nele agora. Se pensasse, ia chorar, e, se chorasse agora, talvez nunca mais parasse.

— Ah, pobrezinha.

Engoli em seco.

— Sra. Johnson, obrigada pelo chá... mas eu vim aqui para pedir para usar o seu telefone. Ele levou o meu celular, por isso não tenho como chamar a polícia.

— Claro, claro. Tome seu chá, o telefone está ali.

Ela apontou para uma mesa de canto coberta com uma toalha de renda, e em cima estava o que devia ser o último telefone com disco de números em Londres, além daquele de uma loja de antiguidades em Islington. Obedeci, terminei de tomar meu chá e peguei o fone. Meu dedo pairou um segundo sobre o número nove, mas suspirei. Ele já tinha fugido. O que poderiam fazer agora? Afinal de contas, não era mais uma emergência.

Então disquei 101, para atendimento de não emergência, e esperei para ser atendida.

E fiquei pensando no seguro que eu não tinha, na fechadura reforçada que não havia posto e na confusão em que aquela noite se transformara.

Horas depois, ainda pensava nessas coisas enquanto observava o serralheiro trocar o trinco fraco da minha porta da frente por uma tranca adequada, e ouvia seu sermão sobre segurança residencial e a piada que era minha porta dos fundos.

— Aquela almofada é só MDF. Basta um chute para arrebentar tudo. Quer que eu mostre?

— Não — me apressei em dizer. — Não, obrigada. Vou mandar arrumar. Você não faz portas, faz?

— Não, mas tenho um amigo que faz. Vou deixar o número dele antes de ir. Enquanto isso, peça para o seu companheiro pregar uma boa tábua de dezoito milímetros nessa almofada. Não vai querer repetir a noite passada, não é?

— É, não vou — concordei.

Isso é que é minimizar as coisas.

— Um conhecido na polícia diz que um quarto dos furtos são repetidos. Os mesmos caras voltam para furtar mais.

— Que ótimo — eu disse sem ânimo.

Era exatamente o que eu precisava ouvir.

— Dezoito milímetros. Quer que eu escreva para o seu marido?

— Não, obrigada. Não sou casada.

E apesar dos meus ovários, *consigo* me lembrar de um número simples de dois algarismos.

— Aaaah, certo, entendi. Então está bem — disse ele, como se isso provasse alguma coisa. — Essa moldura da porta também não vale grande coisa. Vai precisar de uma daquelas barras de aço para reforçá-la. Senão pode ter a melhor fechadura do mercado, que se derrubarem a porta com um chute você voltará ao mesmo ponto de antes. Tenho uma na van que é capaz de servir. Sabe do que estou falando, não sabe?

— Sei o que são essas barras, sim — eu disse, cansada. — Uma barra de metal que passa por cima da fechadura, certo?

Desconfiava que ele estivesse me explorando com tudo que podia, mas naquele momento eu já não me importava mais.

— Vamos fazer uma coisa — disse ele, levantando e guardando seu cinzel no bolso de trás da calça. — Ponho a barra de aço e prego um pedaço de madeira na porta dos fundos de graça. Tenho um pedaço na van que vai caber. Cabeça erguida, menina. Ele não terá *como* voltar por aqui, pelo menos.

Por algum motivo, aquilo que ele dizia não era nada animador.

Depois que o serralheiro foi embora, fiz um chá e fiquei andando de um lado para outro no apartamento. Estava me sentindo como Delilah depois que um gato conseguiu entrar em casa pela portinhola de gatos e mijou no corredor — ela passou horas percorrendo todos os cômodos e se esfregando na mobília, mijando nos cantos, retomando o seu território.

Eu não cheguei a mijar na cama, mas tive a mesma sensação de invasão do meu espaço, uma necessidade de reintegrar o que tinha sido violado. *Violado?*, disse uma vozinha sarcástica dentro da minha cabeça. *Por favor, rainha do dramalhão.*

Mas eu me sentia mesmo violada. Meu apartamentinho parecia estragado, sujo e inseguro. Até descrever para a polícia tinha parecido uma provação — sim, eu vi o invasor, não, não consigo descrevê-lo. O que tinha na bolsa? Ah, apenas... vocês sabem, a minha vida: dinheiro, celular, carteira de motorista, remédio, praticamente tudo de útil, desde o meu rímel até meu cartão de viagem.

O tom eficiente e impessoal da voz do policial que me atendeu ainda ecoava na minha cabeça.

— Que tipo de celular?

— Nada caro — eu disse cansada. — Só um iPhone velho. Não lembro o modelo, mas posso descobrir.

— Obrigado. Qualquer coisa que consiga lembrar em termos da marca exata e número de série pode ser útil. E a senhora falou de um medicamento — que tipo, se não se importa de dizer.

Na mesma hora fiquei na defensiva:

— O que o meu histórico médico tem a ver com isso?

— Nada.

O operador era paciente. Irritantemente paciente.

— Só que alguns comprimidos têm valor na rua.

Eu sabia que a raiva que senti com aquelas perguntas era bobagem. Ele estava apenas fazendo o seu trabalho. O ladrão é que havia cometido um crime. Então por que aquela sensação de que a interrogada era eu?

Estava a meio caminho da sala de estar com meu chá quando alguém bateu na porta... tão alto no apartamento silencioso, com eco, que tropecei e fiquei paralisada, meio de pé, meio abaixada, ali na porta.

Tive uma visão terrível de um rosto encapuzado, de mãos com luvas de látex.

Foi quando a porta tremeu de novo que olhei para baixo e vi que a xícara de chá estava espatifada no chão da entrada, meus pés encharcados com o líquido que esfriava rapidamente.

Bateram na porta mais uma vez.

— Um minuto! — berrei, de repente furiosa e quase chorando. — Estou indo! Quer fazer o favor de parar de esmurrar a droga da porta?

— Desculpe, senhora — disse o policial quando finalmente abri a porta. — Não sabia se a senhora tinha ouvido.

E então, ao ver a poça de chá e os cacos da xícara, ele disse:

— Caramba, o que foi que aconteceu aqui? Outra invasão? Rá, rá!

―⋙―

Já era tarde quando o policial terminou de fazer seu relatório e, quando ele saiu, abri meu laptop. Estava no quarto comigo e foi a única peça eletrônica que o ladrão não levou. Além do meu trabalho, que estava sem backup, tinha todas as minhas senhas, incluindo — e estremeci só de pensar — um arquivo de consulta chamado "coisas de banco". Não tinha posto na lista meus números de token, mas praticamente todo o resto estava lá.

Quando o costumeiro dilúvio de e-mails entrou na minha caixa, vi um com o título "tem planos de aparecer hoje?", e lembrei alarmada que tinha esquecido completamente de entrar em contato com a *Velocity*.

Pensei em mandar um e-mail, mas acabei pegando a nota de vinte libras que guardava no pote de chá para pagar um táxi numa emergência e fui até a loja suspeita de telefones na estação do metrô. Precisei barganhar, mas depois de um tempo o cara me vendeu um pré-pago barato e um cartão por quinze libras, e sentei no café do outro lado da rua para ligar para a editora assistente, Jenn, que usava a mesa na frente da minha.

Contei para ela o que tinha acontecido e fiz parecer mais engraçado e mais grotesco do que realmente foi. Caprichei bastante na minha imagem cavucando a fechadura com uma lixa de unha e não falei das luvas, ou da sensação geral de impotência e terror, nem das visões aterradoramente vívidas que me acometiam toda hora.

— Merda! — a voz dela na linha cheia de ruídos indicava horror. — Você está bem?

— Estou, mais ou menos. Mas não vou trabalhar hoje, preciso arrumar o apartamento.

Só que o apartamento não estava tão desarrumado assim. Ele tinha sido muito ordeiro. Para, vocês sabem, um criminoso.

— Meu Deus, Lo, pobrezinha. Escuta, você quer que eu arrume alguém para cobrir você nesse negócio das luzes do Ártico?

Passei um minuto sem entender de que ela estava falando, e então lembrei. O *Aurora Borealis*, um transatlântico-butique superluxuoso navegando pelos fiordes noruegueses, e até agora não tinha entendido como foi que tive a sorte de conseguir um dos poucos passes de imprensa em sua viagem inaugural.

Era uma promoção e tanto. Apesar de trabalhar para uma revista de viagens, minhas tarefas normais eram cortar e colar notícias de jornais e encontrar imagens para artigos enviados de destinos luxuosos pela minha chefe, Rowan. Era Rowan que devia ir, mas, infelizmente depois de aceitar, descobriu que ela e a gravidez não se davam bem — parece que tinha hiperêmese — e o cruzeiro veio parar no meu colo feito um enorme presente, cheio de responsabilidades e de possibilidades. Foi um voto de confiança dá-lo para mim, porque havia gente com mais experiência a quem ela poderia ter feito esse favor, e eu sabia que, se jogasse direito naquela viagem, seria um belo ponto a meu favor quando tivesse de ocupar o lugar de Rowan pela maternidade e talvez, apenas talvez, pudesse conseguir aquela promoção que ela vinha prometendo naqueles últimos anos.

Além disso, era nesse fim de semana. Na verdade, domingo. Eu ia partir dali a dois dias.

— *Não* — eu disse e me surpreendi com a firmeza da minha voz. — Não, eu não quero desistir de jeito nenhum. Estou bem.

— Tem certeza? E o seu passaporte?

— Estava no quarto, ele não encontrou.

Graças a Deus.

— Tem certeza *mesmo*? — ela repetiu, e deu para perceber a preocupação na sua voz. — Isso é um grande evento, não só para você, mas para a revista, quero dizer. Se achar que não vai poder fazer, Rowan não vai querer que você...

— Eu posso fazer — eu disse, interrompendo.

Eu não ia deixar essa oportunidade escapar de jeito nenhum. Porque, se deixasse, talvez fosse a minha última.

— Eu juro, eu realmente quero fazer isso, Jenn.

— Ok... — ela disse, meio relutante. — Bem, nesse caso, em frente a todo vapor, não é? Enviaram um lote da imprensa hoje de manhã que vou enviar por portador, junto com suas passagens de trem. Estou com os recados da Rowan em algum lugar aqui. Acho que o mais importante é escrever um ótimo artigo sobre o navio, porque ela espera tê-los aqui na publicidade, mas deve haver algumas pessoas interessantes entre os outros convidados, por isso, se você conseguir escrever mais alguma coisa no gênero perfil, melhor ainda.

— Claro — peguei uma caneta do balcão do café e comecei a anotar num guardanapo de papel. — E me diga, que hora sai?

— Você vai pegar o trem de dez e meia da King's Cross, mas vou botar tudo no pacote de imprensa.

— Ótimo. E obrigada, Jenn.

— De nada — disse ela com certa tristeza na voz, e fiquei imaginando se não tinha planejado aproveitar a brecha com a minha desistência. — Cuide-se, Lo. E até logo.

Começava a escurecer quando me arrastei para casa. Meus pés doíam, meu rosto doía e eu só queria chegar em casa e afundar na banheira, num banho demorado e bem quente.

A porta do meu apartamento no subsolo estava no escuro, como sempre, e mais uma vez pensei que precisava comprar uma lâmpada de segurança, pelo menos para conseguir enxergar minhas chaves dentro da bolsa. Mas, mesmo no escuro, deu para ver a madeira cheia de farpas em volta da fechadura onde o ladrão tinha forçado para abrir. O milagre era que eu não tinha ouvido nada. *Ora, o que você esperava? Afinal de contas, estava bêbada*, disse a vozinha malvada na minha cabeça.

Mas a nova tranca soou bem sólida quando encaixou de volta, dando a sensação de segurança, e ainda tranquei por dentro também. Chutei os sapatos para longe, andei cansada pelo corredor até o banheiro e controlei um bocejo quando abri as torneiras e despenquei na tampa da privada para tirar a meia-calça. Depois comecei a desabotoar a blusa... mas parei.

Normalmente deixo a porta do banheiro aberta — somos só eu e Delilah, e as paredes tendem a ficar úmidas, já que o apartamento é abaixo do nível da rua. Eu também não curto muito espaços fechados, e o apartamento parece pequeno demais quando está com as janelas fechadas. Mas, apesar da porta da frente estar trancada, com a nova barra de aço no lugar, mesmo assim verifiquei a janela, fechei e tranquei a porta do banheiro antes de acabar de me despir.

Estava cansada... meu Deus, estava muito cansada. Tive uma visão em que dormia na banheira e afundava na água. Que Judah me encontrava nua, toda inchada, uma semana depois... Estremeci. Precisava parar de ser tão dramática.

A banheira mal tinha um metro e trinta de comprimento. E eu já tinha problema suficiente me contorcendo toda para conseguir lavar a cabeça, que dirá me afogar.

A água estava bem quente, o suficiente para fazer arder o corte no rosto. Fechei os olhos e procurei me imaginar em algum outro lugar, um lugar bem diferente daquele pequeno espaço gelado e claustrofóbico, bem longe da Londres sórdida, infestada de crimes. Talvez andando numa fria praia nórdica, ouvindo o barulho suave das ondas do... ops... seria o Báltico? Para uma jornalista de viagens, sou "preocupantemente" ruim de geografia.

Mas imagens indesejadas ficavam se intrometendo. Do serralheiro dizendo que "um quarto dos furtos são repetidos". De mim mesma acovardada dentro do meu quarto, com os pés grudados no chão. A visão de mãos fortes com luvas de látex, o cabelo preto aparecendo um pouquinho por baixo...

Merda. *Merda.*

Abri os olhos, mas dessa vez o choque de realidade não ajudou. Ao contrário, vi as paredes infiltradas do banheiro se fechando sobre mim, me encurralando...

Você está pirando de novo, resmungou minha voz interior. *Você sente isso, não é?*

Cale a boca. Cale a boca, cale a boca, cale a boca. Fechei os olhos bem apertados de novo e comecei a contar, determinada, tentando expulsar as imagens da cabeça. *Um. Dois. Três. Respire. Quatro. Cinco. Seis. Expire. Um. Dois. Três. Respire. Quatro. Cinco. Seis. Expire.*

Finalmente as imagens sumiram, mas tinham estragado o banho e de repente a necessidade de sair daquele cômodo sem ar foi mais forte do que eu. Levantei, enrolei uma toalha no corpo e outra na cabeça molhada e fui para o quarto. Meu laptop ainda estava em cima da cama.

Abri, entrei no Google e digitei: "porcentagem de retorno de ladrões".

Apareceu uma página com os links, cliquei em um ao acaso e fui lendo até encontrar um parágrafo que dizia: "quando ladrões retornam... Uma pesquisa nacional indica que num período de doze meses aproximadamente 25% a 50% dos furtos são repetidos; e entre 25% e 35% das vítimas são também as mesmas. Dados compilados pela polícia do Reino Unido sugerem que de 28% a 51% dos furtos repetidos ocorrem dentro de um mês e de 11% a 25% em uma semana."

Ótimo. Então, ao que parece, meu simpático comerciante fatalista, o serralheiro, estava de fato subestimando o problema, e não apenas vendendo — apesar do fato dos números provarem que até 50% dos arrombamentos eram repetidos e que apenas 35% eram as mesmas vítimas me darem dor de cabeça. De qualquer modo, não gostei da ideia de fazer parte desses números.

Tinha prometido para mim mesma que não ia beber aquela noite, por isso, depois de verificar a porta da frente, a porta dos fundos, as trancas das janelas e a porta da frente uma segunda vez, ou talvez pela terceira, e de botar o pequeno celular pré-pago para carregar ao lado da cama, fiz uma xícara de chá de camomila.

Levei a xícara para o quarto com meu laptop, o arquivo de imprensa para a viagem e um pacote de biscoitos de chocolate. Eram só oito horas e eu não tinha jantado, mas de repente me senti exausta — exausta demais para cozinhar, exausta demais até para pedir entrega em domicílio. Abri o arquivo de imprensa do cruzeiro nórdico, me aninhei embaixo do edredom e esperei o sono vir me buscar.

Só que ele não veio. Mergulhei no pacote inteiro de biscoitos e li página por página de fatos e números do *Aurora*. Eram apenas dez cabines luxuosamente decoradas... para um máximo de vinte passageiros... tripulação escolhida a dedo dos melhores hotéis e restaurantes do mundo... Nem as especificações técnicas da linha-d'água e da tonelagem serviram para me fazer dormir. Fiquei acordada, arrebentada, mas ligada de alguma forma.

Ali deitada no meu casulo, procurei não pensar no ladrão. Forcei-me a pensar no trabalho, em tudo que tinha de preparar antes de domingo. Pegar meus novos cartões de crédito. Fazer as malas e minha pesquisa para a viagem. Será que ia ver Jude antes de partir? Ele devia estar tentando ligar para o meu antigo número.

Larguei os folhetos impressos e abri meus e-mails.

— Oi, querido — digitei, parei e mordi o canto da unha.

Falar o quê? Não tinha por que contar para ele sobre o arrombamento. Ainda não. Ele só ia ficar aborrecido de não estar aqui quando precisei dele. Em vez disso, escrevi: "Perdi meu celular. É uma longa história, explico quando você voltar. Mas se precisar falar comigo, mande e-mail, não mensagem de texto. A que horas você deve chegar no domingo? Vou para Hull cedo, para aquela viagem nórdica. Espero poder te ver antes de ir. Senão, nos vemos no próximo fim de semana? Lo x."

Apertei enviar, torci para ele não ficar imaginando o que eu estaria fazendo mandando e-mail às quinze para uma da madrugada, depois fechei o laptop, peguei o meu livro e tentei ler para dormir.

Não funcionou.

Às 3h35 fui trôpega para a cozinha, peguei uma garrafa de gim e fiz o gim com tônica mais forte que pudesse aguentar. Bebi como remédio, estremeci com o gosto forte, depois fiz outro e bebi também, só que dessa vez mais devagar. Fiquei parada um minuto, sentindo o álcool formigando em minhas veias, relaxando meus músculos, acalmando meus nervos tensos.

Derramei o resto de gim no copo e levei para o quarto, deitei dura e angustiada, olhando para o mostrador iluminado do relógio, e esperei o álcool fazer efeito.

Um. Dois. Três. Respire. Quatro... Cinco... Cin...

—⁂—

Não me lembro de ter adormecido, mas deve ter acontecido. Num minuto estava olhando para o relógio com olhos remelentos e com dor de cabeça, esperando que clicasse para 4:44, no minuto seguinte piscava na cara peluda de Delilah enquanto ela esfregava o nariz cheio de bigodes no meu, querendo dizer que era hora do café da manhã. Resmunguei. Minha cabeça doía mais do que na véspera. Mas não tinha certeza se era meu rosto machucado ou mais uma ressaca. O último gim-tônica estava pela metade na mesa de cabeceira, ao lado do relógio. Cheirei o copo e quase engasguei. Devia ter dois terços de gim. O que eu tinha pensado?

O relógio mostrava 6h04 e queria dizer que eu tinha dormido menos do que uma hora e meia. Mas agora estava acordada, seria bobagem lutar contra isso. Por isso levantei, abri a cortina e espiei o amanhecer cinzento, uns fiapos de sol escorrendo pela minha janela no subsolo. O dia estava frio e escuro. Enfiei os pés nos chinelos e tremi de frio no corredor quando fui até o termostato para ativar o automático e começar o aquecimento do dia.

—⁂—

Era sábado e eu não precisava trabalhar, mas para administrar as tarefas, que eram botar meu número de celular no aparelho novo e tratar dos meus novos cartões de banco, levei quase o dia inteiro, e à noite estava bêbada de cansaço.

A sensação era tão ruim quanto o voo de volta da Tailândia via Los Angeles — uma série de olhos vermelhos que me deixaram com privação de sono e inutilizada, completamente desorientada. Em algum ponto sobrevoando o Atlântico, percebi que estava muito além do sono, que podia muito bem desistir. Já em casa, caí na cama como se mergulhasse num poço, de cabeça, para o esquecimento completo, e dormi 22 horas. Acordei grogue, toda enferrujada, ouvindo Judah esmurrando a minha porta com os jornais de domingo.

Mas dessa vez minha cama não era mais um refúgio.

Eu *tinha* de me aprumar antes de embarcar nessa viagem. Era uma oportunidade imperdível, única, de me provar depois de dez anos na produção do jornalismo copiar-colar. Essa era minha chance de mostrar que eu podia, que eu, como Rowan, era capaz de criar uma rede de contatos, socializar e botar o nome da *Velocity* junto com a nata. E Lorde Bullmer, o dono do *Aurora Borealis*, certamente era a nata. Apenas 1% do seu orçamento de publicidade daria para manter a *Velocity* funcionando meses, para não falar de todos os nomes conhecidos em viagens e fotografia que sem dúvida deviam ter sido convidados para essa viagem inaugural, e essas assinaturas na nossa capa iam ficar muito lindas mesmo.

Eu não ia começar a achacar Bullmer no jantar — nada tão rude e comercial assim. Mas se conseguisse o número dele na minha lista de contatos e garantisse que quando ligasse para ele, ele atenderia... bem, isso encurtaria bastante o caminho para aquela promoção.

Enquanto jantava, espetando mecanicamente pizza congelada e me entupindo até não poder mais, retomei a leitura dos folhetos da imprensa, mas as palavras e as imagens nadavam diante dos meus olhos, os adjetivos se misturavam: "butique... brilho... luxo... feito a mão... artesão..."

Deixei a folha cair e bocejei, olhei para o relógio e vi que já passava das nove. E eu podia ir para a cama, graças a Deus. Verifiquei mais de uma vez as portas e trancas, e enquanto isso pensei que uma vantagem de estar tão abatida era que não podia haver repetição da noite passada. Estava tão cansada que, mesmo que um ladrão aparecesse realmente, eu talvez não fosse acordar.

Às 10h47 percebi que estava enganada.

Às 11h23 comecei a chorar, débil e burramente.

Então era assim? Será que nunca mais ia conseguir dormir?

Eu precisava dormir. *Precisava*. Eu tive... contei nos dedos porque não consegui fazer a conta de cabeça. O quê? Menos de quatro horas de sono nos últimos três dias?

Eu sentia o *gosto* do sono. *Sentia*, mas estava fora do meu alcance. Precisava dormir. Tinha de. Eu ia enlouquecer se não dormisse.

As lágrimas começaram a brotar outra vez. Eu nem sabia o que significavam. Lágrimas de frustração? Raiva de mim, do ladrão? Ou apenas exaustão?

Só sabia que não conseguia dormir. Que o sono ficava balançando feito uma promessa não cumprida a poucos centímetros de mim. Era como se eu corresse na direção de uma miragem que ficava cada vez mais distante, se afastando cada vez mais depressa quanto mais desesperada eu corria. Ou era como um peixe na água, uma coisa que eu precisava pegar e segurar, mas que escapava entre os dedos.

Ah, meu Deus, eu quero dormir...

Delilah virou a cabeça para mim, espantada. Eu tinha mesmo dito aquilo em voz alta? Nem dava mais para saber. Cristo, eu estava ficando doida.

O lampejo de um rosto — olhos líquidos brilhando na escuridão.

Sentei de um pulo, o coração batendo tão forte que dava para sentir na parte de trás da cabeça.

Eu precisava sair dali.

Levantei trôpega, como se estivesse num transe de exaustão, e forcei meus pés dentro dos sapatos, os braços no casaco por cima do pijama. Então peguei minha bolsa. Se não conseguia dormir, ia caminhar. Para algum lugar. Para qualquer lugar.

Se o sono não vem até mim, então posso muito bem caçá-lo por minha conta.

3

As ruas não estavam vazias à meia-noite, mas também não eram as mesmas que sempre percorro a caminho do trabalho.

Entre as poças amarelo-sulfúrico das lâmpadas dos postes estavam cinzentas e escuras, e um vento gelado soprava papéis descartados contra minhas pernas, folhas e lixo levados para as sarjetas pela chuva. Eu devia ter medo, uma mulher de 32 anos, visivelmente de pijama, vagando pelas ruas de madrugada. Mas me senti mais segura do que no meu apartamento. Ali fora alguém ouviria meu grito.

Eu não tinha plano, nenhuma rota além de vagar pelas ruas até ficar cansada demais para me manter de pé. Em algum ponto perto de Highbury e Islington, percebi que tinha começado a chover, que devia ter começado algum tempo antes, porque eu já estava encharcada. Parei com os sapatos esguichando água, o cérebro exausto e bêbado tentando formular um plano, e, praticamente por conta própria, meus pés andaram de novo, não para casa, mas para o sul, na direção de Angel.

Só entendi onde estava quando cheguei lá. Quando me vi sob a marquise do prédio dele, zonza e franzindo a testa diante do painel de interfone, que tinha seu nome escrito com sua própria letra, pequena e uniforme: Lewis.

Ele não estava. Tinha ido para a Ucrânia e só devia voltar amanhã. Mas eu tinha cópia da sua chave no bolso do casaco e não queria voltar andando para o meu apartamento. *Você pode pegar um táxi*, resmungou a vozinha sonsa na minha cabeça. *Não é a caminhada de volta que você não quer encarar. Covarde.*

Balancei a cabeça e lancei gotas de chuva no painel de aço dos apartamentos. Manuseei o molho de chaves até achar a que servia na porta de entrada do prédio. Entrei no calor opressivo do hall.

No segundo andar, abri a porta do apartamento e entrei.

Estava tudo escuro. Todas as portas fechadas e o hall de entrada não tinha janelas.

— Judah? — chamei.

Tinha certeza de que ele não estava em casa, mas não era impossível que tivesse deixado algum amigo dormir ali, e eu não queria provocar um ataque de coração em ninguém no meio da noite. Sabia bem demais como era.

— Jude, sou eu, Lo.

Mas ninguém respondeu. O apartamento estava silencioso... completa e absolutamente silencioso. Abri a porta da esquerda que dava para a cozinha e copa e entrei na ponta dos pés. Não acendi a luz. Só tirei a roupa encharcada, casaco, pijama e tudo, e joguei na pia.

Fui nua até o quarto. A cama de casal de Judah estava vazia sob um raio de luar, os lençóis cinza amassados, como se ele tivesse acabado de levantar. Engatinhei para o meio da cama sentindo a suavidade dos lençóis usados, o cheiro dele, de suor, loção após barba e... apenas *ele*.

Fechei os olhos.

Um. Dois...

O sono despencou em cima de mim e me levou como uma onda.

—⋙—

Acordei ouvindo o grito de uma mulher e com a sensação de ter alguém em cima de mim, me prendendo na cama, alguém que agarrava minhas mãos enquanto eu lutava.

A mão agarrou meu pulso, com muito mais força do que eu. Cega, louca de pânico, tateei na escuridão com a mão livre à procura de alguma coisa, qualquer coisa, para usar como arma, e toquei no abajur da mesa de cabeceira.

A mão do homem estava sobre a minha boca agora, me sufocando, o peso dele tirava meu ar e, com toda a força que tinha, levantei o abajur pesado e o golpeei com ele.

Ouvi um grito de dor e, através da névoa de terror, ouvi uma voz, palavras arrastadas e pela metade:

— Lo, sou eu! Sou eu, pelo amor de Deus, pare!

O quê?

Ah, meu Deus.

Minhas mãos tremiam tanto que quando procurei a luz derrubei alguma coisa.

Ao meu lado, ouvi Judah engasgado e um barulho de borbulhas que me apavorou. Onde é que estava o abajur? Então entendi. Eu tinha golpeado o rosto de Judah com o abajur.

Desci da cama com as pernas bambas e achei o interruptor perto da porta. O quarto foi imediatamente inundado pelo brilho cruel e fortíssimo de uma dúzia de lâmpadas halógenas, cada uma iluminando uma parte do show de horrores diante de mim.

Judah estava de cócoras na cama, com as mãos no rosto, a barba e o peito encharcados de sangue.

— Ai meu Deus, Jude!

Engatinhei até ele com as mãos ainda trêmulas e comecei a pegar lenços de papel da caixa ao lado da cama. Ele segurou os lenços no rosto.

— Oh meu Deus, o que aconteceu? Quem estava gritando?

— Você! — gemeu ele.

Os lenços já estavam totalmente vermelhos.

— O quê?

Eu continuava cheia de adrenalina. Olhei confusa em volta do quarto, à procura da mulher e do atacante.

— O que você quer dizer?

— Eu cheguei em casa — ele disse com dificuldade, seu sotaque do Brooklyn abafado pelos lenços de papel. — Você começou a berrar meio dormindo, meio acordada. Então tentei te acordar e... isso.

— Ai, porra. — Botei a mão na frente da boca. — Eu sinto muito.

Aqueles gritos... eram muito vívidos. Será que fui só eu mesmo?

Ele afastou as mãos da boca com cuidado. Tinha uma coisa no pedaço de papel vermelho, algo pequeno e branco. Foi só aí que olhei e percebi que um dos seus dentes estava faltando.

— Ai, meu Deus.

Ele olhou para mim com o sangue ainda escorrendo da boca e do nariz.

— Que recepção na volta para casa — foi só o que ele disse.

— Perdão.

Senti as lágrimas ardendo no fundo da garganta, mas me recusei a chorar na frente do motorista do táxi. Então engoli a dor.

— Judah?

Judah ficou calado, apenas espiando pela janela a manhã cinzenta que começava a romper sobre Londres. Levamos duas horas no hospital da University College, UCH Acidentes e Emergência, e lá tudo que fizeram foi suturar o lábio de Judah e enviá-lo para um dentista da emergência, que enfiou o dente de volta no lugar e disse, mais ou menos, para ele cruzar os dedos. O dente podia ser salvo se criasse raiz de novo. Se não, teria de ser uma ponte ou então um implante. Ele fechou os olhos, cansado, e senti minhas entranhas retorcendo de remorso.

— Sinto muito — falei de novo, dessa vez mais desesperada. — Não sei o que mais posso dizer.

— Não, eu é que sinto — ele disse, cansado.

Em vez de "sinto", saiu "shinto", como uma imitação de Sean Connery bêbado, porque a anestesia no lábio dificultava-lhe a fala.

— Você? Sente o quê?

— Não sei. Por ter estragado tudo. Por não estar lá com você.

— Está falando do ladrão?

Ele fez que sim com a cabeça.

— Isso. Mas não só. Queria não ficar longe tanto tempo.

Eu me inclinei e ele pôs o braço em volta de mim. Encostei a cabeça no seu ombro e fiquei ouvindo as batidas lentas e firmes do seu coração, calmas e sem pressa comparadas à minha pulsação acelerada, de pânico. Por baixo do paletó, ele usava uma camiseta manchada de sangue, a malha macia e lisa sob o meu rosto. Quando eu respirava, aquela respiração trêmula de choro, sentia o cheiro do seu suor, e senti meu coração bater mais devagar, acompanhando o ritmo dele.

— Você não poderia fazer nada — falei com o rosto no peito dele.

Judah balançou a cabeça.

— Mesmo assim, eu devia estar aqui.

Já estava clareando quando pagamos o táxi e subimos lentamente os dois lances de escada para o apartamento de Judah. Olhei para o relógio e vi que já eram quase seis horas. Merda, eu tinha de pegar o trem para Hull dali a poucas horas.

No quarto, Judah tirou a roupa e caímos na cama, pele contra pele. Ele me puxou para mais perto e, de olhos fechados, inalou a fragrância do meu cabelo. Eu estava tão cansada que mal conseguia pensar direito, mas, em vez de deitar de costas e deixar o sono me dominar, me vi subindo nele, beijando seu pescoço, sua barriga, a linha escura de pelos que apontavam para o pênis.

— Lo... — ele gemeu e tentou me puxar para cima para me beijar, mas balancei a cabeça.

— Não, olha a sua boca. Apenas fique deitado.

Ele deixou a cabeça cair para trás e arqueou o pescoço à luz fraca do amanhecer que entrava pelas cortinas.

Eu não o via fazia oito dias. E levaria mais uma semana para vê-lo outra vez. Se não fizéssemos isso agora...

Depois fiquei deitada nos braços dele, esperando minha respiração e o coração acalmarem, e senti o rosto dele enrugar contra o meu, num sorriso.

— Está mais de acordo — disse ele.

— Mais de acordo com o quê?

— Mais de acordo com a recepção que eu esperava na volta para casa.

Fiz uma careta e ele tocou meu rosto.

— Lo, querida, foi uma brincadeira.

— Eu sei.

Ficamos em silêncio um bom tempo. Pensei que ele fosse dormir, fechei os olhos e deixei o cansaço me derrubar, mas então senti o seu peito subir e os músculos dos braços retesando quando ele respirou fundo.

— Lo, eu não vou pedir de novo, mas...

Ele não terminou a frase, mas nem precisava. Pude sentir o que queria dizer. Era o que já havia dito no Ano-Novo; ele queria que nós seguíssemos em frente. Que fôssemos morar juntos.

— Deixe-me pensar um pouco — acabei dizendo, com uma voz que nem parecia a minha, uma voz atipicamente submissa.

— Você disse isso meses atrás.

— Ainda estou pensando.

— Bom, eu já decidi.

Ele tocou meu queixo e puxou meu rosto gentilmente para perto do dele. O que eu vi fez meu coração dar uma cambalhota. Estendi a mão, mas ele a segurou.

— Lo, pare de tentar fazer isso desaparecer. Eu tenho sido muito paciente, você sabe disso, mas estou começando a achar que nós não estamos na mesma página.

Senti minhas entranhas estremecerem com um pânico conhecido, algo entre esperança e terror.

— Não estamos na mesma página? — senti que meu sorriso era forçado. — Você andou assistindo *Oprah* de novo?

Com isso, Judah largou minha mão e alguma coisa em seu rosto se fechou quando parou de olhar para mim. Mordi o lábio.

— Jude...

— Não — ele disse. — Apenas... não. Eu queria conversar sobre isso, mas está claro que você não quer, por isso... olha, estou cansado. Já está quase amanhecendo. Vamos dormir.

— Jude — repeti, implorando, me detestando por ser tão irritante, detestando Jude por me forçar a isso.

— Eu disse que não — ele falou cansado, o rosto no travesseiro.

Pensei que se referia à nossa conversa, mas então continuou:

— A uma oferta de emprego. Em Nova York. Dispensei por você.

Porra.

4

Eu dormia profundamente, quase desmaiada, como se tivessem me drogado, quando o alarme me arrastou para a consciência poucas horas depois.

Não sabia há quanto tempo estava tocando, mas suspeitei que já fosse bastante. Minha cabeça doía, fiquei deitada, tentando me orientar, só depois estendi o braço para silenciar o despertador antes que acordasse Judah.

Esfreguei o sono dos olhos e espreguicei, querendo me livrar das fisgadas no pescoço e nos ombros, então me ergui dolorosamente, desci da cama e fui para a cozinha. Enquanto a água do café fervia, tomei meus remédios e procurei analgésicos no banheiro. Achei Ibuprofeno e Paracetamol, além de outra coisa numa garrafa de plástico marrom que eu lembrava vagamente de ter sido receitada para Judah quando ele torceu o joelho numa partida de futebol americano. Abri a tampa à prova de crianças e inspecionei os comprimidos lá dentro. Eram enormes, metade vermelhos, metade brancos, impressionantes.

No fim das contas, me acovardei e não tomei nenhum deles; em vez disso, botei dois Ibuprofeno e um Paracetamol de ação rápida na palma da mão, os que achei nas diversas cartelas na prateleira do banheiro. Engoli com uma xícara de café — puro, porque não tinha leite na geladeira vazia —, depois bebi mais lentamente o resto do café enquanto pensava na noite passada, nas burrices que tinha feito, no aviso de Judah...

Eu estava surpresa. Não, mais do que surpresa, estava chocada. Nós nunca havíamos conversado sobre os planos dele a longo prazo, mas eu sabia que ele sentia falta dos amigos dos EUA, da mãe e do irmão mais novo — e eu não tinha conhecido nenhum dos dois. O que ele tinha feito... será que fez por ele mesmo? Ou por nós?

Ainda havia meia xícara de café no bule, servi uma segunda caneca e levei com cuidado para o quarto.

Judah estava espalhado na cama como se tivesse caído assim. Pessoas nos filmes sempre parecem tranquilas quando dormem, mas Judah não. A boca ferida estava escondida sob o braço levantado, mas, com o nariz angular e as sobrancelhas hirsutas, ele parecia um falcão zangado, alvejado no meio do voo por algum guarda de reserva e, ainda assim, enfurecido.

Botei a caneca de café suavemente na sua mesa de cabeceira, baixei a cabeça até o travesseiro e beijei sua nuca. Estava quente e surpreendentemente macia.

Ele se mexeu dormindo, botou o braço comprido e bronzeado no meu ombro, abriu os olhos que pareciam três tons mais escuros do que o habitual castanho-claro.

— Oi — eu disse, baixinho.

— Oi.

Ele franziu o rosto todo e bocejou, me puxou para deitar ao seu lado. Resisti um pouco, pensando no barco, no trem e no carro à minha espera em Hull. Então minhas pernas derreteram feito plástico e deixei meu corpo dobrar encaixado no dele, no seu calor. Ficamos assim deitados um tempo, olhos nos olhos, estendi a mão e toquei timidamente no esparadrapo no lábio dele.

— Acha que ele vai criar raiz de novo?

— Não sei — disse ele. — Espero que sim, preciso ir para Moscou segunda-feira e não quero ter de lidar com dentistas quando estiver lá.

Não falei nada. Ele fechou os olhos e espreguiçou, ouvi as articulações estalando. Judah rolou de lado e pôs a mão em concha delicadamente no meu seio nu.

— Judah... — eu disse, e ouvi um misto de exasperação e desejo na minha voz.

— O quê?

— Não posso. Tenho de ir.

— Então vá.

— Não. Pare com isso.

— Não, pare com isso? Ou não pare com isso?

Ele deu um sorriso calmo e enviesado.

— As duas coisas. Você sabe a qual delas estou me referindo.

Endireitei o corpo e balancei a cabeça. Senti doer, e me arrependi do movimento no mesmo instante.

— O machucado do rosto está melhor? — perguntou Judah.

— Está.

Botei a mão. Estava inchado, mas não tanto quanto antes.

Judah fez cara de preocupado e estendeu o dedo para alisar o corte, mas me encolhi sem querer.

— Eu devia estar lá — comentou.

— Bem, não estava — eu falei, mais seca do que pretendia. — Você nunca está.

Ele piscou incrédulo, se apoiou nos cotovelos para olhar para mim, o rosto relaxado de sono, cheio de marcas do travesseiro.

— O que...?

— Você me ouviu — eu sabia que estava sendo irracional, mas as palavras saíram em borbotão. — Qual é o futuro, Jude? Mesmo que eu me mude para cá... Qual é o plano? Eu fico aqui sentada, tecendo meu manto como Penélope e mantendo as fogueiras da casa acesas enquanto você bebe uísque em algum bar da Rússia com outros correspondentes estrangeiros?

— De onde saiu isso?

Balancei a cabeça e joguei as pernas para fora da cama. Comecei a vestir a roupa extra que tinha deixado no chão depois do pronto-socorro.

— Só estou cansada, Jude.

Cansada era uma avaliação por baixo. Não tinha dormido mais de duas horas nas últimas três noites.

— E não consigo ver aonde isso vai nos levar. Já é bem difícil agora que somos só nós dois. Eu não quero ser a esposa presa em casa com um filho e um caso enlouquecido de depressão pós-parto enquanto você leva tiro em todos os fins de mundo desse lado do equador.

— Os acontecimentos recentes indicam que corro mais risco ficando no meu próprio apartamento — disse Judah, que fez careta ao ver a minha cara. — Desculpe, foi uma coisa péssima para dizer. Foi um acidente, eu sei disso.

Botei o casaco ainda úmido nos ombros e peguei minha bolsa.

— Tchau, Judah.

— Tchau? O que quer dizer com tchau?

— O que você quiser.

— O que eu *quero* é que você pare de agir feito uma droga de prima-dona e que se mude para cá. Eu te amo, Lo!

As palavras me atingiram como um tapa. Parei quando já estava à porta do quarto, sentindo o peso do meu cansaço como algo físico em volta do pescoço, me puxando para baixo.

Mãos com luvas claras de látex, o barulho de uma risada...

— Lo? — chamou Judah, confuso.

— Não posso — eu disse, olhando para o corredor.

Não tinha certeza do que estava dizendo — eu não posso sair, não posso ficar, não posso ter essa conversa, essa vida, isso tudo.

— Eu só... preciso ir.

— Então aquele emprego — ele disse com um princípio de raiva na voz. — Aquele que recusei. Você está dizendo que eu errei?

— Nunca pedi para você fazer isso — respondi, e minha voz tremeu. — Nunca pedi. Então não jogue isso em cima de mim.

Pendurei a bolsa no ombro e virei de novo para a porta.

Ele não disse nada. Nem tentou me fazer parar. Saí do apartamento bamba, como se estivesse meio bêbada. Foi só quando cheguei no metrô que a realidade do que acabara de acontecer me atingiu.

5

Adoro portos. Adoro o cheiro de alcatrão e do mar, o grito das gaivotas. Talvez porque durante anos seguidos tenha usado a barca para a França nas férias de verão, mas um porto me dá a sensação de liberdade, como nenhum aeroporto consegue. Aeroportos falam de trabalho, de controles de segurança e de atrasos. Portos falam... eu não sei. Alguma coisa completamente diferente. Talvez de escapar, fugir.

Passei a viagem de trem evitando pensar em Judah e procurando me distrair com a pesquisa sobre a viagem que tinha pela frente. Richard Bullmer era poucos anos mais velho do que eu, mas seu currículo bastava para fazer com que me sentisse desesperadamente incapaz — uma lista de negócios e diretorias que faziam meus olhos se encherem de lágrimas, cada etapa um degrau para um nível ainda mais alto de dinheiro e influência.

Quando abri a Wikipédia no meu celular, apareceu um homem bronzeado e bonito, de cabelo muito preto, de braços dados com uma loura extremamente bela de vinte e poucos anos. "Richard Bullmer com sua esposa, a herdeira Anne Lyngstad, em seu casamento em Stavanger", dizia a legenda.

Dado o título, supus que sua fortuna lhe tivesse sido dada de bandeja, mas, ao menos segundo a Wikipédia, parecia que eu tinha sido injusta. A primeira parte do quadro era bem confortável — pré-vestibular, Eton e Balliol College. Mas no primeiro ano da universidade o pai dele morreu — a mãe parecia que já estava fora de cena, isso não ficava muito claro — e os bens da família foram engolidos em impostos e dívidas, deixando Bullmer, aos dezenove anos de idade, sem teto e sozinho.

Nessas circunstâncias, o fato de ter se formado em Oxford já seria um feito e tanto, mas ele também criou uma dotcom startup no terceiro ano. A sua cotação na Bolsa de Valores em 2003 foi o primeiro de uma série de sucessos, culminando com aquele navio-butique de cruzeiros com dez cabines, concebido como uma opção superluxuosa para se conhecer a costa escandinava. "Adequado para o casamento dos seus sonhos, um evento corporativo deslumbrante para seduzir seus clientes com o fator "uau!", ou simplesmente para férias exclusivas que você e sua família jamais esquecerão", li no folheto da imprensa enquanto o trem seguia para o norte, antes de se tornar uma planta do deque das cabines.

Havia quatro suítes grandes no nariz do navio — na proa, suponho que é assim que chamam, e uma seção separada com seis cabines menores que formavam o desenho de uma ferradura na popa. Cada cabine tinha um número, par e ímpar dos dois lados do corredor central, a cabine 1 bem na pontinha da proa e as cabines 9 e 10 uma ao lado da outra, na popa curva do navio. Imaginei que fosse ficar numa das cabines menores. As suítes deviam estar reservadas para os VIPs. Não havia medidas na planta baixa, e franzi a testa ao lembrar de algumas barcas que faziam a travessia do canal nas quais viajei, nos quartinhos claustrofóbicos e sem janelas. A ideia de passar cinco dias num daqueles não era nada agradável, mas certamente em um navio como esse devíamos estar falando de algo consideravelmente mais espaçoso, não é?

Virei a página de novo, esperando ver uma foto de uma das cabines para me tranquilizar, mas em vez disso fiquei cara a cara com uma foto de uma estonteante exibição de quitutes escandinavos espalhados numa toalha branca. O chef do *Aurora* tinha aprendido seu ofício nos restaurantes Noma e El Bulli. Bocejei e apertei os olhos com as mãos, sentindo a areia do cansaço e o peso de tudo da noite passada me pressionando outra vez.

O rosto de Judah quando o deixei, com os pontos por causa da pancada da noite anterior, apareceu na minha mente e eu me encolhi. Não tinha nem certeza do que havia acontecido. Judah e eu tínhamos terminado? Eu o tinha abandonado? Toda vez que eu tentava reconstruir a conversa, meu cérebro exausto assumia o controle, acrescentando coisas que eu não tinha dito, as reações que desejava ter tido, tornando Judah mais sem noção e mais agressivo para justificar a minha posição, ou mais apaixonado incondicionalmente para tentar me convencer de que tudo ia acabar bem. Eu não tinha pedido que ele desistisse do emprego. Então por que ele de repente esperava que eu agradecesse isso?

—⚉—

Cochilei mais ou menos uns trinta minutos sofridos, no carro da estação para o porto, e quando o motorista anunciou alegremente e interrompeu meu sono foi como se jogasse água gelada na minha cara. Desci do carro trôpega e me deparei com o sol escaldante e a ardência do sal da maresia na brisa, sonolenta e zonza.

O motorista tinha me deixado quase no fim da prancha do *Aurora*, mas, quando olhei para a ponte de aço que levava ao navio, nem acreditei que estávamos no lugar certo. O que eu via era familiar por causa do folheto — enormes janelas de vidro que refletiam o sol, sem uma única impressão digital ou marca de água salgada, e uma pintura branca brilhante tão nova que podia ter sido feita aquela manhã. Mas o que eu não tinha era uma noção de escala. O *Aurora* era muito *pequeno*... parecia mais um iate grande do que um navio de cruzeiros. Agora eu via o que queriam dizer com "butique". Já tinha visto navios maiores passeando pelas ilhas gregas. Parecia impossível que tudo que era mencionado no folheto — biblioteca, solário, spa, sauna, salão de coquetéis e todas as outras coisas que deviam ser indispensáveis para os passageiros mimados do *Aurora* — pudesse caber naquela miniatura de embarcação. O tamanho, aliado à perfeição da pintura, gerava uma curiosa semelhança com um brinquedo e, quando pisei na estreita prancha de aço, tive uma súbita imagem desorientada do *Aurora* como um navio aprisionado em uma garrafa: minúsculo, perfeito, isolado e irreal, e eu encolhendo para combinar com ele a cada passo que dava em sua direção. Foi uma sensação estranha, como se eu estivesse espiando pelo lado errado de um telescópio, que me provocou uma tontura, quase uma vertigem.

A ponte balançou sob meus pés, a água oleosa do porto rodopiando e borbulhando embaixo, e tive uma ilusão momentânea de que estava caindo, que o aço embaixo de mim cedia. Fechei os olhos e agarrei a fria balaustrada de metal.

Então ouvi uma voz de mulher lá de cima:

— É um cheiro maravilhoso, não é?

Pisquei tentando enxergar. Uma atendente de bordo estava parada na entrada do navio. Era clara, cabelo louro quase branco, pele bronzeada e me sorria feliz, como se eu fosse sua parente rica perdida há muito tempo, da Austrália. Respirei fundo, procurei me equilibrar e então subi o resto da prancha e entrei no *Aurora Borealis*.

— Bem-vinda, srta. Blacklock — disse a atendente quando entrei.

Não consegui identificar seu sotaque, e suas palavras me deram a impressão de que me encontrar era uma experiência de vida equiparada a ganhar na loteria.

— É um enorme prazer recebê-la a bordo. Um dos nossos carregadores pode levar sua mala?

Olhei em volta, tentando entender como a atendente sabia quem eu era. Minha mala desapareceu antes que eu pudesse reclamar.

— Posso oferecer uma taça de champanhe?

— Hum — eu disse, me dissociando de respostas inteligentes.

A atendente entendeu que aquilo era um sim, e me vi aceitando a flute ondulada que botou na minha mão.

— Ah, obrigada.

O interior do *Aurora* era espantoso. O navio podia ser pequeno, mas tinham empilhado nele itens de ostentação condizentes com uma embarcação dez vezes maior. As portas da ponte se abriam para a base de uma escadaria longa e curva na qual toda superfície que podia ser polida, coberta de mármore ou envolta em seda pura estava exatamente assim. Todo aquele andar era iluminado por um candelabro de encher os olhos d'água, que preenchia o lugar com minúsculos espirros de luz que me faziam lembrar do sol cintilando no mar num dia de verão. Era meio nauseante — não no sentido de consciência social; apesar de que, se pensasse bastante, seria isso também, mas era mais pela desorientação que provocava. Os cristais agiam como prismas em cada gota de luz, tinham o efeito de estontear, fazer com que perdêssemos o equilíbrio com a sensação de espiar um caleidoscópio de criança. Esse efeito, combinado com a falta de sono, não foi exatamente agradável.

A atendente deve ter notado que eu estava boquiaberta, porque deu um sorriso de orgulho.

— A Grande Escadaria é qualquer coisa, não é? — disse ela. — Esse candelabro tem mais de dois mil cristais Swarovski.

— Nossa — comentei baixinho.

Minha cabeça latejava e eu tentava lembrar se tinha posto o Ibuprofeno na mala. Era difícil não piscar.

— Temos muito orgulho do *Aurora* — continuou animada a atendente. — Meu nome é Camilla Lidman e sou encarregada da hospitalidade na embarcação. Minha sala fica no deque mais baixo, e se houver qualquer coisa que eu possa fazer para tornar sua estada conosco mais prazerosa, por favor não deixe de pedir. Meu colega, Josef — ela apontou para um homem louro e sorridente à sua direita —, mostrará onde é sua cabine e fará um tour pelo navio. O jantar é às oito, mas queremos convidá-la para juntar-se a nós às sete, no Lindgren Lounge, para uma apresentação dos serviços do navio e das maravilhas que pode esperar aproveitar neste cruzeiro. Ah! Sr. Lederer.

Um homem alto e moreno de quarenta e poucos anos subia a prancha atrás de nós, seguido de um carregador que se atrapalhava com uma mala enorme.

— Tenha cuidado, por favor — ele disse e fez uma careta sem disfarce quando o carregador bateu com o carrinho em uma das junções da prancha. — Essa mala tem um equipamento muito delicado.

— Sr. Lederer — disse Camilla Lidman, com o mesmo entusiasmo quase delirante que tinha usado ao me receber.

Eu tinha de reconhecer que estava impressionada com seu desempenho teatral, mas, no caso do sr. Lederer, provavelmente precisava se esforçar menos, já que ele era uma visão agradável.

— Bem-vindo a bordo do *Aurora*. Posso oferecer uma taça de champanhe? E a sra. Lederer?

— A sra. Lederer não vem — o sr. Lederer passou a mão no cabelo e olhou para o candelabro Swarovski com jeito de estar se divertindo.

— Ah, sinto muito. — Camilla Lidman franziu a testa. — Espero que esteja tudo bem.

— Ela está bem, sim — disse o sr. Lederer. — Na verdade, está trepando com meu melhor amigo.

Ele sorriu e pegou o champanhe.

Camilla foi pega de surpresa e disse em voz baixa:

— Josef, leve a srta. Blacklock para a cabine dela, por favor.

Josef inclinou a cabeça assentindo e me levou embora, ainda com a taça de champanhe na mão. Por cima do ombro, ouvi Camilla explicando para o sr. Lederer onde ficava sua sala no deque inferior.

— A sua é a cabine 9, a suíte Linnaeus — Josef disse para mim quando o seguia por um corredor bege sem janelas, com tapete felpudo e iluminação discreta. — Todas as cabines têm nomes de cientistas escandinavos notáveis.

— Quem fica com o Nobel? — brinquei, nervosa.

O corredor estava me dando uma sensação estranha, sufocante, um peso claustrofóbico na nuca. Não era apenas o tamanho, eram as lâmpadas baixas e soporíferas e a falta de luz natural.

Josef respondeu, sério:

— Nessa viagem, a suíte Nobel será ocupada por Lorde e Lady Bullmer. Lorde Bullmer é diretor da Northern Lights Company, proprietária do navio. Há dez cabines ao todo — ele disse quando descemos mais um lance de escadas —, quatro na proa e seis na popa, todas no deque do meio. Cada cabine tem uma suíte com até três cômodos, banheiro próprio com banheira e chuveiro separado, cama de casal e varanda privativa. A suíte Nobel tem uma banheira de água quente privativa.

Varanda? A ideia de ter uma varanda num navio de cruzeiro parecia totalmente errada, mas, pensando melhor, achei que não era mais esquisito do que ter qualquer outra área aberta. Banheira quente? Bem, quanto menos falar sobre isso, melhor.

— Toda cabine tem um atendente para ajudar os passageiros, noite e dia. Os seus atendentes seremos eu e minha colega, Karla, que vai conhecer mais tarde esta noite. Será um prazer ajudá-la como pudermos na sua estada no *Aurora*.

— Então esse é o deque do meio, certo? — perguntei.

Josef fez que sim com a cabeça.

— Sim, esse deque só tem suítes de passageiros. No de cima ficam restaurante, spa, sala de estar, biblioteca, área de banho de sol e outras áreas públicas. Todas têm nomes de escritores escandinavos, a sala Lindgren, o restaurante Jansson e assim por diante.

— Jansson?

— Tove — ele completou.

— Ah, é claro. Moomins — eu disse, bobamente.

Meu Deus, como doía minha cabeça.

Tínhamos chegado a uma porta de madeira com almofadas e uma placa discreta onde estava escrito '9:Linnaeus'. Josef abriu a porta e recuou para eu poder entrar.

Aquele lugar era, sem exagero, umas sete ou oito vezes melhor do que o meu apartamento e nem tão menor assim. Portas de armários espelhadas se enfileiravam à minha direita e no centro, ladeadas por um sofá de um lado e uma cômoda do outro, havia uma enorme cama de casal, a extensão de lençóis brancos macia e estalando de limpa, muito convidativa.

Mas o que provocou mais impressão em mim não foi o espaço, que já era impressionante mesmo, mas a luz. Saindo do corredor estreito e artificialmente iluminado, a luz que entrava pelas portas da varanda era ofuscante. Cortinas brancas transparentes dançavam ao vento, e vi que a porta de correr estava aberta. Tive uma sensação imediata de alívio, como se tivessem tirado aquele aperto do meu peito.

— As portas podem ser fechadas — explicou Josef atrás de mim. — Mas o fecho abre automaticamente no caso de condições adversas do clima.

— Ah, que ótimo — eu disse vagamente, mas só pensava que queria muito que Josef fosse embora para eu poder despencar na cama e desmaiar no esquecimento.

Em vez disso, fiquei ali de pé, reprimindo sem jeito meus bocejos, enquanto Josef explicava as funções do banheiro (sim, eu já tinha usado um assim antes, obrigada), da geladeira e do minibar (tudo perfeito — infelizmente para o meu fígado), e também que o gelo seria trocado duas vezes ao dia e que eu podia ligar para Karla ou para ele a *qualquer* hora.

Finalmente meus bocejos não puderam mais ser ignorados e ele fez mais uma pequena mesura e pediu licença, deixando que eu tomasse posse da cabine.

Nem adianta fingir que não fiquei impressionada. Porque fiquei. Especialmente com a cama, que estava praticamente berrando para eu me jogar nela e dormir de trinta a quarenta horas. Olhei para o edredom alvíssimo e para as almofadas espalhadas, douradas e brancas, e o desejo me invadiu feito substância concreta em minhas veias, provocando arrepios desde a nuca até as pontas dos dedos das mãos e dos pés. Eu *precisava* de sono. Estava começando a desejar o sono como um viciado deseja a droga, contando as horas até a próxima crise. Os trinta minutos desconfortáveis no táxi só tinham tornado aquilo ainda pior.

Mas não podia dormir agora. Se dormisse, não ia acordar, e não podia me dar ao luxo de perder aquela noite. Talvez pudesse me ausentar de algumas funções mais para o meio da semana, mas essa noite eu *tinha* obrigação de ir ao jantar e à apresentação. Era a primeira noite a bordo. Todo mundo fazendo contatos e se comunicando em rede furiosamente. Se perdesse isso, teria um enorme xis preto contra mim e jamais recuperaria esse tempo perdido.

Por isso engoli um bocejo, fui até a varanda, torcendo para o ar frio me ajudar a acordar daquele envolvente nevoeiro de exaustão que parecia me agarrar toda vez que eu parava de me mexer ou de falar.

A varanda era uma delícia, como daria para imaginar que seria uma sacada particular num navio de cruzeiro de luxo. A divisória era de vidro, de modo que, sentada dentro da suíte, dava quase para imaginar que não havia absolutamente nada entre você e o mar, e havia duas cadeiras de piscina e uma mesa minúscula, para poder sentar lá à noite e curtir o sol da meia-noite, ou a aurora boreal, dependendo do cruzeiro que a pessoa tivesse escolhido.

Passei muito tempo observando as pequenas embarcações entrando e saindo do porto de Hull, sentindo o vento salgado no cabelo, e então alguma coisa no embalo do navio mudou de repente. Por um minuto não entendi o que era, mas depois entendi. O motor, que estava ronronando discretamente naquela última meia hora, tinha acelerado um ponto e alguma coisa no barco havia mudado. Com um barulho estridente, começamos a girar milimetricamente, para longe do cais, indo para o mar aberto.

Fiquei ali vendo o navio sair do porto, passar entre as luzes verde e vermelha que marcavam o canal. Senti a mudança no movimento quando deixamos o abrigo da amurada do porto e entramos no Mar do Norte, o quebrar suave das ondas deu lugar às sucessivas e enormes vagas do oceano profundo.

Lentamente a costa foi diminuindo e os prédios de Hull se tornaram picos no horizonte, depois apenas uma linha escura que podia ser qualquer lugar. Quando vi tudo desaparecer, pensei em Judah e em tudo que eu tinha deixado desfeito. Ao sentir meu celular pesando no bolso, peguei-o e torci para haver alguma mensagem dele antes de deixarmos a zona de alcance dos transmissores do Reino Unido. *Até logo. Boa sorte. Bon voyage.*

Mas não havia nada. O sinal perdeu uma linha, depois outra e o celular na minha mão ficou mudo. Quando a costa da Inglaterra desapareceu de vista, o único ruído era o das ondas quebrando no casco do navio.

De: Judah Lewis
Para: Laura Blacklock
Enviado: terça-feira, 22 de setembro
Assunto: você está bem?

Oi, querida, não soube mais de você desde o seu e-mail de domingo. Não tenho certeza se nossas mensagens estão chegando. Recebeu a minha resposta, ou o texto que enviei para você ontem?

Estou ficando preocupado e espero que não pense que entrei numa de bancar o panaca e ficar lambendo minhas feridas. Nada disso. Eu te amo, sinto sua falta e estou pensando em você.

Não se preocupe com o que aconteceu em casa. E o dente vai bem, acho que vai criar raiz como o dentista disse. De qualquer modo, estou me automedicando com vodca.

Conte como vai indo o cruzeiro. Ou então, se estiver ocupada, mande apenas uma linha para dizer que você está bem.

Te amo, J.

De: Rowan Lonsdale
Para: Laura Blacklock
cc: Jennifer West
Enviado: quarta-feira, 23 de setembro
Assunto: atualização?

Lo, por favor responda ao meu e-mail enviado há dois dias, pedindo uma atualização sobre o cruzeiro. Jenn me disse que você não mandou nada e estamos esperando algum texto até amanhã — pelo menos uma nota de caixa de texto.

Por favor, informe o mais breve possível para Jenn em que pé você está com isso e mande sua resposta com cópia para mim.

Rowan

PARTE DOIS

6

Até os chuveiros de gente rica são melhores.

Os jatos socavam e massageavam de todos os ângulos, tão ferozes que amorteciam; então, depois de um tempo, era difícil dizer onde a água começava e meu corpo terminava.

Ensaboei o cabelo, raspei as pernas e finalmente fiquei parada embaixo do chuveiro, olhando o mar, o céu e as gaivotas voando em círculos. Tinha deixado a porta do banheiro aberta para poder ver até o outro lado da cama, a varanda e o mar além dela. E o efeito foi simplesmente... bem, não vou mentir, foi muito bom. Acho que tinha de ganhar alguma coisa assim pelos oito mil, ou seja lá quanto cobravam por aquela cabine.

A quantia era meio obscena comparada com o meu salário — até com o salário da Rowan. Passei anos babando sobre os relatórios que ela mandava de um rancho nas Bahamas ou de um iate nas Maldivas, esperando chegar o dia em que eu também teria experiência suficiente para receber aquele tipo de mimo. Mas agora que eu estava tendo uma prova daquilo, só pensava em como ela suportava essas espiadas constantes numa vida que nenhuma pessoa comum poderia pagar.

Eu estava distraída, tentando calcular quantos meses teria de trabalhar para pagar uma semana no *Aurora* como passageira, quando ouvi alguma coisa. Um barulhinho indistinto por trás do rugido do mar que não consegui localizar, mas que vinha definitivamente do meu quarto. Meu coração acelerou um pouco, mas mantive a respiração firme e tranquila quando abri os olhos para fechar o chuveiro.

Vi a porta do banheiro abrindo na minha direção, como se alguém a tivesse empurrado com rapidez e firmeza.

Ela bateu ruidosamente, com a pancada sólida e definitiva de uma porta pesada, feita de matéria-prima da melhor qualidade, e eu me vi ali naquele escuro quente e úmido, com a água do chuveiro tamborilando na cabeça e o coração batendo com tanta força que seria capaz de registrar um ponto no sonar do navio.

Não consegui ouvir nada além do assobio do sangue nos ouvidos e o barulho da ducha. E também não via nada além do brilho vermelho dos controles digitais do chuveiro. Merda. Merda. Por que eu não tinha fechado a tranca dupla da porta da cabine?

Senti as paredes do banheiro se fechando à minha volta, parecia que a escuridão ia me engolir por inteiro.

Chega de pânico, disse para mim mesma. Ninguém te machucou. Ninguém invadiu a cabine. É mais provável que uma camareira tenha entrado para arrumar a cama, ou que a porta tenha batido sozinha. *Pare com isso. Nada de pânico.*

Obriguei-me a tatear os controles. A água ficou gelada e depois torturantemente quente, por isso gritei e cambaleei para trás, bati o tornozelo na parede e finalmente encontrei o botão certo, fechei a água e tateei de novo à procura do interruptor de luz.

Consegui acender a luz de um brilho cruel e olhei para minha imagem no espelho — branca feito giz, cabelo molhado grudado na cabeça, igual à menina de O Chamado.

Merda.

Era isso que ia acontecer? Será que eu estava me tornando uma pessoa que tinha ataques de pânico saindo do metrô e voltando a pé para casa, ou passando a noite sozinha em casa sem o namorado?

Não, que se dane. Eu não ia ser essa pessoa.

Havia um roupão de banho atrás da porta, no qual me enrolei rapidamente e respirei fundo, tremendo.

Eu não ia ser essa pessoa.

Abri a porta do banheiro com o coração batendo forte e rápido demais, tanto que via estrelas.

Não entre em pânico era só o que eu pensava.

Não havia ninguém no quarto. Ninguém. A porta *estava* trancada duas vezes, e com a corrente. Não havia como alguém ter entrado ali. Devo ter ouvido o barulho no corredor. De qualquer forma, era óbvio que o movimento do navio tinha feito a porta balançar e bater, movida pelo próprio peso.

Verifiquei a corrente de novo, senti seu peso na palma da mão, bastante sólida, e então, com as pernas bambas, fui para a cama e deitei, o coração ainda acelerado pela adrenalina, e esperei as pulsações retomarem um ritmo mais próximo do normal.

Imaginei encostar o rosto no ombro de Judah, e por um segundo quase chorei, mas cerrei os dentes e engoli as lágrimas. Judah não era a resposta para tudo aquilo. O problema era eu e meus ataques de pânico por fraqueza minha.

Não aconteceu nada. Não aconteceu nada. Repeti isso no compasso da respiração rápida até sentir que começava a me acalmar.

Não aconteceu nada. Nem agora, nem antes. Ninguém machucou você.

Ok.

Meu Deus, eu precisava de um drinque.

Dentro do frigobar havia água tônica, gelo e meia dúzia de garrafinhas em miniatura de gim, uísque e vodca. Botei gelo num copo e esvaziei algumas garrafinhas, a mão ainda um pouco trêmula. Derramei um pouco de água tônica e bebi tudo.

O gim era tão forte que engasguei, mas senti o calor do álcool se espalhando pelas minhas células e vasos sanguíneos, e melhorei no mesmo instante.

Esvaziei o copo, levantei com a cabeça, braços e pernas leves, e tirei o celular da bolsa. Não tinha sinal, claro que estávamos fora do alcance, mas havia wi-fi.

Cliquei em "mail" e vi os e-mails entrando um a um, roendo as unhas. Não foi tão ruim quanto eu imaginava — afinal de contas, era domingo —, mas quando verifiquei a lista percebi que estava tensa como um elástico a ponto de arrebentar e ao mesmo tempo entendi o que estava procurando e por quê. Não havia nenhuma mensagem de Judah. Meus ombros caíram.

Respondi aos poucos e-mails que eram urgentes, marquei os outros como "não lidos" e cliquei em "escrever".

"Querido Judah", escrevi, mas o resto das palavras não vinha. Imaginei o que ele devia estar fazendo naquele momento. Será que estava arrumando a mala? Espremido em algum voo da classe econômica? Ou deitado na cama de algum quarto anônimo de hotel, tuitando, escrevendo mensagens de texto, pensando em mim...

Revivi mais uma vez o momento em que bati com o pesado abajur de metal no rosto dele. O que é que eu estava pensando?

Você não estava pensando, disse para mim mesma. Você ainda não tinha acordado direito. Não é culpa sua. Foi um acidente.

Freud diz que não existem acidentes, disse a voz no fundo da minha cabeça. *Talvez seja você...*

Balancei a cabeça e me recusei a escutar.

Querido Judah, eu amo você.

Sinto sua falta.

Desculpe.

Apaguei o e-mail e comecei um novo:

Para: Pamela Crew
De: Laura Blacklock
Enviado: domingo, 20 de setembro
Assunto: sã e salva

Oi, mamãe, sã e salva a bordo do navio, que é um luxo só. Você ia adorar! Só queria lembrar que você deve pegar Delilah hoje à noite. Deixei o cesto dela na mesa e a comida está embaixo da pia. Tive de trocar a fechadura – a sra. Johnson, do andar de cima, está com a chave.
Muito amor e obrigada!
Lo xx

Apertei "enviar", depois abri o Facebook e escrevi uma mensagem para minha melhor amiga, Lissie:

Esse lugar é uma loucura de bom. Tem bebida ILIMITADA no frigobar da minha cabine – opa, quero dizer da minha imensa SUÍTE – que não combina com o meu profissionalismo nem com o meu fígado. Nos vemos do outro lado, se eu ainda estiver de pé. Lo xx

Preparei outro gim-tônica e voltei para o e-mail do Judah. Precisava escrever alguma coisa. Não ia deixar as coisas como ficaram quando saí da casa dele.

Pensei um pouco, então teclei: "Querido J. Sinto ter sido tão agressiva quando saí da sua casa. O que eu falei foi incrivelmente injusto. Eu te amo muito." Tive de parar, porque as lágrimas embaçavam a tela. Fiz uma pausa e dei uns dois suspiros tremelicantes. Então esfreguei os olhos e terminei assim: "Mande mensagem de texto quando chegar. Boa viagem. Lo xxx."

Atualizei a caixa de entrada dos meus e-mails com menos esperança dessa vez, mas não chegou nada novo. Suspirei de novo e bebi todo o segundo gim. O relógio ao lado da cama indicava 6h30, hora do vestido de baile número um.

Depois de me informar que o traje para jantares a bordo era "formal" (tradução: loucura), Rowan havia recomendado que eu alugasse pelo menos sete vestidos de noite para não ter de usar o mesmo vestido duas vezes. Mas, como não tinha proposto ajuda de custo, aluguei três, que eram três além do que eu teria feito se dependesse apenas dos meus recursos.

Meu favorito na loja tinha sido o mais caro — um longo branco prateado cravejado de cristais, que a atendente afirmou, sem nem um pingo de sarcasmo, que me fazia parecer Liv Tyler em *O Senhor dos Anéis*. Não sei se consegui manter minha expressão séria, porque ela ficou lançando olhares desconfiados para mim quando experimentava outros vestidos.

Mas eu não estava com essa coragem toda para estrear cravejada de cristais, já que poderia haver gente lá de calça jeans, por isso escolhi a opção mais modesta — um tubo longo de cetim cinza. Tinha um pequeno arranjo de folhas de lantejoulas no ombro direito, mas parecia que não dava para escapar disso. A maior parte dos vestidos de baile era desenhada por meninas de cinco anos de idade armadas com pistolas de purpurina, mas pelo menos esse não lembrava uma explosão numa fábrica de Barbie.

Eu me enfiei nele e fechei o zíper do lado, depois descarreguei toda a minha munição da bolsa de maquiagem. Ia precisar de mais do que uma passada de brilho labial para me fazer parecer meio humana essa noite. Estava passando base para cobrir o corte no rosto quando percebi que o rímel não estava no meio de toda a tralha.

Procurei na bolsa com a vã esperança de que estivesse lá, tentando lembrar onde o tinha visto pela última vez. Então me dei conta de que tinha ficado na bolsa que o ladrão levou, junto com todo o resto. Não uso sempre, mas, sem cílios pintados de preto, minha maquiagem esfumaçada dos olhos ficava estranha e desproporcional, como se estivesse pela metade. Por um momento ridículo, pensei que pudesse improvisar com delineador líquido, só que em vez disso procurei mais uma vez na bolsa de mão. Joguei tudo o que havia dentro dela na cama, caso tivesse lembrado errado, ou tivesse um sobressalente preso na costura. Lá no fundo, porém, eu sabia que não estava, e, quando guardava tudo na bolsa de novo, ouvi um barulho na cabine ao lado da minha. O ronco da descarga pressurizada que era reconhecível até junto com o barulho do motor do navio.

Saí para o corredor descalça e com a chave-cartão da minha cabine na mão. A porta de freixo à minha direita tinha uma plaquinha que dizia "10: PALMGREN" que me fez pensar que o suprimento de cientistas escandinavos devia estar acabando quando terminaram a decoração deste navio. Bati timidamente.

Ninguém respondeu. Esperei. Talvez o hóspede estivesse no chuveiro.

Bati outra vez, três batidas rápidas, e então, como se pensasse melhor, uma pancada final mais forte, caso tivessem algum problema auditivo.

Abriram a porta, pareceu que a ocupante estava parada bem na sua frente.

— O que é? — ela perguntou quase antes de abrir a porta. — Está tudo bem? — e então sua expressão mudou. — Merda. Quem é você?

— Sou sua vizinha — eu disse.

Ela era jovem e bonita, tinha cabelo preto comprido e usava uma camiseta velha de Pink Floyd, com furos que, por algum motivo, me fez gostar muito dela.

— Laura Blacklock. Lo. Desculpe, sei que isso parece esquisito, mas será que podia emprestar seu rímel?

Na cômoda atrás dela havia um monte de tubos e cremes, e ela mesma estava bastante maquiada nos olhos, o que me garantiu que eu não tinha batido na porta errada.

— Ah — ela parecia confusa. — Sim. Espere aí.

Ela desapareceu, fechou a porta e depois voltou com um tubo de Maybelline e botou na minha mão.

— Obrigada. Trago de volta daqui a pouco.

— Fique com ele — ela disse.

Automaticamente protestei, mas ela abanou minhas palavras para longe:

— É sério, não quero de volta.

— Eu lavo a escovinha — ofereci, mas ela balançou a cabeça com impaciência.

— Já disse que não quero de volta.

— Está bem — eu disse, espantada. — Obrigada.

— De nada — disse ela, e fechou a porta na minha cara.

Voltei para a minha cabine pensando naquele encontro breve e estranho. Já estava me sentindo bem deslocada naquela viagem, mas ela parecia ainda mais um peixe fora d'água. Filha de algum convidado, talvez? Fiquei imaginando se a veria no jantar.

Tinha acabado de passar o rímel e ouvi alguém bater na porta. Vai ver ela mudou de ideia.

— Oi — eu disse ao abrir a porta.

Mas era uma jovem diferente que estava ali fora, e usava uniforme de comissária de bordo. Havia tirado as sobrancelhas com tanta fúria que apresentava uma permanente expressão de surpresa.

— Olá — ela disse, com uma inflexão melódica na voz, bem escandinava. — Meu nome é Karla e sou sua atendente da suíte, junto com Josef. Essa é apenas uma visita de cortesia para lembrá-la da apresentação às...

— Eu lembro — eu disse, um pouco mais seca do que pretendia. — Às sete da noite, no salão Pippi Longstocking, ou seja lá o nome que tenha.

— Ah, estou vendo que conhece escritores escandinavos! — ela aprovou.

— Não sou tão boa com os cientistas — admiti. — Subo daqui a pouco.

— Maravilha. Lorde Bullmer está ansioso para receber todos vocês a bordo.

Depois que ela foi embora, procurei na mala um xale que acompanhava o vestido — de seda cinza, me dava a sensação de ser uma das irmãs Brontë que ninguém via há muito tempo — e cobri os ombros com ele.

Tranquei a porta da cabine, alojei a chave-cartão dentro do sutiã, fui pelo corredor e subi a escada para o salão Lindgren.

7

Branco. *Branco.* Tudo era branco. O piso de madeira branca. Os sofás de veludo. As cortinas compridas, de seda pura. As paredes imaculadas. Isso era espetacularmente complicado para um navio público — devia ser de propósito, suponho.

Outro candelabro Swarovski pendia do teto e não consegui evitar, tive de parar à porta, mais do que um pouco estupefata. Não era só a luz, o jeito que faiscava e refratava dos cristais no teto, era mais relacionado à escala. O salão era uma réplica perfeita de uma sala de estar de um hotel cinco estrelas, ou de uma antessala do *Queen Elizabeth 2,* só que pequeno. Não podia haver mais de doze a quinze pessoas naquele lugar e, mesmo assim, elas preenchiam todo o espaço e até o candelabro havia sido feito menor para caber. Era como espiar pela porta de uma casa de bonecas, com tudo em miniatura, mas um pouco fora de esquadro, as almofadas copiadas eram um pouco grandes demais para as cadeiras pequenas, as taças de vinho do mesmo tamanho da falsa garrafa de champanhe.

Eu estava registrando tudo naquela sala, à procura da jovem da camiseta Pink Floyd, quando ouvi atrás de mim uma voz risonha e grave no corredor:

— Ofuscante, não é?

Dei meia-volta e vi que era o misterioso sr. Lederer.

— Só um tico — eu disse.

Ele estendeu a mão.

— Cole Lederer.

O nome era familiar, mas eu não conseguia lembrar das coordenadas.

— Laura Blacklock.

Apertamos as mãos e eu o examinei. Mesmo de calça jeans e camiseta, atrapalhado subindo a passarela para o navio, ele era o que Lissie teria chamado de "colírio". Agora estava de smoking e me fez lembrar da máxima de Lissie, que os homens ficavam 33% mais atraentes de smoking.

— E então — ele disse e pegou uma taça de uma bandeja servida por mais uma comissária escandinava sorridente —, o que a trouxe para o *Aurora*, srta. Blacklock?

— Ah, pode me chamar de Lo. Sou jornalista. Trabalho para a *Velocity*.

— Bem, é um prazer conhecê-la, Lo. Posso oferecer-lhe um drinque?

Ele pegou uma segunda flute e estendeu para mim, sorrindo. As miniaturas secas da cabine flutuaram diante dos meus olhos e ficaram ali um tempo, sabendo que eu estava por um triz de beber demais logo tão cedo, mas sem querer parecer grosseira. Meu estômago estava muito, muito vazio e o gim ainda não havia sido eliminado, mas certamente mais uma taça não faria mal, não é?

— Obrigada — resolvi finalmente.

Ele me entregou a taça e seus dedos encostaram nos meus de um jeito que podia não ser acidental. Bebi um gole, querendo afogar meus nervos.

— E você? Qual é o seu papel aqui?

— Sou fotógrafo — disse ele, e então lembrei onde tinha ouvido falar o nome dele.

— Cole Lederer! — exclamei.

Com vontade de me dar um chute. Rowan teria paparicado o homem desde a prancha na subida para o navio.

— É claro... você fez aquela foto extraordinária para o *Guardian*, dos picos gelados derretendo.

— Isso mesmo.

Ele sorriu de orelha a orelha, descaradamente satisfeito de ser reconhecido, embora desse para imaginar que essa emoção já teria minguado para ele a essa altura. O cara ficava apenas dois degraus abaixo de David Bailey.

— Fui convidado para cobrir essa viagem, você sabe, fotos sentimentais dos fiordes e coisas assim.

— Não é muito sua área de cobertura, é? — perguntei, curiosa.

— Não — ele concordou. — Costumo fazer espécies ameaçadas ou ambientes de risco hoje em dia, e acho que não se pode dizer que essa tropa esteja correndo qualquer risco de extinção. Parecem extremamente bem alimentados.

Examinamos a sala juntos. Tive de concordar com ele a respeito dos homens. Havia um pequeno grupo num canto que parecia capaz de sobreviver algumas semanas só com suas reservas de gordura, se por acaso fôssemos vítimas de um naufrágio. Mas as mulheres eram outra história. Todas tinham aquela aparência magra e polida que indicava muita ioga Bikram e dieta macrobiótica, e parecia que não sobreviveriam muito tempo se o navio afundasse. Talvez pudessem comer um dos homens.

Reconheci alguns rostos de outras reuniões da imprensa. Lá estava Tina West, magra feito um caniço e com joias que pesavam mais do que ela, que editava a *Vernean Times* (lema: "80 dias são apenas o começo"); o jornalista de turismo Alexander Belhomme, que escrevia artigos de pesquisa e sobre comida para algumas revistas de voo e veículos interativos e era luzidio e rotundo como um leão marinho; e Archer Fenlan, especialista famoso de "viagens radicais".

Archer, que devia ter quarenta anos de idade, mas que parecia mais velho com seu bronzeado artificial permanente, rosto envelhecido pelo clima, apoiava o peso num pé e depois no outro, denotando desconforto com seu smoking e gravata. Não consegui imaginar o que estava fazendo ali — a praia dele era comer gororobas de larvas na Amazônia, mas talvez estivesse de férias.

Não vi a jovem da cabine vizinha à minha em canto nenhum.

— Bu! — disse uma voz atrás de mim.

Virei rápido.

Ben Howard. Que diabos ele estava fazendo ali? Sorria de orelha a orelha para mim através da barba espessa dos alternativos que era novidade desde a última vez que o vi.

— Ben — falei baixinho, tentando esconder o susto. — Como vai? Conhece Cole Lederer? Ben e eu trabalhamos juntos na *Velocity*. Agora ele escreve para a... qual é agora? *Indie? Times?*

— Cole e eu nos conhecemos — disse Ben à vontade. — Nós cobrimos aquela coisa do Greenpeace juntos. Como vão as coisas, cara?

— Tudo bem — respondeu Cole.

Os dois fizeram aquela coisa de homem que parece um meio-abraço, porque você é metrossexual demais para um aperto de mãos convencional e não tão avançado para um toque de mãos coreografado.

— Você está ótima, Blacklock — disse Ben, virando para mim e dando aquela olhada de conjunto da obra que me deu vontade de acertar as bolas dele com o joelho, só que a merda do vestido era justa demais.

— Só que... você andou... é... praticando luta livre na jaula de novo?

No primeiro minuto não consegui entender a que se referia. Depois me dei conta de que era por causa do corte no rosto. Obviamente minha habilidade com a base corretora não era boa como eu pensava.

O lampejo de lembrança da porta batendo no meu rosto e do homem no meu apartamento... mais ou menos a mesma altura de Ben, os mesmos olhos escuros e líquidos... era tão real que meu coração acelerou e senti um aperto no peito, por isso levei muito tempo para encontrar as palavras para responder. Fiquei olhando fixo para ele e sem me esforçar para tirar o gelo da minha expressão.

— Desculpe, desculpe — ele levantou a mão. — Cuidar da minha própria vida, eu sei. Meu Deus, essa gola aperta demais — ele puxou a gravata-borboleta. — Como é que você veio parar nessa, então? Subindo no mundo?

— Rowan está doente — eu disse laconicamente.

— Cole!

Alguém interrompeu aquela pausa desconfortável e todos nós viramos para ver quem era. Tina vinha rebolando de leve no impecável assoalho de carvalho branco, o vestido prateado cintilando como pele de cobra. Ela beijou demoradamente as faces de Lederer, ignorando a mim e ao Ben.

— Amoreco, já faz tempo demais.

A voz dela estava rouca de emoção.

— E quando é que você vai fazer aquela foto que prometeu para a *Vernean*?

— Oi, Tina — disse Cole, com um leve tom de cansaço na voz.

— Quero te apresentar ao Richard e ao Lars — ela ronronou, pôs o braço no dele e o levou até o grupo de homens que eu tinha visto no início. Ele se deixou levar e, ao se afastar, deu apenas um sorriso triste por cima do ombro. Ben ficou vendo Cole se distanciar, depois virou de novo para mim e ergueu uma sobrancelha com um *timing* tão perfeito de comédia que eu bufei.

— Acho que sabemos quem é a bela do baile, certo? — ele disse secamente, e eu tive de menear a cabeça. — Mas e então, como você está? — continuou. — Ainda com o ianque?

O que eu podia dizer? Que eu não sabia? Que havia uma grande possibilidade de eu ter estragado tudo a ponto de perdê-lo?

— Continuo nada disponível — acabei dizendo, meio azeda.

— Que pena. Mas você sabe, o que acontece nos fiordes, fica nos fiordes...

— Ah, vai se catar, Howard — retruquei.

Ele levantou as mãos.

— Não pode culpar um cara por tentar.

Sim, eu posso, pensei, mas não disse. Em vez disso, peguei outra taça de uma garçonete que passava e olhei em volta à procura de alguma coisa para mudar de assunto.

— Quem são os outros, afinal? — perguntei. — Tiquei você, eu, Cole, Tina e Archer. Ah, e o Alexander Belhomme. E aquele grupo lá? — apontei com a cabeça para o grupo com o qual Tina conversava. Havia três homens e duas mulheres, uma delas mais ou menos da minha idade, mas cinquenta mil libras mais bem-vestida, e a outra... bem, a outra foi uma espécie de surpresa.

— Aquele é Lorde Bullmer e seus amigos de longa data. Você sabe, ele é o dono do navio e o... acho que chamam de figura de proa da empresa, é isso?

Olhei para o grupo e tentei reconhecer Lorde Bullmer pela foto da Wikipédia. Logo de cara não consegui saber qual deles era ele, então um dos homens deu uma gargalhada bem ruidosa, jogando a cabeça para trás, e logo soube que era ele. Alto, magro, mas musculoso, de terno com caimento tão perfeito que tive certeza de que tinha sido feito sob medida, e violentamente bronzeado, como se passasse muito tempo ao ar livre. Os olhos azuis muito brilhantes se estreitavam em frestas quando ele ria e havia uma mecha grisalha em cada têmpora. Mas era o grisalho que aparece no cabelo muito preto, não de velhice.

— Ele é muito jovem. Parece estranho que alguém da nossa idade tenha título de nobreza, não acha?

— Ele é visconde alguma coisa também, eu acho. O dinheiro vem em grande parte da mulher dele, é claro. Ela é a herdeira Lyngstad, a família dela era de fabricantes de automóveis. Sabe de quais estou falando?

Fiz que sim com a cabeça. Meu conhecimento de negócios podia ser meio vacilante e a família era famosa por ser ultradiscreta, mas até eu tinha ouvido falar da Fundação Lyngstad. Toda vez que assistimos filmagem de alguma zona de calamidade internacional, o logotipo deles aparece nos caminhões e pacotes de suprimentos humanitários. De repente me lembrei de uma foto que tinha visto em todos os jornais no ano passado — talvez até fosse uma das fotos de Cole — de uma mãe síria na frente de um caminhão com a marca Lyngstad segurando um bebê nos braços, erguendo o filho para o motorista como se fosse um talismã para fazer o veículo parar.

— E aquela é ela? — apontei para a mulher alta e graciosa, de cabelo louro quase branco, que estava de costas para mim, rindo de alguma coisa que um dos outros homens tinha dito. Usava um vestido devastadoramente simples, de seda pura cor-de-rosa, que fez com que eu sentisse que tinha montado o meu com peças da minha caixa de fantasias da infância. Ben balançou a cabeça.

— Não, aquela é Chloe Jenssen. Ex-modelo e casada com aquele cara de cabelo louro, Lars Jenssen. Ele é um bambambã das finanças, comanda um grande grupo sueco de investimentos. Imagino que Bullmer o tenha trazido para cá como investidor em potencial. Não, a mulher de Bullmer é aquela ao lado dele, de lenço na cabeça.

Oh... Era ela a surpresa. Contrastando com as outras no grupo, a mulher de lenço na cabeça parecia... bem, ela parecia doente. Vestia uma espécie de quimono de seda cinza sem forma, de enrolar no corpo, que combinava com seus olhos. Era meio vestido de noite e meio robe de ficar em casa, mas, mesmo daquela distância, dava para ver que usava um lenço de seda enrolado na cabeça, e sua pele era branca como papel. Sua palidez sobressaía demais em contraste com o resto do grupo, que parecia quase obscenamente saudável. Percebi que estava olhando fixo e olhei para baixo.

— Ela esteve doente — disse Ben, sem necessidade. — Câncer de mama. Acho que foi bem sério.

— Que idade ela tem?

— Acho que mais ou menos trinta. É mais jovem do que ele, de qualquer maneira.

Quando Ben secou a taça e virou para procurar um garçom, olhei de novo para a mulher. Jamais teria reconhecido pela fotografia que vi on-line, nem em um milhão de anos. Podia ser a pele cinzenta, ou a seda folgada, mas ela parecia bem mais velha e, sem aquela gloriosa juba dourada, parecia outra pessoa.

Por que estava no navio e não em casa, deitada num sofá? Mas também... por que ela *não devia* estar aqui? Talvez tivesse pouco tempo de vida. Talvez quisesse aproveitar ao máximo. Ou então... essa era uma ideia e tanto... mas talvez ela só desejasse que a outra mulher de vestido cinza parasse de olhar fixo para ela com olhar de piedade e a deixasse em paz.

Desviei os olhos de novo e mirei em alguém menos vulnerável para especular. Havia só uma pessoa no grupo que eu não sabia quem era, um homem alto, mais velho, de barba grisalha bem aparada e uma barriga que só podia ser resultado de muitos almoços demorados.

— Quem é o sósia do Donald Sutherland? — perguntei para Ben.

Ele virou para mim.

— Quem? Ah, aquele é Owen White. Investidor do Reino Unido. Tipo Richard Branson. Mas numa escala um pouco menor.

— Meu Deus, Ben... Como é que você sabe de tudo isso? Você tem conhecimento enciclopédico da alta sociedade ou algo parecido?

— Não... — Ben olhou para mim com um ar de incredulidade na expressão. — Eu liguei para a assessoria de imprensa, pedi a lista dos convidados e pesquisei no Google. Não é exatamente coisa de Sherlock Holmes.

Merda. *Merda.* Por que não fiz isso? Era o que qualquer bom repórter faria. E eu nem pensei nisso. Só que Ben não devia ter passado os últimos dias num torpor de privação de sono e com transtorno de estresse pós-traumático.

— Que tal...

Mas o que Ben ia falar foi abafado pelo tilintar de metal contra a flute de champanhe, e Lorde Bullmer foi para o centro da sala. Camilla Lidman largou a taça e a colher de chá que estava segurando e ia se adiantar para apresentá-lo, mas ele fez sinal com a mão e ela se retirou na retaguarda com um sorriso discreto.

Fizeram um silêncio respeitoso e de expectativa na sala, e Lorde Bullmer começou a falar:

— Obrigado a todos que se juntaram a nós aqui no *Aurora* em sua viagem inaugural — disse ele, com a voz agradável, naquele tom curiosamente sem classe que as pessoas das escolas públicas batalhavam para adquirir, os olhos azuis possuíam um magnetismo que praticamente impedia que desviássemos o olhar dele. — Meu nome é Richard Bullmer, e minha mulher, Anne, e eu queremos desejar boas-vindas para vocês a bordo do *Aurora*. O que tentamos fazer com este navio foi torná-lo nada menos do que uma casa de casa.

— Uma casa de casa? — sussurrou Ben. — Talvez a casa dele tenha uma varanda com vista para o mar e um frigobar grátis. A minha certamente não tem.

— Nós não achamos que viagem precisa significar concessão — continuou Bullmer. — No *Aurora*, tudo deve ser como vocês desejam, e, se não for, minha equipe e eu queremos saber.

Ele fez uma pausa e deu uma piscadela para Camilla, reconhecendo que ela provavelmente estaria na linha de qualquer reclamação.

— Vocês que me conhecem sabem da minha paixão pela Escandinávia, pelo carinho do seu povo — ele deu um breve sorriso para Lars e Anne —, pela excelência da sua comida — meneou a cabeça para a bandeja com canapés de camarão com endro que passava — e a glória espetacular da própria região, das florestas da Finlândia às ilhas do arquipélago sueco, à majestade dos fiordes na Noruega, terra natal da minha mulher. Mas acho que para mim a qualidade que define a paisagem escandinava não é, talvez paradoxalmente, a terra, e sim o céu, amplo e quase sobrenatural de tão limpo. E é esse céu que oferece o que para muitos é a glória maior da experiência escandinava no inverno, a *aurora borealis*. Na natureza nada é certeza, mas torço muito para poder compartilhar o espetáculo majestoso da *aurora borealis* com vocês nessa viagem. A *aurora borealis* é uma coisa que todos deviam ver antes de morrer. E agora, senhoras e senhores, ergam suas taças, por favor, à viagem inaugural do *Aurora Borealis* — e que a beleza do seu homônimo jamais se apague.

— Ao *Aurora Borealis* — dissemos todos obedientemente, e levantamos nossas taças.

Senti o álcool escorrer dentro de mim, tirando as arestas de tudo, até a dor que ainda sentia no rosto.

— Venha, Blacklock — disse Ben, largando a taça vazia. — Vamos fazer nosso trabalho e fofocar.

Fiquei meio relutante de participar do grupo com ele. A ideia de sermos considerados um casal era esquisita, devido ao nosso passado, mas eu não ia deixar Ben começar a fazer associações enquanto eu ficava para trás. Conforme fomos andando pela sala, vi Anne Bullmer tocar no braço do marido e cochichar alguma coisa no seu ouvido. Ele fez que sim com a cabeça, ela ajeitou o vestido trespassado e os dois foram indo em direção à porta, Richard solícito, segurando o braço de Anne. Passamos pelo centro da sala e ela deu um sorriso doce que iluminou o rosto bem-feito, mas emaciado, com uma sombra do que devia ser sua antiga beleza, e vi que não tinha sobrancelhas. A falta delas, aliada às maçãs do rosto proeminentes, conferia-lhe uma bizarra aparência de caveira.

— Com sua licença — disse ela.

A voz de Anne era puro inglês da BBC, sem sotaque nenhum que se pudesse notar.

— Estou muito cansada e infelizmente tenho de renunciar ao jantar esta noite. Mas quero muito estar com vocês amanhã.

— Claro — eu disse sem jeito e tentei sorrir. — Eu... eu também quero.

— Eu só vou levar minha mulher até a cabine dela — disse Richard Bullmer. — Volto antes de servirem o jantar.

Olhei para os dois caminhando lentamente e disse para Ben:

— O inglês dela é perfeito. Ninguém percebe que é norueguesa.

— Acho que ela não viveu muito tempo na Noruega quando era mais jovem. Passou a maior parte da infância em internatos na Suíça, até onde eu soube. Certo, então me dê cobertura, Blacklock, eu vou entrar.

Ele atravessou a sala com passos largos, pescou um punhado de canapés no caminho e se inseriu no pequeno grupo com a facilidade de um jornalista nato com muita prática.

— Belhomme — ouvi Ben chamar num tom de voz do tipo falsa camaradagem entre a elite universitária, que eu sabia que não tinha nada a ver com o histórico dele, já que foi criado numa propriedade do município de Essex. — É ótimo te ver outra vez. E o senhor deve ser Lars Jenssen, eu li o seu perfil no *Financial Times*. Admiro muito sua posição sobre o meio ambiente — misturar princípios com os negócios não é tão fácil como o senhor faz parecer.

Eca, olhe só como tece sua rede, o canalha! Não admira que trabalhasse no *The Times* fazendo matérias investigativas de verdade, enquanto eu ficava empacada à sombra de Rowan, na *Velocity*. Eu devia ir para lá. Devia me convencer a conversar com eles como Ben fazia. Essa era a minha chance, e eu sabia disso. Então por que estava ali parada, segurando minha taça com dedos gelados, incapaz de me mexer?

A garçonete passou com uma garrafa de champanhe e, um tanto quanto contra meus critérios, deixei que enchesse minha taça. Ela se afastou e bebi um gole temerário.

— Penny? — disse uma voz baixa no meu ouvido, virei imediatamente e vi Cole Lederer parado atrás de mim.

— Oi, Penny quem? — consegui dizer, com as palmas da mão meladas de suor.

Eu precisava superar aquilo.

Ele deu um largo sorriso e percebi meu erro.

— Ah, é claro, um *penny* pelo meu pensamento — eu disse, furiosa comigo mesma e com ele por ser tão bobo.

— Desculpe — ele disse ainda sorrindo. — É um clichê idiota. Nem sei por que falei isso. Você parecia especialmente pensativa aí parada, mordendo o lábio desse jeito...

Eu estava mordendo o lábio? Ora, ora, por que não cutucar a terra com as pontas dos meus sapatos boneca também e talvez bater os cílios piscando?

Procurei lembrar o que estava pensando, além do Ben e da minha falta de habilidade para formar rede de contatos. A única coisa que me veio à mente foi o filho da mãe que invadiu meu apartamento, mas jamais puxaria esse assunto aqui. Eu queria que Cole Lederer me respeitasse como jornalista, não que sentisse pena de mim.

— Ah... é... política? — finalmente desembuchei.

O champanhe e o cansaço estavam começando a fazer efeito. Meu cérebro não funcionava direito e a cabeça começava a doer. Percebi que estava a meio caminho de ficar de porre, e nem seria o tipo bom de porre.

Cole olhou cético para mim.

— Bem, e *você*, em que estava pensando? — perguntei, irritada.

Existe uma razão para manter os pensamentos dentro da nossa cabeça em grande parte: não é seguro verbalizá-los em público.

— Você quer dizer, além de olhar seus lábios?

Resisti à vontade de rolar os olhos e tentei ligar minha Rowan interior, que teria flertado com ele até conseguir seu cartão de visita.

— Se quer saber — continuou Cole, encostando na parede quando o navio adernou com uma onda e o gelo chocalhou dentro dos baldes das champanhes —, eu estava pensando na minha em breve ex-mulher.

— Ah, sinto muito.

Percebi que ele estava bêbado também, só que disfarçava bem.

— Ela está trepando com meu padrinho, do nosso casamento. Eu estava pensando que gostaria muito de retribuir o favor.

— Trepar com a madrinha?

— Ou então... qualquer uma, pra dizer a verdade.

Hã. No tocante à conquista, aquilo certamente era direto. Ele sorriu de orelha a orelha de novo, e de alguma forma conseguiu fazer aquela frase parecer um pouco charmosa, como se estivesse tentando a sorte e não agindo feito um artista desleixado da paquera.

— Bem, acho que você não deve ter muito problema — eu disse com leveza. — Tenho certeza de que Tina faria esse favor.

Cole deu uma risada debochada e senti uma pontada de culpa, pensando em como me sentiria se Ben e Tina fizessem piadinhas semelhantes a essa, sobre eu me jogar em cima do Cole para alavancar a minha carreira. Então Tina tinha ligado o charme. Grande coisa. Não era exatamente o crime do século.

— Desculpe — eu disse, desejando engolir de volta a observação. — O que eu disse foi muito vulgar.

— Mas correto — retrucou Cole secamente. — Tina esfolaria a própria mãe para ter uma história. Minha única preocupação — ele bebeu outro gole de champanhe e sorriu — seria sair vivo do nosso encontro.

— Senhoras e senhores — chamou a voz de um comissário interrompendo a nossa conversa —, façam o favor de ir para a sala Jansson, onde o jantar será servido em breve.

Quando fomos formar a fila, senti que alguém olhava para mim e virei para ver quem era. A pessoa que estava atrás de mim era Tina, e de fato ela me lançava um olhar bem especulativo.

8

Foi surpreendente o tempo que a equipe demorou para nos levar para a miniatura de sala de jantar ao lado. Eu esperava algo mais prático, como as barcas que conhecia, que tinham filas de mesas e um comprido bufê de almoço. Claro que a realidade era bem diferente... nós podíamos estar na casa de alguém, se eu conhecesse alguém cuja casa tivesse cortinas de seda pura e copos de cristal lapidado.

Quando finalmente sentamos, minha cabeça latejava e doía muito, e eu estava desesperada para comer alguma coisa. Melhor ainda, eu queria café, mas imaginei que teria de esperar até a sobremesa para conseguir um. A sensação era de esperar uma eternidade.

Os convidados foram postos em duas mesas de seis lugares, mas em cada uma havia uma cadeira vazia. Será que uma delas era onde a jovem da cabine 10 devia sentar? Contei rapidamente as cabeças bem baixinho.

Na mesa 1 estavam Richard Bullmer, Tina, Alexander, Owen White e Ben Howard. O lugar vago era bem de frente para Richard Bullmer.

Na mesa 2 estavam eu, Lars e Chloe Jenssen, Archer e Cole, com um lugar extra ao lado dele.

— Pode tirar isso — disse Cole para a garçonete que chegou com a garrafa de vinho, apontando para o lugar vazio. — Minha mulher não pôde vir.

— Ah, perdão, senhor.

A moça fez uma semimesura, disse alguma coisa para uma colega e tiraram o lugar extra no mesmo instante. Bem, aquele foi explicado. Mas o lugar vazio na primeira mesa continuou lá.

— Chablis? — perguntou a garçonete.

— Sim, por favor.

Cole estendeu sua taça. Quando fez isso, Chloe Jenssen se debruçou sobre a mesa com a mão estendida para mim.

— Acho que não fomos apresentadas.

A voz dela era grave e meio sussurrante, bem surpreendente para alguém tão pequena, e tinha um leve sotaque de Essex.

— Sou Chloe, Chloe Jenssen, mas meu nome profissional é Wylde.

Mas claro! Quando ela disse o nome, eu a reconheci, aquelas famosas maçãs do rosto salientes, o viés eslavo dos olhos puxados, o cabelo quase branco de tão louro. Mesmo sem maquiagem e iluminação de cena, ela parecia ser de outro mundo, como se tivesse sido pinçada de uma minúscula aldeia de pescadores na Islândia, ou numa dacha na Sibéria. Sua beleza tornava a história de ter sido descoberta por um olheiro de modelos num supermercado fora da cidade mais extraordinária ainda.

— É um prazer conhecê-la — eu disse, e apertei sua mão.

Seus dedos eram frios e a pegada quase doeu de tão forte, mais ainda por causa dos anéis pesados que ela usava, que cortaram minhas articulações. Mais de perto, era ainda mais deslumbrante, a beleza austera do vestido deixava o meu no chinelo. A sensação era de que podíamos muito bem ter vindo de planetas diferentes. Resisti à vontade de puxar o decote.

— Sou Lo Blacklock.

— Lo Blacklock! — ela deu uma risada sonora. — Gostei. Soa como uma estrela de cinema da década de 1950, aquele tipo com cintura de vespa e seios até o queixo.

— Quem dera.

Apesar da dor de cabeça que só piorava, eu sorri. A alegria dela tinha um quê de contagiante.

— E esse deve ser seu marido...?

— Esse é Lars, sim.

Ela o olhou, pronta para trazê-lo para a conversa, mas ele estava entretido conversando com Cole e Archer, por isso ela só rolou os olhos nas órbitas e virou para mim de novo.

— Ainda tem alguém que vai sentar ali? — apontei com o queixo para o lugar vago na primeira mesa.

Chloe balançou a cabeça.

— Acho que era para Anne... você sabe, a mulher do Richard. Ela não está bem. Acho que deve ter resolvido jantar na cabine.

— É claro — eu devia ter pensado nisso. — Você a conhece bem? — perguntei.

Chloe balançou a cabeça.

— Não, eu conheço Richard muito bem, via Lars, mas Anne não sai da Noruega — ela baixou a voz e confidenciou: — Ela é meio reclusa, por isso fiquei surpresa de saber que estava a bordo... mas imagino que ter câncer pode fazer com que...

Mas o que ia dizer foi interrompido com a chegada de cinco pratos escuros e quadrados, cada um com uma variedade de quadrados multicoloridos e montinhos de espuma arrumados com o que parecia grama cortada. Vi que não tinha ideia do que eu ia comer.

— Marisco lingueirão em conserva de beterraba — anunciou a comissária — com espuma de erva de bisão e lascas de funcho-do-mar seco ao ar livre.

Os garçons e garçonetes se retiraram, Archer pegou o garfo e cutucou o quadrado com mais cores de neon.

— Lingueirão? — disse ele, desconfiado.

Seu sotaque de Yorkshire estava mais forte do que na televisão.

— Nunca fui fã de frutos do mar crus. Me dão aflição.

— É mesmo? — disse Chloe, com um sorriso torto como o de uma gata que indicava algo entre paquera e incredulidade. — Pensei que adorasse os temperos australianos, você sabe, insetos, lagartos, essas coisas.

— Se você fosse paga para comer cocô no seu emprego, talvez também gostasse de comer um belo bife no seu dia de folga — disse ele com um largo sorriso.

Então ele virou para mim e estendeu a mão.

— Archer Fenlan. Não tenho certeza se já nos apresentamos.

— Lo Blacklock — eu respondi em meio a um bocado de algo que esperava que não fosse espuma de inseto, mas era difícil ter certeza. — Nós nos conhecemos sim, mas você não vai lembrar. Eu trabalho para a *Velocity*.

— Ah, sim. Então trabalha para Rowan Lonsdale?

— Isso.

— Ela gostou da matéria que fiz para ela?

— Sim, fez sucesso. Mereceu muitos tuítes.

Doze alimentos surpreendentemente deliciosos que você nem sabia que eram comestíveis, ou alguma coisa nessa linha. Foi ilustrada com uma foto de Archer assando algo inominável no fogo e sorrindo de orelha a orelha para a câmera.

— Você não vai comer? — perguntou Chloe, indicando o prato de Archer.

O prato dela estava quase vazio, ela passou o dedo num resto de espuma e lambeu.

Archer hesitou e empurrou o prato.

— Acho que vou pular esse — ele disse. — Vou esperar o próximo prato.

— Jogo limpo — disse Chloe.

Ela deu mais um sorriso lento e torto. Um movimento em seu colo chamou minha atenção, e vi que, abaixo do nível da mesa, mas não escondido pela toalha, Lars e ela estavam de mãos dadas, o polegar dele alisando ritmicamente as articulações dela. A visão era tão íntima, ao mesmo tempo tão pública, que foi como um choque percorrendo meu corpo. Talvez aquela encenação de paquera não fosse exatamente o que parecia.

Notei que Archer falava comigo, e fiz um esforço para me concentrar nele.

— Desculpe — eu disse —, estava longe daqui. O que você disse?

— Eu disse: posso servir mais vinho? Sua taça está vazia.

Olhei para a taça. O Chablis tinha acabado. Mas eu mal me lembrava de ter bebido.

— Sim, por favor — respondi.

Enquanto ele servia o vinho, eu olhava para a taça e tentava calcular quanto já havia bebido. Bebi um gole. Chloe se inclinou e perguntou baixinho:

— Espero que não se importe de eu perguntar, mas o que aconteceu com o seu rosto?

Minha surpresa deve ter transparecido, porque ela abanou a mão, querendo dizer: esqueça, deixa pra lá.

— Desculpe, ignore a pergunta, não é da minha conta. Eu só... bem, eu estive em relacionamentos ruins, é só isso.

— Ah... não!

Por algum motivo, aquele engano dela me constrangeu, fiquei envergonhada, como se fosse minha culpa, ou que eu estivesse falando mal de Judah pelas costas, mesmo que nada disso fosse verdade.

— Não, não foi nada disso. Eu fui assaltada.

— É mesmo? — ela ficou chocada. — Em casa?

— É. Parece que isso está se tornando comum, pelo menos foi o que a polícia disse.

— E ele atacou você? Meu Deus.

— Não exatamente.

Eu não queria entrar em detalhes, não só porque falar sobre o assunto trazia lampejos desagradáveis do ocorrido, mas também por orgulho. Eu queria sentar àquela mesa como uma profissional, a jornalista tranquila e capaz que encarava qualquer situação. Não gostava do meu retrato como vítima assustada, acovardada no meu próprio quarto.

Mas agora a história já tinha vazado, pelo menos 90%, e não explicar era como receber atenção e simpatia sob falsos pretextos.

— Foi... foi um acidente. Ele bateu a porta na minha cara, atingiu o lado do meu rosto. Não acho que pretendia me machucar.

Eu devia ter ficado quieta no meu quarto, com a cabeça embaixo do edredom, essa era a verdade. Lo burra, de ir lá ver o que era.

— Você devia aprender autodefesa — sugeriu Archer. — Foi assim que comecei, você sabe. Com os fuzileiros navais. Não é questão de tamanho. Até uma mulher como você pode dominar um homem, se tomar a dianteira. Olha só, vou lhe mostrar — ele empurrou a cadeira para trás. — Fique de pé.

Levantei meio sem jeito e, com uma rapidez incrível, ele agarrou meu braço e o torceu nas minhas costas, me desequilibrando. Apoiei a mão livre na mesa, mas o movimento de torção no meu ombro continuou, puxando para trás, os músculos berrando de dor. Emiti algum ruído, meio dor, meio medo, e, com o canto dos olhos, vi que Chloe estava chocada.

— Archer! — gritou ela, e falou com mais urgência: — Archer, você está assustando a Lo!

Ele me soltou e eu afundei na cadeira, com as pernas bambas, procurando não mostrar como doía meu ombro.

— Desculpe — disse Archer, sorrindo quando puxou a cadeira para perto da mesa. — Espero que não tenha machucado você. Não conheço minha força. Mas você viu o que eu quis dizer... é muito complicado escapar disso, mesmo se o seu agressor for maior do que você. Se quiser uma aula qualquer hora dessas...

Ensaiei uma risada, mas soou falsa e trêmula.

— Você está precisando de um drinque — disse Chloe sem rodeios, e encheu a minha taça.

Então Archer virou para o outro lado para falar com um garçom, e ela acrescentou em voz baixa:

— Ignore Archer. Estou começando a acreditar que os boatos sobre a primeira mulher dele são verdade. E olha, se você quiser disfarçar esse machucado, venha até a minha cabine qualquer hora. Tenho uma bolsa cheia de truques e sou ótima artista com maquiagem. Coisas do ofício.

— Farei isso — eu disse e tentei sorrir, só que saiu amarelo e tenso.

Peguei minha taça e bebi um gole para disfarçar.

— Obrigada.

Depois do primeiro prato os lugares foram trocados e, com certo alívio, fui parar na mesa que não era a de Archer, sentada entre Tina e Alexander, que, por cima da minha cabeça, estavam tendo uma conversa muito culta sobre o que se come no mundo.

— É claro que o tipo de sashimi que não se pode deixar de provar é o fugu — disse Alexander animado, alisando seu guardanapo sobre a faixa apertada do smoking. — É simplesmente o gosto mais exótico de todos.

— Fugu? — perguntei, para ser incluída na conversa. — Não é aquele horrivelmente venenoso?

— Exatamente, e é disso que *trata* a experiência. Eu nunca fui de consumir drogas; conheço as minhas fraquezas e tenho consciência de que sou um dos comedores de lótus da Odisseia, por isso nunca confiei em mim mesmo para mergulhar nesse tipo de coisa, mas só posso presumir que o barato que se sente depois de comer fugu seja uma reação neurológica semelhante. O comensal jogou dados com a morte e venceu.

— Não dizem por aí — Tina falou com a voz arrastada, bebendo seu vinho — que a arte do melhor chef é cortar o mais perto possível das partes venenosas do peixe e deixar só uma lasca das toxinas na carne para incrementar a experiência?

— Foi o que ouvi dizer — concordou Alexander. — Supõe-se que, em quantidades bem pequenas, o veneno funcione como estimulante, só que essa técnica específica de fatiar pode ter mais a ver com o preço do peixe e a ideia do chef de não desperdiçar nem um pedacinho.

— E qual é a potência do veneno? — perguntei. — Em termos de quantidade, quero dizer. Quanto teríamos de comer?

— *Bem*, essa é a questão, não é? — disse Alexander.

Ele se debruçou sobre a mesa com um brilho bastante desagradável no olhar e mais entusiasmado com o assunto.

— Partes diferentes do peixe possuem cargas tóxicas diferentes, mas quando falamos das partes mais venenosas, quero dizer, do fígado, dos olhos e das ovas, é muito, muito pouco. Gramas, se tanto. Dizem que é cerca de mil vezes mais letal do que cianeto. — Alexander botou o garfo com carpaccio de peixe na boca e falou mastigando a carne delicada: — Deve ser horrível morrer assim. O chef que preparou para nós em Tóquio teve um enorme prazer de descrever o processo que o veneno acarreta: paralisa os músculos, você sabe, mas a mente da vítima não é muito afetada, de modo que a pessoa fica totalmente consciente durante toda a experiência, enquanto os músculos atrofiam e ela não consegue mais respirar — ele engoliu, lambeu os lábios e sorriu. — Depois de um tempo, simplesmente morre sufocada.

Olhei para as lâminas finas de peixe cru no meu prato, e não sei se foi o vinho, ou a vívida descrição de Alexander, ou se o mar tinha encrespado, mas perdi boa parte do apetite de antes do jantar. Relutante, pus um pedaço na boca e mastiguei.

— Fale de você, querida — disse Tina de repente, e me surpreendeu ao mudar tão depressa o foco de sua atenção de Alexander para mim. — Soube que trabalha com Rowan, não é isso?

Tina começara a trabalhar na *Velocity* no final da década de 1980 e conviveu pouco tempo com Rowan, que ainda falava dela até hoje e de sua lendária ferocidade.

— Isso mesmo — engoli o carpaccio com uma rapidez incômoda. — Estou lá há mais ou menos dez anos.

— Ela deve achar você muito competente para mandá-la numa viagem como essa. Grande jogada, eu diria, não acha?

Eu me mexi na cadeira. O que podia responder? *Na verdade eu não acho que ela jamais teria confiado a mim uma missão como essa se não estivesse tomando soro no hospital?*

— Tenho muita sorte — foi o que acabei dizendo. — É um grande privilégio estar aqui, e Rowan sabe como estou empenhada em provar que posso.

— Bem, aproveite, esse é o meu conselho. — Tina deu uns tapinhas no meu braço, seus anéis frios na minha pele. — Só se vive uma vez. Não é isso que dizem?

9

Trocamos de lugar mais duas vezes, mas nunca cheguei a ficar ao lado de Bullmer, e foi só quando serviram o café e pudemos voltar para a sala Lindgren que tive a chance de conversar com ele. Eu estava apenas andando pela sala, segurando uma xícara de café e procurando me equilibrar no balanço do navio, quando um flash estourou na minha cara e tropecei. Por um triz não me encharquei de café. Mas algumas gotas mancharam a bainha do vestido alugado e o sofá branco perto de mim.

— Sorria — disse uma voz ao pé do meu ouvido, e então vi que o fotógrafo era Cole.

— Merda, seu *idiota* — eu disse com raiva, e no mesmo instante tive vontade de me socar.

A última coisa que eu precisava era de Cole contando minha grosseria para Rowan. Devia estar mais bêbada do que pensava.

— Não é você — eu disse sem jeito, procurando consertar a bobagem. — Sou eu, eu me referia a mim. O sofá.

Ele percebeu meu desconforto e deu risada.

— Bela recuperação. Não se preocupe, não vou dedurar você para sua chefe. Meu ego não é tão frágil assim.

— Eu não... — gaguejei, mas era tão incrivelmente próximo do que eu realmente *estava* pensando que não conseguia pensar em como terminar a frase — Eu só...

— Esqueça isso. Para onde estava indo com tanta pressa? Você andava pela sala como um caçador atrás de um antílope manco.

— Eu... — parecia desculpa admitir, mas minha cabeça latejava com um misto de cansaço e álcool, e pareceu mais fácil contar a verdade: — Eu esperava conversar com Richard Bullmer. Estava tentando falar com ele a noite inteira, só que não tive oportunidade.

— E ia fazer sua jogada quando eu estraguei tudo — disse Cole com um brilho nos olhos.

Ele sorriu de novo, e percebi que eram os caninos dele que lhe davam uma aparência levemente lupina, de predador.

— Bem, posso consertar isso para você. Bullmer!

Eu me encolhi quando Richard Bullmer, que conversava com Lars, virou para trás e olhou para o nosso lado.

— Será que ouvi meu nome?

— Ouviu sim — disse Cole. — Venha aqui conversar com essa moça simpática, para compensar o fato de eu tê-la atacado.

Bullmer deu risada, pegou sua xícara do braço da cadeira próxima a ele e veio em nossa direção com passos largos. Movia-se com naturalidade, apesar do leve balanço do navio, e tive a impressão de que tinha excelente forma física e devia ser só músculos por baixo do smoking bem cortado.

— Richard — disse Cole, apontando a mão aberta para mim —, essa é Lo. Lo, Richard. Eu a surpreendi com uma foto espontânea quando ela ia procurá-lo e ela derramou o café.

Meu rosto pegou fogo de tão rubro, mas Bullmer estava balançando a cabeça para Cole.

— Você sabe o que eu disse sobre ser discreto com essa coisa — ele apontou com a cabeça para a câmera pesada pendurada no pescoço de Cole. — Nem todo mundo quer fotos de paparazzi em momentos inoportunos.

— Ah, eles adoram — disse Cole, e mostrou os dentes num sorriso largo. — Dê-lhes a verdadeira experiência da celebridade, junto com um ambiente de classe.

— Estou falando sério — disse Richard e, apesar de estar sorrindo, sua voz não parecia mais risonha. — Anne, especialmente — ele baixou a voz: — Você sabe que ela não quer ser alvo de atenções desde que...

Cole fez que sim com a cabeça, e o riso sumiu do rosto dele.

— Sim, claro, cara. Isso é diferente. Mas a Lo aqui não se importa, não é, Lo?

Cole passou o braço nos meus ombros e me apertou de modo que amassou meu ombro contra a câmera. Eu tentei sorrir.

— Não — respondi sem jeito. — Não, é claro que não.

— Esse é o espírito da coisa — disse Bullmer e deu uma piscadela.

Um gesto raro, o mesmo que tinha notado antes quando ele falava com Camilla Lidman — não avuncular, como poderia ser, mais como se ele tentasse compensar o que sabia ser um jogo intimidante de tão desequilibrado. Não pense em mim como um milionário internacional, dizia aquela piscada de olho. Sou apenas um cara comum e sociável.

Eu estava pensando como ia responder, quando Owen White bateu no ombro dele e Bullmer virou.

— O que posso fazer por você, Owen? — disse ele e, antes que eu tivesse a chance de abrir a boca, a oportunidade passou.

— Eu... — só consegui dizer isto, e ele virou para mim.

— Ei, olha só, é sempre difícil conversar nesses eventos. Passe na minha cabine amanhã, depois das atividades programadas, para podermos conversar direito, está bem?

— Obrigada — eu disse, procurando não soar pateticamente agradecida demais.

— Ótimo. É a número 1. Nos vemos amanhã.

— Desculpe — disse Cole baixinho no meu ouvido, e fez cócegas no meu cabelo atrás da orelha com sua respiração. — Fiz o melhor que pude. O que posso dizer? Ele é um homem muito procurado. Como posso compensar isso para você?

— Deixa pra lá — falei sem jeito.

Ele estava perto demais e eu queria recuar um passo, mas a voz de Rowan implicava lá no fundo da minha cabeça: *Rede de contatos, Lo!*

— Em vez disso... conte alguma coisa sobre você. Por que resolveu vir? Você disse que não era exatamente a sua praia.

— Richard é uma espécie de velho amigo — disse Cole, pegando uma xícara de café da bandeja de uma garçonete que passava e tomando um gole. — Estivemos juntos na Balliol. Por isso, quando ele pediu para eu vir, achei que não podia dizer não.

— Vocês são amigos íntimos?

— Eu não diria que somos íntimos. Nós não frequentamos os mesmos círculos. É difícil quando um dos dois é um fotógrafo que rala e o outro, casado com uma das mulheres mais ricas da Europa — ele sorriu. — Mas ele é um cara legal. Pode parecer que nasceu com uma colherinha de prata na boca, mas isso não é tudo. Ele enfrentou dificuldades e acho que é isso que faz com que se agarre mais ainda a... bem, a tudo isso — Cole incluiu com um gesto tudo em volta, a seda, os cristais e tudo brilhando. — Ele sabe como é perder coisas. E gente.

Pensei em Anne Bullmer e no jeito que Richard a levou para a cabine, apesar da sala estar cheia de convidados aguardando para falar com ele. E achei que talvez soubesse o que Cole queria dizer.

Foi por volta das onze horas que finalmente voltei para o meu quarto. Estava bêbada. Muito, muito bêbada. Era difícil dizer quão bêbada, já que estávamos no meio do oceano e o balanço do mar se misturava com o do champanhe... e com o vinho... ah, e com as doses congeladas de aquavita. Meu Deus, o que eu andei bebendo?

Houve um momento de clareza quando cheguei à porta da cabine e parei um pouco para me equilibrar apoiada no batente. Eu sabia por que me embebedei. Sabia exatamente por quê. Porque se estivesse bastante bêbada, dormiria o sono dos mortos. Não ia suportar outra noite sem dormir. Não aqui.

Afastei esse pensamento e iniciei a recuperação de meu cartão-chave onde o tinha enfiado, no meu sutiã.

— Precisa de uma mãozinha aí, Blacklock? — disse uma voz de bêbado atrás de mim, e a sombra de Ben Howard cobriu o batente da porta.

— Estou bem — eu disse e virei de costas para ele não ver que estava atrapalhada com o cartão.

Uma onda atingiu o navio, eu me desequilibrei e quase caí. *Vá embora, Ben.*

— Tem certeza?

Ele se inclinou sobre mim, espiando por cima do meu ombro de propósito.

— Sim — respondi com os dentes cerrados de fúria. — Tenho certeza.

— Porque eu posso ajudar — ele deu um sorriso malicioso e meneou a cabeça na direção da parte de cima do meu vestido, que eu segurava com uma das mãos para impedir que caísse. — Parece que você está precisando de uma mão extra. Ou duas.

— Dê o fora! — eu disse de estalo.

Tinha alguma coisa presa embaixo da minha omoplata esquerda, uma coisa quente e dura que parecia muito um cartão. Se eu conseguisse enfiar os dedos até lá...

Ben chegou mais perto e, antes que eu pudesse imaginar o que ia fazer, ele enfiou a mão por dentro da frente do meu vestido. Senti um rasgo de dor quando suas abotoaduras passaram pela minha pele, e então ele fechou a mão sobre meu seio e apertou com força, de um jeito que teoricamente devia ser erótico.

Não foi.

Eu nem pensei duas vezes. Ouvi um barulho de rasgão como um gato rosnando e meu joelho acertou em cheio entre as pernas dele, com tanta violência que ele nem gritou, apenas se curvou e caiu lentamente no chão, fazendo um ruído engasgado e gemendo baixinho.

E eu comecei a chorar.

—m—

Vinte minutos depois, estava sentada na cama da minha cabine, ainda soluçando e limpando o rímel emprestado que escorria pelo rosto, e Ben de cócoras perto de mim, com um braço nos meus ombros e o outro segurando o balde de gelo no meio das pernas.

— Desculpe — ele repetiu, a voz ainda rouca de controlar a dor. — Por favor, Lo, por favor, pare de chorar. Eu sinto muito mesmo. Fui um idiota, um completo babaca. Eu mereci.

— Não é você — solucei, só que não sabia se ele seria capaz de entender o que eu estava dizendo. — Eu não estou conseguindo, Ben, desde o assalto em casa eu tenho estado... acho que estou enlouquecendo.

— Que assalto?

Contei para ele, entre soluços. Tudo que não tinha contado para Jude. Como foi acordar, perceber que havia alguém dentro do meu apartamento, saber que ninguém escutaria se eu gritasse, chegar à conclusão de que não poderia pedir ajuda ou abater o invasor fisicamente, que eu estava vulnerável aquela noite como nunca havia me sentido antes.

— Sinto muito — Ben ficava repetindo, como um mantra, e esfregava as minhas costas com a mão livre. — Sinto muito mesmo.

A simpatia sem jeito dele só me fez chorar mais.

— Olha, querida...

Ah, não.

— Não me chame assim.

Sentei direito, afastei o cabelo do rosto e me desvencilhei do seu abraço.

— Desculpe... saiu sem querer.

— Não importa, você não pode mais falar isso, Ben.

— Eu sei — disse, distraído. — Mas Lo, para ser sincero, eu nunca...

— Não — avisei com urgência.

— Lo, o que eu fiz, fui um merda, sei que fui...

— Eu disse chega! Acabou.

Ben balançou a cabeça, mas aquelas palavras tinham feito com que eu parasse de chorar. Talvez fosse a visão dele, abalado, encolhido e arrasado.

— Mas Lo... — ele olhou para mim com os olhos castanhos de cachorro pidão suavizados à luz do abajur ao lado da cama. — Lo, eu...

— Não!

Saiu mais duro do que eu pretendia, mas precisava fazer com que Ben calasse a boca. Não sabia o que ele ia dizer, mas mesmo assim tinha certeza de que não podia deixá-lo falar. Eu estava presa naquele navio com Ben pelos próximos cinco dias. Não podia deixar que ele se constrangesse ainda mais, senão a viagem ia se tornar insuportável quando tivéssemos de roçar ombros à luz fria do dia.

— Ben, não — eu disse de forma mais suave. — Isso já acabou há muito tempo. Aliás, foi você que quis terminar, lembra?

— Eu sei — ele disse arrasado. — Eu sei. Era um imbecil.

— Não era — eu disse, mas corrigi porque me senti desonesta: — Tudo bem, você era. Mas sei que eu não era a pessoa mais fácil... olha, a questão agora não é essa. Somos amigos, certo? — isto era meio exagerado, mas ele meneou a cabeça. — Tudo bem, então não estrague isso, ok?

— Está bem.

Ele levantou ainda encolhido de dor, limpou o rosto com o braço do paletó do smoking, olhou para a mancha e fez cara de triste.

— Tomara que tenham lavagem a seco a bordo.

— Tomara que tenham uma costureira a bordo — apontei para o rasgão na lateral inteira do vestido de seda cinza.

— Você vai ficar bem? Eu posso ficar, e não digo isto com malícia nenhuma. Posso dormir no sofá.

— Poderia mesmo — concordei examinando o comprimento do sofá, então balancei a cabeça ao perceber o significado do que tinha dito. — Não, não pode. Você caberia no sofá, mas não pode, não preciso que faça isso. Volte para a sua cabine. Pelo amor de Deus, estamos a bordo de um navio e no meio do oceano. É o lugar mais seguro em que eu poderia estar.

— Está bem.

Ben foi andando, balançando um pouco, até a porta, que chegou a abrir, mas não saiu.

— Eu... eu sinto muito. Falo sério.

Eu sabia o que ele estava aguardando, o que ele esperava de mim. Não era só perdão, era algo mais, algum sinal de que aquele apertão não tinha sido totalmente indesejado.

Eu não daria isso para ele. Nunca.

— Vá para a cama, Ben — eu disse, muito cansada e muito sóbria.

Ele ficou parado na porta mais um tempo, apenas um milésimo de segundo além da conta, o suficiente para eu pensar, com uma dança no estômago que repetia o movimento do mar, o que eu faria se ele não fosse. O que eu faria se ele fechasse a porta, desse meia-volta e voltasse para dentro do quarto. Mas então ele virou e saiu, eu tranquei a porta e despenquei no sofá com as mãos na cabeça.

Finalmente. Não sei quanto tempo depois levantei, me servi um uísque do frigobar e bebi tudo em três longos goles. Estremeci, sequei a boca e tirei o vestido que ficou empilhado no chão feito uma pele descartada.

Tirei o sutiã, saí daquela triste pilha de roupas, caí na cama e num sono tão profundo que parecia que estava me afogando.

—ɯ—

Não sei o que me fez acordar, apenas que recuperei a consciência de estalo, como se alguém tivesse espetado meu coração com uma injeção de adrenalina. Fiquei lá deitada, rígida de medo, o coração a umas duzentas batidas por minuto, e procurei as frases reconfortantes que havia repetido para Ben algumas horas antes.

Você está ótima, disse para mim mesma. *Você está perfeitamente segura. Estamos num navio no meio do mar — ninguém pode entrar ou sair. É o lugar mais seguro em que se pode estar.*

Eu agarrava a coberta com a força de um *rigor mortis*, por isso forcei meus dedos duros a relaxar e os flexionei lentamente, sentindo a dor diminuir aos poucos nas articulações. Eu me concentrei na respiração, entrada e saída do ar, lentamente, mantendo o ritmo, até que finalmente meu coração acompanhou e parei de sentir as batidas frenéticas no peito.

O zumbido nos ouvidos também diminuiu. Exceto pelo marulho ritmado das ondas e o ronco baixinho do motor que reverberava em todas as partes do navio, não ouvia mais nada.

Merda. Merda. Preciso me controlar.

Não podia me automedicar com bebida toda noite pelo resto da viagem, não sem sabotar minha carreira e jogar na privada qualquer chance de subir na *Velocity*. Então o que sobra... o que sobra? Remédio para dormir? Meditação? Nenhum dos dois parecia melhor.

Rolei na cama, acendi a luz e verifiquei meu celular: 3h04. Então atualizei meus e-mails. Não tinha nada do Judah, mas agora eu estava acordada demais para voltar a dormir. Suspirei, peguei meu livro que estava aberto como um pássaro com fratura nas costas sobre a mesa de cabeceira e comecei a ler. Mas, apesar de tentar me concentrar nas palavras, alguma coisa ficava cutucando lá no fundo da minha cabeça. Não era só paranoia. *Alguma coisa* tinha me acordado. Alguma coisa me deixou assustada e tensa como uma viciada em metanfetamina. Por que eu só pensava em um grito?

Estava virando a página e ouvi outra coisa, que mal registrei acima do barulho do motor e das ondas batendo no casco, um ruído tão suave que papel raspando em papel quase abafou.

Era o barulho da porta da varanda da cabine vizinha deslizando e abrindo suavemente.

Prendi a respiração e me esforcei para escutar.

Então ouvi alguma coisa batendo na água.

E não era nada pequeno.

Não, o barulho na água era de uma coisa grande.

O tipo de barulho que faz um corpo jogado na água.

JUDAH LEWIS
24 de setembro, às 8h50
Ei, pessoal, estou meio preocupado com a Lo. Ela não se comunica há alguns dias, desde que partiu numa viagem a trabalho. Alguém aí soube dela? Estou ficando preocupado. Saudações.
Curtir Comentar Compartilhar

LISSIE WIGHT Oi, Jude! Ela enviou mensagem para mim no domingo, dia 20, eu acho. Disse que o navio era incrível!
Curtir · Responder   24 de setembro, às 9h02

JUDAH LEWIS É, soube dela nesse dia também, mas ela não respondeu ao meu e-mail nem à minha mensagem de texto na segunda. E não atualizou aqui nem no Twitter.
Curtir · Responder   24 de setembro, 9h03

JUDAH LEWIS Alguém aí? **Pamela Crew? Jennifer West? Carl Fox? Emma Stanton?** Desculpem eu estar marcando vocês ao acaso, é que... para ser sincero, isso não tem sentido.
Curtir · Responder   24 de setembro, às 10h44

PAMELA CREW Ela escreveu um e-mail para mim no domingo, querido Jude. Disse que o navio era lindo. Quer que eu pergunte ao pai dela?
Curtir · Responder   24 de setembro, às 11h13

JUDAH LEWIS Sim, por favor, Pam. Não quero que vocês se preocupem, mas sei que normalmente ela já teria entrado em contato a essa altura. Mas es-

tou preso aqui em Moscou, por isso não sei se ela está tentando ligar e não consegue.
Curtir · Responder   24 de setembro, às 11h21

JUDAH LEWIS Pam, ela disse o nome do navio? Não consigo encontrar.
Curtir · Responder   24 de setembro, às 11h33

PAMELA CREW Oi, Judah, desculpe. Eu estava ao telefone com o pai dela. Ele também não teve notícias. O navio acho que era o *Aurora*. Avise se souber de alguma coisa. Tchau, querido.
Curtir · Responder   24 de setembro, às 11h48

JUDAH LEWIS Obrigado, Pam. Vou tentar falar com o navio. Mas se alguém souber de alguma coisa, por favor, mande mensagem.
Curtir · Responder   24 de setembro, às 11h49

JUDAH LEWIS Nada ainda?
Curtir · Responder   24 de setembro, às 15h47

JUDAH LEWIS Por favor, pessoal, alguma notícia?
Curtir · Responder   24 de setembro, às 18h09

PARTE TRÊS

10

Eu nem pensei no que fazer depois.

Corri para a varanda, abri as portas de correr e debrucei por cima do guard-rail, tentando desesperadamente avistar alguma coisa... ou alguém... nas ondas lá embaixo. A superfície escura estava salpicada da refração brilhante da luz das janelas do navio e, assim, era quase impossível discernir qualquer coisa nas ondas, mas por um instante achei que tinha visto logo abaixo da crista de uma onda preta uma forma branca que girava, como a mão de uma mulher, logo abaixo da superfície, que depois afundou.

Virei para olhar para a varanda ao lado da minha.

Havia uma tela entre as duas varandas para garantir privacidade, de modo que não pude ver grande coisa, mas quando espiei notei duas coisas.

A primeira é que havia uma mancha no vidro do gradil de segurança. Uma mancha de alguma coisa escura e oleosa. Uma mancha que parecia muito ser de sangue.

A segunda foi uma conclusão que fez meu estômago apertar e adernar. Quem estava ali naquela hora, quem jogou o corpo por cima do guardrail, não podia ignorar minha corrida burra e intempestiva para a varanda. Era muito provável que a pessoa estivesse na varanda vizinha quando eu corri para a minha. A pessoa teria ouvido a minha porta abrir. E provavelmente também deve ter visto o meu rosto.

Voltei correndo para o quarto, bati a porta da varanda e verifiquei que a porta da cabine estava com a tranca dupla. Passei a corrente. Meu coração batia forte no peito, mas eu estava calma, calma como não me sentia havia muito tempo.

Isso mesmo. Esse era um perigo real e eu estava enfrentando normalmente.

Com a porta da cabine bem trancada, corri para verificar a porta da varanda. Nessa não tinha tranca, só a fechadura normal, mas estava segura do jeito que dava.

Peguei o telefone ao lado da cama com dedos um pouco trêmulos e disquei para a operadora da mesa.

— Alô? — atendeu uma voz melodiosa. — Posso ajudá-la, srta. Blacklock?

Fiquei um segundo desconcertada com o fato de ela saber que era eu e perdi minha linha de raciocínio. Então entendi que o número da minha cabine devia aparecer na mesa telefônica da recepção. Claro que era eu. Quem mais estaria telefonando do meu quarto no meio da noite?

— A... alô! — consegui dizer, e minha voz soou surpreendentemente calma, apesar do leve tremor. — Alô. Quem está falando, por favor?

— É a atendente da sua cabine, Karla, srta. Blacklock. Posso ajudá-la? — Por trás do modo animado de atender ao chamado agora já havia uma pitada de preocupação. — Está tudo bem?

— Não, não está tudo bem. Eu... — parei de falar, consciente de que aquilo estava parecendo muito ridículo.

— Srta. Blacklock?

— Eu acho... — engoli em seco. — Eu acho que acabei de presenciar um assassinato.

— Oh, meu Deus. — A voz de Karla era de choque e ela disse alguma coisa em uma língua que não entendi — sueco, talvez, ou então dinamarquês.

Mas logo Karla se controlou e perguntou:

— A senhorita está em segurança?

Se eu estava em segurança? Olhei para a porta da cabine. Tinha toda a certeza possível de que ninguém poderia entrar.

— Sim, sim, acho que estou. Foi na cabine ao lado, a de número 10, Palmgren. Eu... eu acho que alguém jogou um corpo no mar.

Minha voz falhou quando falei isso, e de repente tive vontade de rir... ou talvez de chorar. Respirei bem fundo e apertei o osso do nariz entre os olhos, tentando me controlar.

— Vou mandar alguém aí agora mesmo, srta. Blacklock. Não saia daí. Ligo assim que chegarem à sua porta, para a senhorita saber quem é. Aguarde, por favor, que ligo para aí em seguida.

Ouvi um clique e ela desligou.

Botei o fone suavemente no aparelho e me senti estranhamente dissociada, como se estivesse tendo uma experiência extracorpórea. Minha cabeça latejava e vi que precisava me vestir antes que alguém chegasse.

Peguei o roupão de banho de onde estava pendurado, atrás da porta do banheiro, e parei de estalo, porque quando desci para jantar tinha deixado o roupão no chão, junto com a roupa que usei no trem. Lembrei que olhei para trás, vi que tinha deixado o banheiro como uma cena de explosão, roupas pelo chão, maquiagem espalhada sobre a bancada, lenços de papel sujos de batom na pia *e que resolvi cuidar disso mais tarde.*

Não havia mais nada ali. Haviam pendurado o roupão, a roupa suja e a roupa de baixo haviam desaparecido, levadas sabe Deus para onde. Na penteadeira, arrumaram os cosméticos junto com minha escova e minha pasta de dentes. Só deixaram dentro da nécessaire meus tampões e pílulas, um toque malicioso que de certa forma era pior do que estar tudo à mostra, e eu estremeci.

Alguém havia entrado no meu quarto. Claro que sim. Era isso que significava serviço de quarto, pelo amor de Deus. Mas alguém havia estado no meu quarto, mexido nas minhas coisas, tocado na minha meia-calça com fio puxado e no meu lápis delineador pela metade.

Por que essa ideia me dava vontade de chorar?

Estava sentada na cama com a cabeça apoiada nas mãos e pensando no que havia no frigobar quando o telefone tocou. Dois segundos depois, quando me arrastava sobre o edredom para atender, ouvi uma batida na porta.

Peguei o telefone.

— Alô?

— Alô, srta. Blacklock?

Era Karla.

— Sim. Tem alguém à porta. Devo abrir?

— Sim, sim, por favor. É nosso chefe da segurança, Johann Nilsson. Vou deixá-la agora com ele, srta. Blacklock, mas, por favor, ligue para mim a qualquer hora, se precisar de mais ajuda.

Ouvi o clique e a linha ficou muda. Outra batida na porta. Arrumei o cinto do roupão e fui abrir.

Lá fora estava um homem que eu não tinha visto antes, usando uma espécie de uniforme. Não sei o que eu esperava... alguma coisa parecida com a polícia. Aquele parecia mais um uniforme náutico. De um comissário de bordo, alguma coisa assim. Ele devia ter mais ou menos quarenta anos e era tão alto que teve de se abaixar para passar pela porta. O cabelo estava despenteado, como se tivesse acabado de levantar da cama, e os olhos eram de um azul tão incrível que parecia que usava lentes de contato. Fiquei hipnotizada por eles e de repente percebi que o homem havia estendido a mão para mim.

— Olá, é a srta. Blacklock, eu presumo?

O inglês dele era muito bom. Tinha só um leve sotaque escandinavo, tão sutil que ele bem podia ser escocês ou canadense.

— Meu nome é Johann Nilsson. Sou o chefe da segurança do *Aurora*. Soube que viu alguma coisa desconcertante.

— Sim — eu disse com firmeza, dolorosamente consciente de que eu estava de roupão e com rímel escorrendo pelo rosto, enquanto ele estava perfeitamente paramentado com seu uniforme. Apertei a faixa do roupão de novo, dessa vez de nervoso.

— Sim, eu vi... ouvi... jogarem alguma coisa no mar. Eu... eu acho que foi... deve ter sido... um corpo.

— A senhorita viu ou ouviu? — perguntou Nilsson, inclinando a cabeça para um lado.

— Ouvi alguma coisa batendo na água, barulho bem forte. Foi claramente alguma coisa grande caindo do navio, ou sendo jogada. Então corri para a varanda e vi alguma coisa, parecia um corpo, desaparecendo sob as ondas.

A expressão de Nilsson era séria, mas desconfiada, e enquanto eu falava ele franzia mais a testa.

— E havia sangue no vidro da varanda — acrescentei.

Com isso, ele apertou os lábios e inclinou a cabeça para a porta da varanda.

— Na sua varanda?

— O sangue? Não. Na varanda ao lado.

— Pode me mostrar?

Fiz que sim com a cabeça, apertei a faixa do roupão de novo e ele destrancou a porta da varanda.

Lá fora o vento estava mais forte e fazia muito frio. Fui na frente para o espaço estreito que agora parecia extremamente pequeno com o volumoso

Nilsson ao lado. Ele parecia ocupar tudo e mais ainda, mas, em parte, eu estava feliz que estivesse ali. Achei que não conseguiria pisar na varanda sozinha.

— Lá — apontei por cima da tela de privacidade que separava a minha varanda da varanda da cabine 10. — Olhe ali. Vai ver o que eu quis dizer.

Nilsson espiou por cima da tela e olhou de novo para mim, com a testa franzida.

— Não vejo o que quis dizer. Pode me mostrar?

— O quê? Era uma mancha grande no vidro, até embaixo.

Ele chegou para trás, estendeu a mão para a tela me convidando e eu passei por ele para espiar. Meu coração disparou contra a minha vontade. Não esperava ver o assassino ainda ali, nem levar um soco no rosto, ou sentir uma bala passando perto da minha orelha. Mas me senti terrivelmente vulnerável de espiar por cima da parede sem saber o que poderia encontrar do outro lado.

Mas o que encontrei foi... nada.

Nenhum assassino pronto para atacar. Nenhuma mancha de sangue. A proteção de vidro brilhava com a luz da lua, limpa, inocente, sem nada, nem uma impressão digital.

Virei para Nilsson sabendo que minha expressão devia estar rígida de tão chocada. Balancei a cabeça e procurei palavras. Ele ficou me observando, com simpatia nos olhos azuis.

Foi a simpatia que me incomodou, mais do que tudo.

— Estava ali — eu disse zangada. — É óbvio que ele deve ter limpado.

— Ele?

— O assassino! A merda do assassino, é claro!

— Não precisa xingar, srta. Blacklock — ele disse gentilmente, e voltou para a cabine.

Eu o segui, ele fechou e trancou a porta com cuidado depois que passei e parou, com as mãos ao lado do corpo, como se esperasse que eu dissesse alguma coisa. Senti o seu perfume de água de colônia, não era um cheiro desagradável, parecia madeira. Mas de repente o quarto espaçoso ficou pequeno demais.

— O que foi? — eu disse, tentei não parecer agressiva, e falhei. — Eu contei o que vi. Está insinuando que estou mentindo?

— Vamos à cabine ao lado — ele disse diplomaticamente.

Puxei e apertei a faixa de toalha ainda mais, com tanta força que agora ela espremia meu estômago, e fui atrás dele, descalça, para o corredor. Nilsson bateu na porta da cabine 10, ninguém respondeu, então ele pegou uma chave mestra do bolso e abriu a porta.

Paramos na entrada da cabine. Nilsson não disse nada, mas senti sua presença atrás de mim enquanto olhava boquiaberta para aquele quarto.

Estava completamente vazio. Não só sem ninguém, mas sem tudo. Não havia malas. Nenhuma roupa. Nada de cosméticos no banheiro. Até a cama tinha sido desfeita e havia só o colchão.

— Havia uma jovem — finalmente consegui falar, com a voz tremida.

Enfiei as mãos nos bolsos do roupão para Nilsson não ver que meus dedos estavam fechados feito punhos.

— Havia uma jovem. Nesse quarto. Eu falei com ela. Conversei com ela. Ela estava aqui!

Nilsson ficou calado. Andou pela suíte silenciosa, iluminada pela lua, e abriu a porta da varanda, espiou lá fora, examinou a proteção de vidro com tanta minúcia que chegou quase a um insulto. Mas de onde eu estava dava para ver que não havia nada ali. O vidro brilhava ao luar, levemente embaçado pela maresia, mas fora isso, intocado.

— Ela estava aqui! — repeti, ouvi e detestei o tom à beira da histeria da minha voz. — Por que não acredita em mim?

— Eu não disse que não acredito.

Nilsson voltou para o quarto e trancou a janela da varanda. Então foi comigo até a porta da cabine, saímos, ele fechou e trancou a porta.

— Nem precisa — eu disse, amarga.

A porta da minha cabine ainda estava aberta, e ele me acompanhou até lá dentro.

— Mas estou dizendo que ela estava lá. Ela me emprestou... Ah! — de repente me lembrei de uma coisa e corri para o banheiro. — Ela me emprestou o rímel. Droga, onde é que está?

Remexi nos cosméticos que alguém havia arrumado, mas não estava lá. Onde tinha ido parar?

— Está aqui — eu disse, desesperada. — Eu sei que está.

Olhei em volta, aflita, e alguma coisa chamou minha atenção, um lampejo de rosa-choque atrás do espelho móvel de barbear ao lado da pia. Puxei lá de trás e pronto, um inocente tubinho cor-de-rosa com tampa verde.

— Aqui! — triunfante, balancei o tubinho para ele, como se fosse uma arma.

Nilsson deu um passo para trás e então tirou o rímel gentilmente da minha mão.

— Estou vendo, mas, com todo o respeito, srta. Blacklock, não tenho certeza do que isso prova, além do fato de que a senhorita pegou um rímel emprestado de alguém hoje...

— O que isso prova? Prova que ela realmente estava lá! Prova que ela existia!

— Prova que a senhorita viu uma jovem, sim, mas...

— O que você quer? — interrompi, desesperada. — O que mais você quer de mim? Eu já disse o que eu ouvi... o que eu vi. Contei que havia uma jovem naquela cabine, e que agora ela sumiu. Olhe na lista de convidados, um deles está ausente. Por que não está mais preocupado?

— Aquela cabine está vazia — ele disse gentilmente.

— Eu sei! — berrei e, ao ver a cara do Nilsson, fiz um imenso esforço de concentração para conseguir me controlar. — Eu sei... é isso que estou tentando lhe dizer, pelo amor de Deus.

— Não — ele disse, ainda com aquela calma gentil, a gentileza de um homem enorme que nada tem a provar. — É isso que estou tentando explicar, srta. Blacklock. *Sempre* esteve vazia. Não havia convidado nenhum naquela cabine. Nunca houve.

11

Olhei para ele boquiaberta.

— O que quer dizer? — finalmente consegui perguntar. — O que você disse, que não tinha hóspede?

— A cabine está vazia. Foi reservada para outro convidado, um inventor chamado Ernst Solberg. Mas ele desistiu na última hora... motivos pessoais, pelo que eu sei.

— Então a jovem que eu vi... ela não devia estar lá?

— Talvez fosse um membro da equipe, ou uma faxineira.

— Não era. Ela estava se vestindo. Estava *instalada* lá.

Nilsson não disse nada. Nem precisava. A pergunta era óbvia. Se ela estava hospedada naquela cabine, onde estavam as coisas dela?

— Alguém pode ter levado embora — eu disse, sem muita convicção. — Entre o momento que me viu e a hora que você chegou.

— É mesmo?

A voz de Nilsson era calma, a pergunta não era cética, nem zombeteira, ele só não compreendia. Sentou-se no sofá, as molas guincharam sob o seu peso e eu afundei na cama com o rosto nas mãos.

Nilsson estava certo. Não havia como alguém ter limpado o quarto. Eu não sabia exatamente quanto tempo havia passado entre o meu telefonema para Karla e a chegada de Nilsson à minha porta, mas não era possível que tivesse sido mais do que alguns minutos. Cinco, sete no máximo. Provavelmente nem isso.

Quem quer que estivesse lá pode ter tido tempo de limpar o sangue do vidro, mas só isso. Não podiam ter limpado a cabine inteira. O que iam fazer com todas aquelas coisas? Eu teria ouvido se tivessem jogado pela amurada. E simplesmente não houve tempo para arrumar tudo e levar embora pelo corredor.

— Merda — resmunguei, as mãos na frente do rosto. — *Merda*.

— Srta. Blacklock — Nilsson falou devagar, e eu previ que não fosse gostar da sua próxima pergunta. — Srta. Blacklock, quanto a senhorita bebeu ontem à noite?

Levantei a cabeça e olhei para ele, deixei que visse minha maquiagem borrada e a fúria nos meus olhos turvos pela falta de sono.

— O que disse?

— Eu só perguntei...

Não havia como negar. Havia bastante gente que tinha me visto no jantar aquela noite, entornando champanhe, depois vinho, depois licores vários, para abrir um rombo de um quilômetro em qualquer afirmação de que eu estava sóbria.

— Sim, eu estive bebendo — falei com raiva. — Mas se pensa que metade de uma taça de vinho me transforma numa bêbada histérica que não distingue a realidade da fantasia, pode tirar seu cavalinho da chuva.

Ele não respondeu nada, mas olhou para a lata de lixo ao lado do frigobar, com várias miniaturas de gim e de uísque e uma quantidade bem menor de latas de água tônica empilhadas.

Houve um silêncio. Nilsson não insistiu no seu argumento, mas também não precisava. Camareiras filhas da mãe.

— Eu posso ter bebido — falei entre dentes —, mas não estava bêbada. Não desse jeito. Eu sei o que eu vi. Por que inventaria uma coisa dessa?

Parece que ele aceitou isso e meneou a cabeça, cansado.

— Muito bem, srta. Blacklock.

Nilsson esfregou o rosto e ouvi a barba loura por fazer raspando na palma da mão. Ele estava cansado, e notei de repente que o paletó do seu uniforme estava abotoado errado, com uma casa de botão órfã na parte de baixo.

— Olha, já está tarde e você está cansada.

— É você que está cansado — retruquei com mais do que um toque de maldade, mas ele só assentiu com a cabeça, sem rancor.

— Sim, estou cansado. Acho que não há nada mais que possamos fazer aqui até amanhã de manhã.

— Uma mulher foi jogada...

— Não existe prova! — ele disse mais alto, a voz cortando a minha e pela primeira vez com um tom de exasperação. — Eu sinto muito, srta. Blacklock — ele continuou mais suave —, eu não devia ter retrucado assim. Mas acho que não temos provas suficientes para acordar os outros passageiros nesse momento. Vamos dormir um pouco — e você pode curar a bebedeira, foi a tradução não verbalizada —, e tentaremos resolver isso pela manhã. Se eu levá-la para conhecer a equipe do navio, talvez possamos rastrear essa jovem que você viu na cabine. É evidente que ela não era passageira, certo?

— Ela não estava no jantar ontem — admiti. — Mas e se ela era um membro da equipe? E se alguém está desaparecido e estamos perdendo tempo para dar o alarme?

— Vou falar com o capitão e com o comissário agora, para eles se inteirarem da situação. Mas não há ninguém da equipe faltando, que eu saiba. Se houvesse, alguém já teria notado. Esse navio é muito pequeno, tem uma equipe muito coesa, seria difícil alguém desaparecer e não ser percebido, mesmo por poucas horas.

— Eu só acho... — comecei a falar, mas ele me interrompeu, com educação e firmeza dessa vez:

— Srta. Blacklock, eu não vou acordar a equipe e os passageiros sem um bom motivo, desculpe. Vou informar ao capitão e ao comissário, e eles tomarão qualquer providência que considerem cabível. Nesse meio-tempo, talvez pudesse me dar uma descrição da jovem que viu e eu posso verificar de novo a lista de passageiros e cuidar para que todos os membros da equipe que estavam de folga e que combinem com a descrição estejam no restaurante da equipe para a senhorita ver todos depois do café da manhã.

— Está bem — eu disse mal-humorada.

Eu desisti. Sabia o que tinha visto, o que tinha ouvido, mas Nilsson não arredava pé, isto estava bem claro. E o que eu podia fazer ali no meio do oceano?

— Então... — ele quis saber. — Quantos anos a jovem tinha? Qual a altura dela? Era caucasiana, asiática, negra...?

— Vinte e poucos. Mais ou menos da minha altura. Branca, pele muito clara, aliás. E falava inglês.

— Com algum sotaque? — sugeriu Nilsson.

Balancei a cabeça.

— Não. Ela era inglesa. Ou então, se não era, dominava a língua perfeitamente. Tinha cabelo comprido, preto... não lembro a cor dos olhos. Castanho-escuro, eu acho. Não tenho certeza. Mais para magra... ela era só... bonita. É tudo que eu lembro.

— Bonita?

— Sim, bonita. Sabe como é? Belas feições. Pele lisa. E estava maquiada. Com muita maquiagem nos olhos. Ah, e usava uma camiseta do Pink Floyd.

Nilsson escreveu tudo solenemente e levantou. As molas guincharam protestando, ou talvez aliviadas.

— Obrigado, srta. Blacklock. Agora acho que nós dois precisamos dormir um pouco.

Ele esfregou o rosto e ficou igual a um urso grande e louro que tinham arrancado da hibernação.

— Que hora devo esperá-lo amanhã?

— Que hora é melhor para a senhorita? Dez? Dez e meia?

— Mais cedo — respondi. — Eu não vou dormir. Agora não vou mais.

Eu estava uma pilha, e sabia que nunca conseguiria voltar a dormir.

— Bem, o meu turno começa às oito. Isso é cedo demais?

— É perfeito — respondi com firmeza.

Ele foi para a porta e disfarçou um bocejo no caminho, seguiu andando pesado pelo corredor, em direção à escada. Então eu fechei e tranquei duplamente a porta, deitei na cama e fiquei vendo o mar. As ondas estavam escuras e lisas ao luar, se erguendo feito as costas de baleias, depois afundando de novo. Deitada ali, eu sentia o navio subir e descer com as ondas.

Eu nunca mais ia dormir. Sabia disso. Não com o sangue zunindo nos ouvidos, meu coração batendo num ritmo furioso e extrassistólico. Nunca mais ia conseguir relaxar.

Estava furiosa e não sabia bem por quê. Porque o corpo de uma mulher estava, naquele instante, afundando na escuridão negra do Mar do Norte, e talvez nunca fosse encontrado? Ou era em parte algo menor, mais simples, o fato de Nilsson não ter acreditado em mim?

Talvez ele tenha razão, sussurrou a perversa vozinha dentro da minha cabeça. Imagens esvoaçaram diante da minha visão mental: eu me acovardando no chuveiro por causa de uma porta que bateu com o vento. Eu me defendendo de um invasor não existente atacando Judah. *Você tem certeza absoluta? Você não é exatamente a testemunha mais confiável que existe. E no fim do dia, o que você realmente viu?*

Eu vi o sangue, afirmei categoricamente para mim mesma. E uma mulher está desaparecida. Explique isso.

Apaguei a luz e me cobri, mas não dormi. Em vez disso, fiquei lá deitada de lado, observando o mar subindo e descendo num silêncio estranho e hipnótico lá fora das paredes grossas e à prova de som. E pensei: há um assassino nesse navio. E a única pessoa que sabe sou eu.

12

— Srta. Blacklock!

Ouvi a batida de novo, uma chave-cartão na porta e o barulho quando a porta abriu um centímetro e esticou a corrente de segurança.

— Srta. Blacklock, é Johann Nilsson. Está tudo bem? São oito horas. Você pediu para chamá-la a essa hora.

O quê? Ergui o corpo nos cotovelos, a cabeça latejou com o esforço. Por que diabos eu tinha pedido para ser chamada às oito horas?

— Um segundo!

Minha boca estava seca como se tivesse engolido cinza, peguei o copo de água na mesa de cabeceira e bebi um pouco. E com a água veio a lembrança da noite passada.

O barulho que tinha me acordado no meio da noite.

O sangue no vidro da varanda.

O corpo.

O barulho no mar...

Girei as pernas para fora da cama, senti o navio balançar e embicar embaixo de mim, e de repente uma náusea violenta me atacou.

Corri para o banheiro e mal consegui me posicionar sobre a privada a tempo do jorro de vômito do jantar da véspera atingir a porcelana branca e limpa.

— Srta. Blacklock?

Vá. Embora.

As palavras não saíram da minha boca, mas talvez o barulho de vômito na água tenha traduzido o sentimento, porque a porta foi fechada bem de mansinho e eu pude ficar de pé e me examinar sem plateia.

Eu estava horrível. A maquiagem escorrida do olho manchava meu rosto, tinha vômito no cabelo e os olhos estavam vermelhos por dentro e em volta. O machucado do rosto só piorava a impressão geral.

O mar estava mais bravo essa manhã e tudo em volta da pia balançava e tilintava. Vesti o roupão, voltei para a cabine e abri a menor fresta da porta — mal dava para ver qualquer coisa.

— Preciso tomar um banho — eu disse sucintamente. — Você se importa de esperar?

Então fechei a porta.

No banheiro, apertei a descarga e limpei em volta do vaso, tentando destruir todos os vestígios do meu vômito. Mas quando me endireitei, não foi meu rosto pálido e envelhecido que chamou minha atenção, e sim o tubo de rímel Maybelline, montando guarda na pia.

Quando estava ali, me apoiando na penteadeira, com a respiração curta e ofegante, o navio deu outra adernada e tudo na bancada saiu do lugar e balançou, e o tubo caiu, com um barulho quase imperceptível, dentro da lata de lixo. Enfiei a mão e tirei lá de dentro.

Era a única prova tangível de que a jovem tinha existido, que eu não estava enlouquecendo.

—⚜—

Dez minutos depois eu estava de calça jeans e uma blusa branca que devia ter sido passada a ferro por quem desfez minha mala, e meu rosto estava pálido, mas limpo. Soltei a corrente de segurança e abri a porta. Nilsson esperava pacientemente no corredor, falando num rádio. Ele levantou a cabeça quando me viu e desligou.

— Sinto muito, srta. Blacklock. Acho que eu não devia tê-la acordado, mas é que foi tão insistente ontem à noite que...

— Está tudo bem — eu disse entre dentes cerrados.

Não tive intenção de parecer tão grossa, mas se abrisse demais a boca podia enjoar de novo. Ainda bem que o movimento do navio servia de álibi para meu estômago embrulhado. Ser má marinheira não era exatamente chique, mas comprometia menos meu lado profissional do que ser considerada alcoólatra.

— Já falei com a equipe — disse Nilsson. — Ninguém desapareceu, mas sugiro que venha ao alojamento dos empregados para ver se a mulher com quem conversou está lá. Talvez isso a deixe mais tranquila.

Eu já ia protestar dizendo que ela não era de equipe nenhuma, a menos que faxineiras cuidassem dos quartos usando camiseta de Pink Floyd e pouca coisa além disso. Mas fechei a boca. Eu queria ver pessoalmente os "porões" do navio.

Segui Nilsson pelo corredor inclinado até uma pequena porta de serviço ao lado da escada. Tinha uma fechadura com código digital, Nilsson logo apertou uma senha com seis dígitos e a porta abriu. Do lado de fora eu imaginei que a porta escondesse uma despensa de material de limpeza, mas o que havia era um pequeno patamar pouco iluminado e um lance de escada estreita que descia para as profundezas do navio. Fomos descendo e lembrei, nervosa, que agora devíamos estar abaixo da linha d'água, ou muito perto dela.

Saímos num corredor apertado com uma atmosfera completamente diferente da parte de passageiros do navio. Tudo era diferente: o teto era mais baixo, o ar era alguns graus mais quente e as paredes mais perto umas das outras e pintadas num tom sombrio de bege. A iluminação era de lâmpadas fluorescentes fracas, com uma estranha estática de alta frequência que cansava os olhos num instante.

Havia portas à esquerda e à direita, oito ou dez cabines apinhadas no mesmo espaço ocupado por duas no deque de cima. Passamos por uma que estava com a porta aberta e vi uma cabine sem janela, com a mesma luz fluorescente cinza e uma mulher asiática sentada num beliche lá dentro, calçando a meia-calça, cabeça e ombros curvados no espaço exíguo embaixo do beliche de cima. Ela levantou a cabeça nervosa quando Nilsson passou, e quando me viu sua expressão ficou paralisada, como um coelho em pânico com faróis de um carro. Ficou assim um minuto, imóvel e depois, com uma reação convulsiva de susto, estendeu o pé e chutou para fechar a porta da cabine. O barulho foi tão alto que parecia um tiro naquele espaço confinado.

Senti que ruborizei como uma espiã pega no ato e me adiantei para alcançar Nilsson.

— Por aqui — disse Nilsson olhando para trás por cima do ombro, e viramos numa porta em que havia escrito "Refeitório da Equipe".

Esse cômodo pelo menos era maior, e a sensação crescente de claustrofobia quase passou. O teto ainda era baixo como no resto e não havia janelas, mas o espaço dava para uma pequena sala de jantar, como uma versão miniatura da cantina de um hospital. Havia apenas três mesas, em cada uma cabiam sentadas talvez meia dúzia de pessoas, mas as superfícies de fórmica, os corrimões de aço e o cheiro forte de cozinha institucional reforçavam a diferença entre esse deque e o de cima.

Camila Lidman estava sentada sozinha a uma das mesas, tomando café e verificando um tipo de lista num laptop. Do outro lado, cinco mulheres sentadas a outra mesa, comendo salgados de café da manhã. Elas olharam para nós quando entramos.

— Oi, Johann — disse uma delas, e depois falou alguma coisa em sueco, ou talvez dinamarquês, não tive certeza.

— Vamos falar em inglês, por favor — disse Nilsson —, já que temos uma hóspede presente. A srta. Blacklock está tentando encontrar uma mulher que viu na cabine vizinha à dela, na número 10, Palmgren. A mulher que ela viu era branca, cabelo comprido e preto, devia ter vinte e tantos anos, ou trinta e poucos, e falava bem inglês.

— Bem, temos Birgitta e eu — disse uma das jovens sorrindo, apontando com a cabeça para a amiga na frente dela. — Meu nome é Hanni. Mas acho que não estivemos na Palmgren. Eu costumo trabalhar no bar. Birgitta?

Mas eu balancei a cabeça. Hanni e Birgitta tinham pele clara e cabelo preto, só que nenhuma delas era a mulher da cabine 10, e Hanni tinha um inglês excelente, mas com evidente sotaque escandinavo.

— Eu sou Karla, srta. Blacklock — disse uma das duas louras. — Nós nos conhecemos ontem, se está lembrada. E falamos ao telefone essa noite.

— É claro — eu disse distraída, porque estava ocupada demais examinando os rostos das outras mulheres e não prestei muita atenção.

Karla e a quarta jovem à mesa eram louras, e a quinta tinha colorido mediterrâneo e cabelo bem curto, quase de menino. O mais importante era que nenhuma delas parecia com a lembrança que eu tinha daquele rosto vívido e impaciente.

— Não é nenhuma de vocês — eu disse. — Tem mais alguém que combine com a descrição? E as faxineiras? Ou a tripulação?

Birgitta franziu a testa e disse alguma coisa em sueco para Hanni. Hanni balançou a cabeça e falou em inglês.

— Quase todos da tripulação são homens. Tem uma mulher, mas ela é ruiva e deve ter uns quarenta ou cinquenta anos de idade, eu acho. Mas Iwona, uma das faxineiras, combina com a sua descrição. Ela é polonesa.

— Vou chamá-la — disse Karla.

Ela levantou sorrindo e se espremeu para sair de trás da mesa.

— E tem a Eva — disse Nilsson pensativo quando Karla saiu do refeitório. — Ela é uma das terapeutas do spa — ele acrescentou para mim.

— Ela está lá em cima no spa, eu acho — disse Hanni. — Preparando a programação do dia. Mas ela deve ter trinta e tantos, talvez uns quarenta anos.

— Vamos lá falar com ela depois daqui — disse Nilsson.

— Não esqueça da Ulla — disse a jovem de cabelo curto, falando pela primeira vez.

— Ah, sim — disse Nilsson. — Ela está trabalhando? Ulla é uma das comissárias das cabines de proa e da Suíte Nobel — ele me explicou.

A menina meneou a cabeça.

— Está, mas acho que termina o turno dela daqui a pouco.

— Srta. Blacklock — disse uma voz atrás de mim, virei e vi Karla apresentando uma colega, uma mulher baixa e gordinha de uns quarenta anos, de cabelo tingido de preto com mechas grisalhas na raiz. — Essa é Iwona.

— Poder ajudar? — disse Iwona, com sotaque polonês bem forte — Tem um problema?

Balancei a cabeça.

— Eu sinto muito... — não sabia bem se dirigia a resposta para Iwona, para Nilsson ou Karla — ela não é... você não é a mulher que eu vi. Mas eu quero esclarecer uma coisa. Essa mulher não está metida em encrenca nenhuma. Não é que ela tenha roubado alguma coisa, nada parecido com isso. Eu estou preocupada com ela... ouvi um grito.

— Um grito?

As finas sobrancelhas de Hanni quase desapareceram embaixo da franja e ela trocou olhares com Karla, que abriu a boca para dizer alguma coisa, mas nessa hora, atrás de nós, Camilla Lidman se manifestou pela primeira vez.

— Tenho certeza de que ninguém da tripulação é a mulher que procura, srta. Blacklock — ela atravessou a sala e foi ficar perto da mesa, com a mão no ombro de Hanni. — Eles teriam falado se tivessem algum motivo para alarme. Nós somos muito... qual é a expressão? Somos muito unidos.

— Muito próximos — disse Karla.

Ela olhou para Camilla Lidman e para mim, sorriu, mas suas sobrancelhas levantadas e depiladas em excesso conferiam à sua expressão um ar nada convincente de ansiedade.

— Somos uma tripulação muito feliz.

— Deixem para lá — eu disse.

Percebi que não ia conseguir nada com aquelas meninas. A menção do grito tinha sido um erro, elas tinham fechado a guarda agora. E talvez conversar com elas na presença de Camilla e Nilsson também fosse um erro.

— Não se preocupem. Eu vou falar com... Eva, não é? E Ulla. Obrigada por conversarem comigo. Mas se souberem de alguma coisa, qualquer coisa, estou na cabine 9, Linnaeus. Por favor, venham me procurar, a qualquer hora.

— Nós não ouvimos nada — disse Hanni com firmeza. — Mas é claro que avisaremos se isso mudar. Tenha um ótimo dia, srta. Blacklock.

— Obrigada — eu disse.

Quando virei, o navio oscilou e fez as meninas darem gritinhos de susto e segurar bem suas xícaras de café. Eu tropecei e teria caído se Nilsson não segurasse meu braço.

— Está tudo bem, srta. Blacklock?

Fiz que sim com a cabeça, mas a pegada dele doeu e deixou meu braço dolorido. O choque do movimento provocou uma dor lancinante na minha cabeça e desejei ter tomado a aspirina antes de sair da cabine.

— Gosto do fato do *Aurora* ser um navio pequeno e não um daqueles monstros do Caribe, mas a desvantagem é que sentimos muito mais o impacto de uma onda grande do que numa embarcação maior. Tem certeza de que está bem?

— Estou ótima — eu disse secamente, esfregando o braço. — Vamos lá falar com Eva.

— Primeiro vamos pegar um desvio pela cozinha — disse Nilsson. — Depois podemos subir para o spa para falar com Eva, e, para terminar, iremos para a Sala do Café da Manhã.

Ele tinha uma lista dos membros da equipe e ia riscando os nomes.

— Isso deve cobrir todas, tirando talvez dois membros da tripulação e algumas comissárias das cabines que podemos encontrar depois.

— Ótimo — respondi, lacônica.

Para dizer a verdade, o que eu queria era sair — sair daquelas paredes claustrofóbicas e daqueles corredores sem ventilação, para longe da iluminação cinzenta e da sensação de estar sufocando presa ali, abaixo da linha d'água. Tive uma imagem breve e horrível do navio batendo em alguma coisa, da água enchendo aquele espaço confinado, bocas abertas engasgando à cata dos fiapos de ar que restavam.

Mas eu não podia desistir agora. Fazer isso seria admitir a derrota, admitir que Nilsson tinha razão. Eu o segui pelo corredor a caminho da proa do navio, sentindo o chão adernar e balançar embaixo de mim, e o cheiro de comida sendo preparada foi ficando mais forte. Era toucinho e gordura quente e a acidez distinta de croissants amanteigados no forno, mas também peixe cozido, molho madeira e alguma coisa doce. A combinação provocou uma cascata de saliva na minha boca, não de bom apetite, cerrei os dentes de novo e agarrei o corrimão quando o navio corcoveou de novo, subiu outra onda e caiu no vazio do buraco atrás, deixando meu estômago virado.

Eu estava pensando se era tarde demais para perguntar para Nilsson se podíamos voltar quando ele parou diante de uma porta de aço com duas pequenas janelas de vidro, e abriu. Cabeças com chapéus brancos viraram para nós, os rostos registraram surpresa bem educada quando me viram ao lado de Nilsson.

— *Hej, alla!* — disse Nilsson, e mais alguma coisa em sueco.

Ele virou para mim e explicou.

— Sinto muito, todos da equipe do deque e da recepção falam inglês, mas nem todos os cozinheiros. Estou só explicando o que viemos fazer aqui.

Vi sorrisos e meneios de cabeça da equipe e um dos chefs se adiantou, com a mão estendida.

— Alô, srta. Blacklock — ele disse em inglês excelente. — Meu nome é Otto Jansson. Todos da minha equipe terão prazer de ajudar, embora nem todos falem bem o inglês. Eu posso traduzir. O que quer saber?

Mas eu não conseguia falar. Só engolia olhando fixo para a mão dele estendida com a luva clara de látex da copa, enquanto o sangue sibilava nos meus ouvidos.

Olhei para aqueles olhos azuis e simpáticos, depois de novo para a luva, com pelos pretos aparecendo, espremidos embaixo da borracha e pensei, *não posso gritar. Não posso gritar.*

Jansson olhou para a própria mão como se quisesse entender por que eu olhava para ela boquiaberta, então deu risada e tirou a luva.

— Mil desculpas, eu esqueço que estou usando essas coisas. Elas são para serviço de copa.

Ele jogou a luva pálida e flácida na lata de lixo e apertou a minha mão, inerte sem resistência, com uma pegada firme, os dedos quentes e levemente empoados com a proteção do látex.

— Estou procurando uma mulher — eu disse, sabendo que estava sendo direta demais, só que eu me sentia abalada demais para ser mais educada. — Cabelo preto, mais ou menos da minha idade, ou mais jovem. Bonita, com pele clara. Ela não tinha sotaque nenhum. Devia ser inglesa ou bilíngue perfeita.

— Desculpe — lamentou Jansson, e realmente parecia desapontado. — Eu acho que não tem ninguém na minha equipe que se encaixe nessa descrição, mas fique à vontade para andar por aqui e ver se alguma delas é a mulher que está procurando. Tenho só duas mulheres na equipe, e nenhuma delas fala inglês muito bem. Jameela está ali servindo e Ingrid está nas saladas, atrás da grelha, ali. Mas nenhuma combina com a sua descrição. Talvez seja uma das comissárias ou da equipe que serve?

Inclinei a cabeça para espiar as duas mulheres que ele havia indicado e vi que ele tinha razão. Nenhuma delas era parecida com a mulher que eu tinha visto, nem de longe. Apesar de estar com a cabeça abaixada e o corpo curvado para o outro lado, tive certeza de que Jameela era a mulher asiática que tinha visto na cabine quando fomos lá para baixo. Ela era paquistanesa ou de Bangladesh, pensei — e muito minúscula, não devia ter nem um metro e meio de altura. Ingrid, por sua vez, era escandinava e pesava pelo menos oitenta quilos, além do mais tinha bem uns quinze centímetros a mais do que eu. Quando olhei para ela, Ingrid botou as mãos no quadril e me encarou quase agressivamente, mas eu sabia que era injusto pensar assim. Era a altura dela que fazia o gesto parecer ameaçador.

— Tudo bem — eu disse. — Desculpe atrapalhar.

— Tack, Otto — disse Nilsson, e contou alguma piada em sueco que fez Otto dar risada.

Ele deu uns tapinhas nas costas de Nilsson e falou alguma coisa que provocou no outro uma gargalhada de balançar a barriga. Ele levantou a mão para o resto da equipe.

— *Hej da!* — ele se despediu e então me guiou para fora, pelo corredor.

— Desculpe — ele disse sobre o ombro enquanto íamos para a escada. — A língua oficial do navio é inglês, e a nossa política é de não falar outras línguas diante dos nossos passageiros de língua inglesa, mas achei que nessas circunstâncias.... — ele deixou a frase no ar e eu meneei a cabeça, concordando.

— Está ótimo. É melhor porque todos ficaram à vontade e entenderam direito o que estava sendo perguntado.

Estávamos passando pela cabine da tripulação de novo e eu espiei algumas portas abertas, chocada mais uma vez com o tamanho daquele alojamento precário. Não poderia imaginar passar semana após semana, mês após mês naquele confinamento sem janelas. Nilsson deve ter sentido o meu silêncio, pois falou de novo.

— São pequenos, não são? Mas são apenas doze da equipe no navio, excluindo a tripulação, de modo que não precisamos de muito espaço. E posso dizer que estão melhor acomodados aqui do que em outros navios concorrentes.

Eu não falei o que estava pensando — que não era o espaço em si que chocava e sim o contraste com os cômodos leves e arejados de cima. O fato era que as cabines não eram piores do que as de muitas barcas que cruzavam o Canal da Mancha nas quais viajei. Eram até mais espaçosas do que algumas. Mas era a ilustração gráfica do abismo entre os privilegiados e os não privilegiados que incomodava, um "upstairs-downstairs" moderno em ação.

— Todos dividem cabines? — perguntei quando passamos por uma cabine escura na qual alguém se vestia de porta aberta, enquanto o companheiro de beliche roncava. Nilsson balançou a cabeça.

— A equipe júnior divide cabines, os faxineiros e comissários mais jovens e assim por diante, mas todos os mais velhos da equipe têm cabine individual.

Tínhamos chegado à escada que dava no deque de cima e eu subi lentamente, seguindo as costas largas de Nilsson e me segurando nos corrimões. Nilsson abriu a porta que separava a parte do navio que era dos passageiros da parte dos trabalhadores, e virou de frente para mim quando passamos e ele fechou a porta.

— Sinto que não tenha corrido muito bem — ele disse. — Eu esperava que uma delas fosse a mulher que você viu e que isso servisse para tranquilizá-la.

— Olha... — esfreguei o rosto, senti a aspereza da cicatriz e a pressão da dor de cabeça que começava a piorar. — Eu não sei...

— Vamos nos apressar e conversar com Eva — disse Nilsson com firmeza.

Ele deu meia-volta e foi na frente pelo corredor, na direção de outra escada.

O navio estava enfrentando um vagalhão atrás do outro. Eu engoli o jorro de saliva na boca e senti o suor frio grudento nas costas por baixo da blusa. Pensei um instante que devia bater em retirada para a minha cabine. Não era só minha cabeça. Eu ainda tinha de acabar de ler o apanhado da imprensa e começar o texto que Rowan estava esperando quando eu voltasse. Tinha plena e horrível consciência de que Ben, Tina, Alexander e todos os outros já deviam estar fazendo suas anotações, arquivando textos, buscando Bullmer no Google e analisando fotos de divulgação.

Mas então eu me compus. Se queria que Nilsson me levasse a sério, tinha de ir até o fim com isso. E por mais que eu quisesse subir os degraus da *Velocity*, algumas coisas eram mais importantes.

—⚘—

Encontramos Eva na recepção do spa, uma sala bonita e tranquila no deque superior, quase toda de vidro, com cortinas compridas que esvoaçaram na brisa quando abrimos a porta. As paredes de vidro davam para o deque lá fora e a luz era quase ofuscante depois do bege das tocas formadas pelos quartos mal iluminados lá de baixo.

Uma mulher deslumbrante de cabelo preto e quarenta e poucos anos de idade, com argolas grandes de ouro nas orelhas levantou a cabeça quando Nilsson e eu entramos.

— Johann! — ela disse com simpatia. — O que posso fazer por você? E essa deve ser...?

— Lo Blacklock — eu disse e estendi a mão.

Eu me senti imediatamente melhor fora dos confins do alojamento da equipe, e a náusea grudenta recuou diante da brisa do mar.

— Bom dia, srta. Blacklock — ela disse sorrindo.

Apertei-lhe a mão, pegada firme, dedos ossudos, mas fortes. O inglês dela era surpreendentemente bom. Quase tão bom quanto era o da jovem na cabine. Mas não era ela. Eva era bem mais velha, a pele cuidadosamente hidratada traía um certo desgaste do tempo em uma compleição que tinha visto sol demais.

— O que posso fazer por vocês?

— Eu sinto muito — eu disse. — Estava procurando alguém e as mulheres do deque inferior sugeriram que talvez fosse você, mas não é.

— A srta. Blacklock viu uma mulher ontem à noite — esclareceu Nilsson. — Na cabine vizinha à dela. Devia ter vinte e poucos anos, cabelo comprido e preto, pele clara. A srta. Blacklock ouviu barulhos que a deixaram preocupada e estamos tentando verificar se foi algum membro da equipe.

— Então não era eu — disse Eva, de forma agradável.

Não havia sinal da leve postura defensiva tribal que as mulheres tinham demonstrado no alojamento do porão. Eva deu uma breve risada.

— Se é para ser sincera, faz muito tempo que saí dos vinte anos. Vocês já falaram com as comissárias? Hanni e Birgitta têm cabelo preto e mais ou menos essa idade. E Ulla também.

— Sim, já estivemos com elas — disse Nilsson. — E agora vamos encontrar Ulla.

— Ela não está encrencada — eu disse. — A mulher, quero dizer. Estou preocupada com ela. Se puder pensar em alguém que poderia ser...

— Sinto não poder ajudar — disse Eva.

Ela falou diretamente para mim e realmente parecia sentir, vi a preocupação mais sincera de qualquer das pessoas com quem tinha falado até agora. Havia uma pequena ruga entre suas belas sobrancelhas.

— Sinto mesmo. Se souber de alguma coisa...

— Obrigada — eu disse.

— Obrigado, Eva — repetiu Nilsson e virou para sair.

— De nada — respondeu Eva, e foi nos levar até a porta. — Espero vê-la mais tarde, srta. Blacklock.

— Mais tarde?

— Às onze da manhã. É a experiência das mulheres no spa — está no seu horário nos folhetos.

— Obrigada — eu disse. — Nos vemos às onze, então.

Fui saindo e me sentindo culpada de não ter lido toda a programação nos folhetos na minha cabine, e pensei no que mais eu teria ignorado.

Deixamos o spa pela saída do deque. Quando a porta voltou foi arrancada da minha mão pelo vento forte e bateu com força numa tira de borracha posta lá exatamente para isso. Nilsson fechou a porta atrás de mim e eu fui para perto da amurada do navio, tremendo ao vento.

— Está com frio? — gritou Nilsson para vencer o rugido do vento e o barulho dos motores.

Balancei a cabeça.

— Não... quero dizer, estou, mas precisava desse ar fresco.— Ainda está se sentindo mal?

— Aqui fora não. Mas estou com dor de cabeça.

Fiquei lá segurando o ferro frio e pintado do guard rail e dobrei o corpo para frente para espiar, além das varandas de vidro das cabines de popa, as ondas com espuma na esteira do navio e a imensidão do mar, incrivelmente profundo e frio. Pensei nas atmosferas de negrume rodopiante embaixo de nós, na escuridão e no silêncio lá no fundo, e como alguma coisa, ou alguém, podia afundar dias a fio naquela profundeza escura, para descansar finalmente no leito marinho sem luz.

Pensei na jovem da noite anterior, em como seria fácil para alguém, Nilsson, Eva, qualquer pessoa, simplesmente chegar por trás e me empurrar aqui...

Estremeci.

O que tinha acontecido? Eu não podia ter imaginado. O grito e o barulho no mar, talvez. Mas não o sangue. Isso eu não podia ter imaginado.

Respirei bem fundo o ar limpo do Mar do Norte, virei e sorri determinada para Nilsson, balançando a cabeça para tirar o cabelo que o vento havia soprado no meu rosto.

— Em que lugar nós estamos?

— Águas internacionais — disse Nilsson. — A caminho de Trondheim, eu acho.

— Trondheim? — tentei relembrar a conversa da noite anterior. — Pensei que Lorde Bullmer havia dito que íamos para Bergen primeiro.

— Talvez tenham mudado de plano. Eu sei que Lorde Bullmer tem muita esperança de que vocês todos possam ver a aurora boreal. Quem sabe essa noite as condições estejam boas, por isso ele quis acelerar mais para o norte. Ou então pode ter sido uma sugestão do capitão, pode haver algum motivo climático que torne melhor seguir viagem nessa direção. Nós não temos um itinerário fixo. Temos sempre condição de atender aos desejos dos nossos passageiros. Pode ser também que alguém no jantar de ontem estivesse especialmente ansioso para conhecer Trondheim.

— O que tem em Trondheim?

— Na cidade de Trondheim mesmo? Bem, tem uma catedral famosa. E partes da cidade são muito bonitas. Mas o principal são os fiordes. Isso e o fato da cidade ficar bem mais ao norte do que Bergen, é claro, e por isso tem mais chance de aparecer a aurora. Mas podemos ter de ir mais ainda para o norte, até Bodo, ou até Tromso. Nessa época do ano ainda é incerto.

— Entendo.

Por algum motivo as palavras dele me perturbaram. Uma coisa era me sentir parte de uma viagem organizada. Outra bem diferente era saber que você é um passageiro impotente com outra pessoa no timão.

— Srta. Blacklock...

— Pode me chamar de Lo — interrompi —, por favor.

— Então é Lo — o rosto largo e amigável de Nilsson parecia preocupado. — Não quero que pense que não acredito em você, Lo, mas à clara luz do dia...

— Se eu ainda tenho certeza? — terminei a frase para ele.

Nilsson fez que sim com a cabeça. Eu suspirei descontente, repensando minhas dúvidas da véspera e como a pergunta que Nilsson não formulou ecoava a desagradável vozinha implicante dentro da minha cabeça. Torci os dedos no tecido da blusa antes de falar.

— O fato é que eu não sei. Era tarde e você tem razão, eu andei bebendo. Posso ter me enganado sobre o grito e o barulho no mar. Até o sangue... eu acho que pode ter sido uma ilusão da luz, apesar de ter certeza disso, do que eu vi. Mas a mulher na cabine... não há como ter imaginado. Eu não poderia. Eu a vi, falei com ela. Se ela não está aqui... se não está no navio, quero dizer... então onde ela está?

Ficamos um longo tempo em silêncio.

— Bem, ainda não falamos com Ulla — Nilsson finalmente falou. — Pela sua descrição, não sei se é ela, mas temos de pelo menos eliminá-la.

Ele pegou o rádio da equipe e começou a apertar os botões.

— Não sei quanto a você, mas eu gostaria de tomar um café, então podemos pedir para ela nos encontrar na sala do café da manhã.

—⁓—

A sala do café da manhã era a mesma em que tínhamos jantado na véspera, mas as duas mesas grandes estavam divididas em uma dúzia de mesas menores. Quando Nilsson empurrou a porta não havia ninguém lá além de um jovem garçom com cabelo amarelo repartido do lado. Ele se adiantou para me receber com um sorriso.

— Srta. Blacklock? Quer o seu café da manhã?

— Sim, por favor — eu disse vagamente, examinando a sala. — Onde devo sentar?

— Onde quiser — ele apontou com a mão para as mesas desocupadas. — A maioria dos outros passageiros resolveu tomar café da manhã em suas cabines. Perto da janela, pode ser? Trago chá, café?

— Café, por favor — eu disse. — Com leite, sem açúcar.

— E uma xícara para mim também, por favor, Bjorn — disse Nilsson. E depois, por cima do ombro de Bjorn — Ah, oi, Ulla.

Vi uma jovem belíssima com o cabelo preto enrolado em um pesado coque na nuca atravessar a sala em direção a nossa mesa.

— Olá, Johann — ela disse.

O sotaque liquidou o assunto, mas eu tinha certeza, mesmo antes que ela falasse, que não era a mulher da cabine. Ulla era especialmente linda, a pele em contraste com o cabelo preto era clara como porcelana. A mulher da cabine era bem bonita e cheia de vida, mas não com aquela delicadeza clássica adorável, como uma pintura renascentista. Além disso, Ulla devia ter quase um metro e setenta. A jovem da cabine tinha mais ou menos a minha altura, nada que se aproximasse de Ulla. Nilsson olhou para mim com cara de ponto de interrogação, e eu balancei a cabeça.

Bjorn voltou com duas xícaras numa bandeja e um cardápio para mim. Nilsson pigarreou.

— Quer tomar um café conosco, Ulla?

— Obrigada — ela disse, balançando a cabeça e fazendo o coque ondular na nuca. — Já tomei café da manhã hoje, mas posso sentar um pouco.

Ela sentou na cadeira à frente e olhou para nós dois, sorrindo. Nilsson tossiu outra vez.

— Srta. Blacklock, essa é Ulla. Ela é comissária das cabines da proa, portanto dos Bullmer, Jenssen, de Cole Lederer e de Owen White. Ulla, a srta. Blacklock está procurando uma jovem que ela viu ontem e se preocupa com o paradeiro dela. A jovem não está na lista de passageiros, por isso achamos que talvez seja membro da equipe, mas não tivemos a sorte de encontrá-la. Srta. Blacklock, quer descrever a mulher que viu?

Tive a impressão de que aquela era a centésima vez que eu fazia aquela breve descrição.

— Você se lembra de alguém assim? — percebi que minha voz estava começando a soar como súplica. — Alguém que corresponda a essa descrição?

— Bem, é óbvio que eu tenho cabelo preto — disse Ulla, dando uma risada. — Mas não fui eu, por isso não tenho tanta certeza. Tem a Hanni de cabelo preto, e Birgitta...

— Já estive com elas — interrompi. — Não foram elas. Mais alguém? Faxineiras? Tripulação?

— Nã... não... não há ninguém na tripulação que combine com essa descrição — disse Ulla devagar, pensativa. — Na equipe tem também Eva, mas ela é mais velha. Já falou com a equipe da cozinha?

— Deixe para lá — eu estava começando a me desesperar.

Já estava parecendo um pesadelo reincidente, entrevistar várias pessoas e todo o tempo a lembrança da jovem de cabelo preto ia se desfazendo e embaçando, escorrendo entre meus dedos feito água. Quanto mais rostos eu via, cada um deles correspondendo em algum detalhe, mas não ao todo do que eu lembrava, mais difícil eu achava me agarrar à imagem na minha cabeça.

No entanto, havia alguma coisa de definição naquela jovem, alguma coisa que eu sabia que ia reconhecer se visse de novo. Não eram os traços — que eram bonitos, mas bastante comuns. Não era o cabelo, nem a camiseta de Pink Floyd. Era alguma coisa sobre ela, a sua vivacidade, a expressão animada quando espiou o corredor e a surpresa quando viu meu rosto.

Seria mesmo possível que ela estivesse morta?

Mas a alternativa não era muito melhor. Porque se não estava morta, a única outra possibilidade... e de repente eu nem tinha mais certeza se era melhor ou pior... era que eu estava ficando louca.

13

Ulla e Nilsson pediram licença quando chegou meu café e me deixaram sozinha espiando pela janela enquanto comia. Ali em cima, com a vista do mar e do deque, eu não sentia tanto enjoo e consegui consumir bem aquele desjejum, senti a energia voltar para pernas e braços e a náusea insistente diminuir. E me veio à cabeça que pelo menos a metade do motivo de ter me sentido tão mal devia ser hipoglicemia. Eu sempre fico esquisita e trêmula quando estou com o estômago vazio.

Mas apesar da comida e da vista do mar me deixarem fisicamente melhor, não conseguia parar de rever mentalmente os acontecimentos da noite anterior, repassando a conversa com a jovem, a surpresa dela, o toque de irritação quando pôs o tubinho de rímel na minha mão. Alguma coisa estava acontecendo com ela, eu tinha certeza disso. Era como entrar em um filme na metade, aquele esforço para entender quem eram os personagens. Eu tinha interrompido alguma coisa que a jovem estava fazendo. Mas o que era?

O que quer que fosse, devia ter ligação com o seu desaparecimento. E não importa o que Nilsson pensava, eu não podia acreditar que ela estava limpando o quarto. Ninguém limpa um quarto com uma camiseta justa de Pink Floyd. Além do mais, ela não tinha o menor jeito de faxineira. Não dava para manter cabelo e unhas daquele jeito com salário de faxineira. O brilho daquela cabeleira preta indicava anos de hidratação e luzes caras. Espionagem industrial? Viajante clandestina? Amante de alguém? Lembro do brilho frio nos olhos de Cole quando ele falou sobre a ex mulher e as afirmações enfáticas de Camilla Lidman no alojamento. Pensei na força de Nilsson, no fato de Alexander ter mencionado o tema desagradável de veneno e de morte provocada no jantar da véspera — mas cada possibilidade só parecia mais improvável do que a anterior.

Era o rosto dela que me perturbava. Quanto mais eu me esforçava para lembrar, mais embaçava. Os dados concretos, a altura, a cor do cabelo, o estado das unhas, tudo isso eu conseguia ver com clareza. Mas os traços dela... nariz bem feito, sobrancelhas finas e pretas, depiladas com esmero... E era só isso. Eu podia dizer o que ela não era: gorda, velha, com marcas de acne. Era muito mais difícil dizer o que era. O nariz era... normal. A boca, normal. Nem grande, nem pequena, nem bicuda, nem inchada. Apenas normal. Não havia nada que a distinguisse que eu pudesse dizer.

Ela podia ter sido eu.

Eu sabia o que Nilsson queria. Ele queria que eu esquecesse o que tinha ouvido, o grito, a porta da varanda deslizando e aquele barulho horrível, imenso, de alguma coisa batendo na água.

Ele queria que eu começasse a duvidar do meu próprio relato das coisas. Só estava me levando a sério para fazer com que eu começasse a sabotar a mim mesma. Ele deixava que eu fizesse todas as perguntas que quisesse — o bastante para me convencer da minha falibilidade.

E uma parte de mim não era capaz de culpá-lo por isso. Essa era a viagem inaugural do *Aurora*, e o navio estava lotado de jornalistas, fotógrafos e gente influente. Era difícil existir hora pior para alguma coisa dar errado. Eu imaginava as manchetes: Viagem para a morte: passageira morre afogada em viagem de luxo para a imprensa. Como chefe da segurança, o pescoço de Nilsson estaria na linha. O mínimo que aconteceria seria ele perder o emprego, se alguma coisa desse errado no turno dele, na primeira viagem na qual ele estava.

Mais do que isso, porém, o tipo de publicidade que uma morte inexplicada ia gerar era capaz de fazer afundar todo o negócio. Uma coisa assim faria água no *Aurora* antes mesmo de ser batizado e, se isso acontecesse, todos a bordo podiam perder seus empregos, desde o capitão até Iwona, a faxineira.

Eu sabia disso.

Mas eu tinha realmente ouvido *alguma coisa*. Uma coisa que me assustou quando dormia e deixou meu coração a 200 batidas por minuto, as palmas das mãos molhadas de suor e a convicção de que em algum lugar muito próximo outra mulher estava tendo um problema muito sério. Eu *sabia* bem como era ser aquela mulher. Entender num instante que o que nos ligava à vida era frágil demais, que na realidade as paredes da segurança eram finas como papel.

Não importa o que Nilsson diz, se nada aconteceu com aquela menina, então onde estava ela? O grito, o sangue... tudo isso eu podia ter imaginado. Mas a jovem? Eu definitivamente não tinha imaginado a jovem. E ela não podia ter evaporado no ar daquela maneira sem ajuda.

Esfreguei os olhos, senti o resíduo áspero da maquiagem dos olhos da noite anterior e pensei na única coisa que provava que ela não era uma invenção da minha imaginação: aquele rímel Maybelline.

Ideias malucas começaram a atropelar minha cabeça, uma depois da outra. Eu levaria o rímel de volta para a Inglaterra num saco plástico e o entregaria para tirarem as impressões digitais. Não, melhor ainda, ia pedir um teste de DNA. Havia DNA em escovas de maquiagem, não havia? Em *CSI Miami* eles baseariam todo aquele processo num cílio preso. Devia haver *alguma coisa* que pudessem fazer.

Empurrei para longe uma imagem mental da minha entrada na delegacia de Crouch End com rímel num saco e exigindo análise avançada de um policial que mal consegue controlar o riso. *Alguém* ia acreditar em mim. Eles tinham de acreditar... E se não acreditassem, eu... eu pagaria para fazer isso.

Peguei meu celular, pronta para digitar no Google "preço teste DNA", mas, antes mesmo de destravar a tela inicial, percebi que aquilo era loucura. Eu não ia conseguir teste de DNA à altura das exigências policiais numa empresa da internet especializada em traições conjugais. E de qualquer modo, de que serviriam os resultados dos testes, se não tivesse nada com que compará-los?

Em vez da pesquisa, resolvi verificar meus e-mails. Nada de Judah. Na verdade, não havia nada, ponto. O celular não tinha sinal, mas parecia conectado à rede wi-fi do navio e forcei uma atualização. Mas nada aconteceu. O pequeno ícone de atualização rodopiou e rodopiou e então apareceu "Nenhuma conexão de rede".

Suspirei, guardei o celular no bolso e examinei as amoras no meu prato. A panqueca estava deliciosa, mas meu apetite tinha acabado. Parecia impossível, surreal: eu havia testemunhado um assassinato — ou pelo menos ouvi um — e, no entanto, estava ali, tentando empurrar panquecas e café para o estômago enquanto um assassino andava livremente e não havia nada que eu pudesse fazer.

Será que eles sabiam que tinham sido ouvidos e registrados? Com o barulho que eu andava aprontando e as perguntas que estava fazendo em todo o navio, se não souberam ontem à noite, agora já sabiam.

O navio pegou outra onda, de lado, eu empurrei o prato e levantei.

— Mais alguma coisa, srta. Blacklock? — perguntou Bjorn, eu pulei de susto e virei para trás.

Ele tinha aparecido como mágica, de uma porta camuflada na parede nos fundos da sala. Era quase impossível ver, a menos que soubesse que ela estava ali. Será que ele estava ali o tempo todo, me observando? Haveria algum tipo de *olho mágico*?

Balancei a cabeça e fiz o melhor que pude para sorrir quando fui andando no chão inclinado.

— Não, obrigada, Bjorn. Obrigada pela sua ajuda.

— Tenha uma ótima manhã. Tem algum plano para hoje? Se ainda não foi lá, a vista da piscina quente do deque superior é deslumbrante.

De repente tive uma visão de mim mesma, sozinha na piscina de água quente, e uma mão com luva de látex me empurrava para dentro da água...

Balancei a cabeça de novo.

— Acho que devo ir para o spa. Mas devo ir antes para a minha cabine descansar um pouco. Estou muito cansada. Não dormi bem essa noite.

— Claro, eu entendo perfeitamente. Um pouco de ere e ere é a receita, talvez?

— Erre e erre?

— Não é essa a expressão? Erre e erre, repouso e relaxamento?

— Ah! — enrubesci — Repouso e relaxamento. Sim, é claro. Desculpe... como eu disse, estou muito cansada...

Eu estava indo de lado para a porta, com a pele toda arrepiada só de pensar nos olhos escondidos que podiam estar vendo a nossa conversa. Pelo menos na minha cabine eu teria certeza de estar sozinha.

— Aproveite o descanso!

— Vou aproveitar — eu disse, dei meia-volta e um encontrão em Ben Howard, com cara de sono.

— Blacklock!

— Howard.

— A noite passada... — disse ele sem jeito.

Balancei a cabeça. Eu não teria aquela conversa na frente do fala mansa Bjorn, que sorria lá do outro canto da sala.

— Não vamos mais falar disso — falei secamente. — Estávamos bêbados, nós dois. Você acabou de acordar?

— É — ele disfarçou um enorme bocejo. — Depois que saí da sua cabine, encontrei Archer e acabamos jogando pôquer com Lars e Richard Bullmer até uma hora estúpida.

— Ah — mordi o lábio. — Que hora você foi para a cama?

— Só Deus sabe. Umas quatro, eu acho.

— É que... — eu ia falar e parei.

Nilsson não acreditava em mim. E eu estava chegando ao ponto de mal acreditar eu mesma. Mas Ben... Ele acreditaria em mim, certo?

Pensei no tempo que passamos juntos, e como terminamos... E de repente não tinha mais tanta certeza.

— Deixe pra lá — respondi. — Conto mais tarde. Vá tomar seu café.

— Você está bem? — ele perguntou quando eu ia embora. — Está com uma cara horrível.

— Ótima. Obrigada.

— Não. Eu só quis dizer... parece que quase não dormiu.

— E não dormi mesmo — estava tentando não implicar, mas a ansiedade e a exaustão me tornavam mais grossa do que pretendia. Então o navio adernou numa onda. — Estou achando esse mar meio bravo.

— É? Eu tenho sorte, nunca mareio.

Havia na voz dele um toque irritante de superioridade, e tive de resistir à vontade de retrucar alguma coisa curta e grossa.

— Mas não se preocupe, estaremos em Trondheim amanhã cedo.

— Amanhã? — minha voz deve ter traído minha decepção, porque ele olhou espantado para mim.

— Sim. Por quê? Qual é o problema?

— Eu pensei... imaginei que hoje... — não terminei a frase.

Ele deu de ombros.

— É um longo caminho, você sabe.

— Tudo bem.

Eu precisava voltar para o meu quarto, pensar nisso tudo, tentar definir o que eu tinha visto e o que não tinha.

— Vou voltar para o meu quarto. Descansar um pouco.

— Claro. Nos vemos mais tarde, Blacklock — disse Ben.

O tom de sua voz era leve, mas os olhos, quando me observou indo para a cabine, denotavam preocupação.

Achei que estivesse indo para a escada que dava no deque das cabines, mas devo ter pegado o caminho errado, porque acabei na biblioteca — uma versão em miniatura de biblioteca rural completa, abajures com cúpulas verdes e estantes com passarelas.

Suspirei e tentei lembrar onde tinha desviado do caminho e se havia alguma rota mais curta para voltar, em vez de refazer o trajeto e ter de encarar Ben de novo. Parecia impossível alguém se perder num navio tão pequeno, mas a composição da planta era muito confusa, como um quebra-cabeça desenhado para eliminar cada centímetro de espaço vazio, e navegar naquele labirinto ficava ainda mais complicado porque o balanço do barco mexia com meu senso de direção.

E também não ajudava o fato de não ter plantas e sinalização mínima, como havia nas barcas — imaginei que quisessem dar a impressão de que aquilo era uma casa particular que, por acaso, dividíamos com um punhado de gente rica.

Havia duas saídas, e mais ou menos ao acaso eu abri a porta que dava para o deque. Pelo menos ali do lado de fora eu podia ter certeza de que lado eu estava. Quando saí e senti o vento forte no rosto, ouvi uma voz rouca e cheia de nicotina atrás de mim.

— Querida, é um milagre você estar de pé! Como está essa manhã?

Virei e vi que era Tina, parada embaixo de um vidro curvo numa espécie de fumódromo, com um cigarro entre os dedos.

Ela deu uma longa tragada.

— Meio de ressaca?

Controlei a vontade de dar o fora dali. Eu devia estar trabalhando. Não podia deixar que uma ressaca me impedisse. Tentei sorrir e torci para o sorriso ser convincente.

— Meio. Eu não devia ter bebido tanto.

— Bem, eu fiquei impressionada com a quantidade que você consumiu — ela disse com um sorriso zombeteiro. — Como disse meu antigo chefe quando comecei na *Express* no tempo em que tínhamos almoços realmente demorados, se você conseguir beber mais do que o seu entrevistado, está a caminho do seu primeiro furo de reportagem.

Olhei para ela através da nuvem de fumaça. Fofoca de trabalho era que Tina tinha subido dentro da empresa pisando nas costas de mais mulheres jovens do que era possível contar e que então, depois de passar pelo teto de vidro, ela puxou a escada para ninguém mais subir. Lembro que Rowan disse um dia, *Tina é uma daquelas mulheres que acha que cada gota de estrogênio na redação é uma ameaça à existência dela.*

Mas por algum motivo, eu não conseguia associar aquela observação à mulher parada na minha frente. Conhecia pelo menos uma ex colega que disse que devia sua carreira a Tina, e, olhando para ela agora, seus olhos com maquiagem pesada rindo para mim, pensei no que deve ter sido para uma jornalista daquela geração, abrindo caminho a força entre as fileiras da rede dos velhos companheiros. Hoje em dia já era muito difícil. Talvez não fosse culpa de Tina não poder levar todas as outras mulheres da empresa junto com ela.

— Venha aqui, querida, vou lhe contar um segredinho — disse ela e fez sinal para eu me aproximar, com os anéis tilintando nos dedos esqueléticos. — O mesmo veneno seguido de uma longa e lenta trepada.

Havia uma única reação possível que não começava com aaaaiiiiii, que era um silêncio não comprometedor. Tina deu sua risada rouca e permeada de nicotina.

— Choquei você.

— Não exatamente. Só que... você sabe... candidatos estão em falta.

— Achei que você e aquele sexy Ben Howard pareciam muito amigos ontem à noite... — ela disse com a fala arrastada.

Reprimi um estremecimento.

— Ben e eu tivemos um caso anos atrás — eu disse com firmeza. — E não sinto vontade nenhuma de voltar para lá.

— Muito sensata, querida — ela deu um tapinha no meu braço e os anéis tilintaram na minha pele. — Como dizem os afegãos, não podemos nos banhar no mesmo lago duas vezes.

Eu não soube o que dizer em relação a isso.

— Como é seu nome mesmo? — ela perguntou de repente. — Louise, era?

— Lo. É apelido de Laura.

— Prazer em conhecê-la, Lo. E você está com Rowan na *Velocity*, é isso mesmo?

— Sim, é isso. Escrevo artigos — e então surpreendi a mim mesma. — Mas espero cobrir a licença maternidade dela enquanto estiver fora. Em parte, é por isso que estou fazendo essa viagem, eu acho. Eles queriam testar, ver como me saía.

Mas se isso era um teste, eu estava rumando para o fracasso. Acusar meus anfitriões de ocultar uma morte definitivamente não era o que a *Velocity* tinha em mente.

Tina deu mais uma tragada no cigarro, cuspiu um fiapo de tabaco e olhou para mim com admiração.

— Esse papel significa muita responsabilidade. Mas é bom que você queira subir. E o que pretende fazer quando ela voltar?

Abri a boca para responder e parei. O que eu ia fazer? Voltar para meu antigo trabalho? Estava pensando como ia responder, e ela falou:

— Ligue para mim uma hora dessas, quando estiver de volta ao trabalho. Estou sempre à procura de freelancers, especialmente de pessoas espertas e com uma pitada de ambição.

— Eu estou num contrato de equipe de exclusividade — disse com tristeza.

Dava valor àquilo porque era um cumprimento, e não queria jogar de volta para ela, mas tinha quase certeza de que a minha cláusula de impedimento de competição não ia deixar que eu tivesse dois empregos.

— Como quiser — disse Tina dando de ombros.

O barco adernou quando ela falou e ela bateu no guarda-mancebo de metal.

— Droga, meu cigarro apagou. Você tem um isqueiro aí, querida? Deixei o meu na sala.

— Eu não fumo — eu disse.

— Droga.

Ela deu um peteleco na guimba por cima da amurada e nós duas ficamos vendo a ponta do cigarro sendo levada pelo vento e desaparecendo de vista, antes mesmo de bater na água revolta. Eu realmente devia ter dado a ela o meu cartão, ou no mínimo ter feito com que falasse dos projetos futuros da Vernean e até que ponto Tina tinha chegado para amaciar Lorde Bullmer. Era o que Rowan teria feito. Ben provavelmente já teria marcado um contato frila a essa altura e mandado à merda o contrato de exclusividade.

Mas naquele exato momento — com Nilsson provavelmente agora mesmo abrindo buracos na minha história para o capitão — minha carreira não era tão importante. O que eu devia realmente era interrogá-la, descobrir seu paradeiro na noite passada. Afinal, Ben esteve jogando pôquer com Lars, Archer e Bullmer, o que deixava um grupo comparativamente menor de pessoas que podiam ter estado na cabine vizinha à minha. Será que Tina tinha força suficiente para jogar uma mulher ao mar? Examinei disfarçadamente quando ela ia caminhando com dificuldade no deque molhado de mar e vento para a porta, o salto fino escorregando um pouco no metal pintado do deque. Ela era magra como um galgo, mais substância do que músculos, mas imaginei que podia haver uma força naqueles braços, e a imagem que Rowan tinha feito era de uma mulher cuja crueldade compensava muito bem seu tamanho físico.

— E quanto a você? — perguntei quando fui atrás dela até a porta. — Você se divertiu ontem à noite?

Ao ouvir a pergunta, ela parou de repente, segurando a porta pesada com uma única mão, os dedos apertados no metal, os tendões das costas da mão saltados como cabos de ferro. Ela virou e me encarou.

— O que você disse? — o pescoço dela estava projetado para frente como o de um velociraptor, os olhos pareciam flechas, me furando.

— Eu... — parei de falar, chocada com a ferocidade da reação dela. — Eu não... estava só pensando...

— Bem, eu sugiro que pare de pensar e que guarde suas insinuações para você. Uma mulher inteligente como você sabe muito bem que não deve fazer inimigos nessa profissão.

Então ela soltou a porta e deixou que batesse depois de passar.

Eu fiquei lá parada no deque, olhando confusa para as costas dela indo embora através da porta manchada de sal e imaginando que diabo tinha acabado de acontecer.

Balancei a cabeça e me recompus. Não havia motivo para tentar entender aquilo agora. Eu devia voltar para a cabine e preservar a única prova que me restava.

—ɷ—

Eu tinha trancado a porta antes de sair com Nilsson, mas percebi, quando desci cuidadosamente a escada para o deque das cabines e vi as faxineiras puxando seus aspiradores de pó e seus carrinhos cheios de toalhas e roupa de cama, que havia esquecido de botar para fora o aviso "não perturbe".

A minha suíte tinha sido arrumada até o mínimo detalhe.

A pia polida, as janelas sem maresia, até minha roupa suja e o vestido de noite rasgado tinham desaparecido feito mágica.

Mas eu não estava interessada em nada daquilo. Fui direto para o banheiro, para as fileiras arrumadas de maquiagem e cosméticos de limpeza sobre a bancada.

Onde estava?

Empurrei para o lado o batom e o brilho, a pasta de dente, hidratante, removedor de maquiagem do olho, cartela de pílulas usada até a metade... mas não estava lá. Nenhum sinal de rosa e verde chamou minha atenção. Embaixo da bancada então... na lata de lixo? Nada.

Fui procurar no quarto, abri gavetas, uma por uma, procurei embaixo das poltronas. Onde estava? Onde tinha ido parar?

Mas eu já sabia quando afundei na cama, com as mãos na cabeça. O tubo de rímel, meu único elo com a jovem desaparecida, tinha sumido.

Harringay Echo, sábado, 26 de setembro
Turista inglesa desaparecida de navio de cruzeiro norueguês

Amigos e parentes de Laura Blacklock, londrina desaparecida, estão "cada dia mais preocupados" com a segurança dela. Blacklock (32), que mora na West Grove em Harringay, foi dada como desaparecida por seu companheiro Judah Lewis (35) num passeio a bordo do exclusivo navio de cruzeiro *Aurora Borealis*.

O sr. Lewis, que não estava a bordo com a srta. Blacklock, registrou que ficou preocupado quando a srta. Blacklock deixou de responder às mensagens a bordo do navio e quando novas tentativas de entrar em contato com ela fracassaram.

Um porta-voz do *Aurora Borealis* que zarpou de Hull no último domingo em sua viagem inaugural, confirmou que Blacklock não era vista desde a planejada viagem para Trondheim na terça-feira, 22 de setembro, mas a empresa disse que inicialmente assumiram que ela resolvera encurtar sua viagem. Foi só quando a Srta Blacklock não voltou para o Reino Unido na sexta-feira e seu companheiro deu o alarme que ficaram sabendo de que a partida dela não foi planejada.

Pamela Crew, a mãe da mulher desaparecida, disse que era extremamente incomum para a filha não ter feito qualquer contato, e apelou para qualquer pessoa que tivesse visto a srta. Blacklock, também chamada de Lo, que se apresentasse.

PARTE QUATRO

PARTE QUATRO

14

Tentei não deixar que o pânico me dominasse.

Alguém tinha estado no meu quarto.

Alguém que sabia.

Alguém que sabia o que eu tinha visto, e o que eu tinha ouvido, e o que eu tinha dito.

Tinham renovado o estoque do minibar e subitamente desejei visceralmente uma bebida, mas afastei a ideia e comecei a andar de um lado para o outro na cabine que parecia tão grande na véspera e que agora parecia encolher em volta de mim.

Alguém tinha entrado aqui. Mas quem?

A vontade de gritar, de fugir, de me esconder embaixo da cama e nunca mais sair era quase avassaladora, mas não havia como escapar... só quando chegássemos a Trondheim.

Essa conclusão tirou meus pensamentos daquela corrida de ratos, e fiquei ali parada com as mãos na penteadeira, ombros curvados, olhando para meu rosto emaciado e branco no espelho. Não era só falta de sono. Havia profundas olheiras de exaustão embaixo dos olhos, mas foi uma coisa nos meus olhos propriamente ditos que me fez parar: um olhar de medo, como um animal abatido.

Ouvi um rugido feito um lamento agudo vindo do corredor e me lembrei assustada dos faxineiros limpando os quartos. Respirei fundo, endireitei as costas e sacudi o cabelo sobre os ombros. Então abri a porta e enfiei a cabeça para espiar o corredor onde o aspirador de pó ainda ronronava. Iwona, a mulher polonesa a quem eu havia sido apresentada no porão estava limpando a cabine de Ben logo adiante no corredor, com a porta toda aberta.

— Olá! — chamei, mas ela não ouviu e cheguei mais perto. — Com licença!

Ela pulou de susto, virou e botou a mão no peito.

— Desculpe! — disse ela ofegante e desligou o aspirador de pó com o pé.

Iwona usava o uniforme azul escuro que todo o resto dos faxineiros usava, e suas feições pesadas estavam rosadas com o esforço.

— Eu me assustei.

— Desculpe — eu disse, penitente. — Não pretendia assustá-la. Eu queria só perguntar. Foi você que limpou o meu quarto?

— Sim, eu já limpei. Alguma coisa não está limpa?

— Não, está tudo limpo... lindo mesmo. Mas eu estava pensando... você viu um rímel?

— Rí...? — ela balançou a cabeça, sem entender. — O que é?

— Rímel. Para os olhos. Assim — fiz a mímica de botar rímel e o rosto dela se iluminou.

— Ah! Sim, eu sei — disse Iwona, e então falou alguma coisa que parecia "tush du resh".

Eu não tinha ideia se era rímel em polonês, ou se era "botei na lata de lixo", mas fiz que sim com a cabeça vigorosamente.

— Sim, sim, num tubo rosa e verde. Como...

Peguei meu celular para procurar Maybelline no Google, mas o wi-fi continuava sem funcionar.

— Ah, droga, deixe para lá. Mas é rosa e verde. Você viu?

— Sim. Vi noite passada quando limpei.

Merda.

— Mas não hoje de manhã?

— Não — ela balançou a cabeça, com espanto. — Não está no banheiro?

— Não.

— Sinto muito. Eu não vi. Posso perguntar para Karla, comissária, se é possível... um... como se diz... comprar novo...?

A dificuldade com as palavras e a expressão preocupada de Iwona me fizeram entender o que aquela cena estava parecendo — uma mulher louca praticamente acusando uma faxineira de roubar um rímel usado. Balancei a cabeça e botei a mão no braço dela.

— Desculpe. Não tem importância. Por favor, não se preocupe.

— Mas sim, tem importância!

— Não, sinceramente. Eu devo ter posto em outro lugar. Talvez tenha deixado em algum bolso.

Mas eu sabia a verdade. O rímel tinha sumido.

—⁂—

De volta à cabine, tranquei a porta e passei a corrente, depois peguei o telefone, apertei o zero e pedi para falar com Nilsson. Houve uma longa espera com música de elevador e uma mulher com a voz que parecia da Camilla Lidman entrou na linha.

— Srta. Blacklock? Obrigada por esperar. Vou completar a ligação.

Ouvi um clique e um estalo, em seguida a voz grave de um homem.

— Alô? Aqui Johann Nilsson. Posso ajudá-la?

— O rímel sumiu — eu disse sem rodeios.

Houve uma pausa. Pude sentir Nilsson pesquisando suas anotações em seu fichário de arquivos mentais.

— O rímel — repeti impaciente. — Aquele sobre o qual falei na noite passada — que a mulher da cabine 10 me deu. Isso prova o que eu dizia, não vê?

— Eu não vejo...

— Alguém entrou na minha cabine e levou o rímel — falei lentamente, tentando me controlar.

Tive a estranha sensação de que se não falasse com calma e clareza, eu ia começar a gritar ao telefone.

— Por que fariam isso se não tivessem nada a esconder?

Fez-se uma longa pausa.

— Nilsson?

— Vou até aí encontrá-la — ele acabou dizendo. Está na sua cabine?

— Sim.

— Estarei aí em cerca de dez minutos. Estou com o capitão, preciso terminar aqui, eu irei o mais rápido que puder.

— Até logo — eu disse e bati o fone, com mais raiva do que medo, mesmo sem ter certeza se era por mim ou por Nilsson.

Andei de um lado para outro da cabine outra vez, repassando os acontecimentos da noite anterior, as imagens, os sons, e os medos se amontoando na minha cabeça. A sensação que eu não conseguia superar era a de violação. Alguém tinha estado no meu quarto. Alguém tinha se aproveitado do fato de eu estar ocupada com Nilsson e vindo mexer nas minhas coisas para levar a única prova que corroborava a minha história.

Mas quem tinha acesso a uma chave mestra? Iwona? Karla? Josef?

Ouvi uma batida na porta, corri para destrancar. Era Nilsson, um misto pouco à vontade de truculência, urso de pelúcia e cansaço. As olheiras sob os seus olhos não eram tão grandes quanto as minhas, mas estavam chegando lá.

— Alguém levou o rímel — repeti.

Ele fez que sim com a cabeça.

— Posso entrar?

Recuei e ele passou de lado entre mim e a porta.

— Posso sentar?

— Por favor.

Ele sentou, o sofá protestou baixinho, e eu sentei na pontinha da cadeira da penteadeira, de frente para ele. Nenhum de nós dois disse nada. Eu estava esperando que ele começasse. Talvez estivesse esperando isso de mim, ou simplesmente procurando as palavras. Ele apertou o alto do nariz, um gesto delicado que parecia estranhamente cômico num homem tão grande.

— Srta. Blacklock...

— Lo — eu disse de estalo.

Ele suspirou e começou de novo.

— Lo, então. Eu conversei com o capitão. Ninguém da equipe está desaparecido, temos certeza disso agora. Nós também falamos com toda a equipe e nenhum deles viu qualquer coisa suspeita sobre aquela cabine, e tudo isso nos fez chegar à conclusão...

— Ei — interrompi irritada, como se impedir que ele dissesse aquelas palavras afetasse a conclusão à qual o capitão e ele chegaram.

— Srta. Blacklock...

— Não. Não, vocês não vão fazer isso.

— Não vão fazer o quê?

— Me chamar de srta. Blacklock, dizer que respeitam minhas preocupações e que sou uma passageira importante, blá-blá-blá, e no minuto seguinte me descartar como uma mulher histérica que não viu o que viu.

— Eu não... — ele começou a dizer, mas eu interrompi de novo, zangada demais para ouvir.

— Você não pode ter as duas coisas. Ou acredita em mim, ou... ah, não, espere aí! — parei de estalo, sem poder acreditar que não tinha pensado nisso antes. — E o circuito fechado de tv? Vocês não têm algum tipo de sistema de segurança?

— Srta. Blacklock...

— Vocês podiam verificar as fitas do corredor. A jovem estará lá... ela tem de estar!

— Srta. Blacklock! — ele disse mais alto. — Eu falei com o sr. Howard.

— O quê?

— Conversei com o sr. Howard — disse ele, menos animado. — Ben Howard.

— E daí? — perguntei, mas meu coração batia acelerado. — O que o Ben pode saber sobre isso?

— A cabine dele fica de frente para a vazia. Fui falar com ele para saber se ele tinha ouvido alguma coisa, se podia confirmar seu relato sobre alguma coisa jogada na água.

— Ele não estava na cabine — eu disse. — Estava jogando pôquer.

— Eu sei disso. Mas ele me disse... — Nilsson deixou a frase incompleta.

Ah, Ben, pensei, e tive uma sensação ruim no estômago. Ben, seu traidor. O que você fez?

Eu sabia o que ele tinha dito. Sabia pela cara do Nilsson, mas não ia deixar que ele se safasse tão fácil.

— Sim? — perguntei entre dentes cerrados.

Eu ia forçá-lo a fazer isso direito. Ele ia ter de soletrar aquilo, uma sílaba de cada vez.

— Ele me contou do homem no seu apartamento. Do assalto.

— Aquilo não tem nada a ver com isso.

— É que... um... — ele tossiu, cruzou primeiro os braços e depois as pernas.

A imagem daquele homem, daquele tamanho, sentado desconfortavelmente naquele sofá, tentando desaparecer era quase ridiculamente cômica. Não falei nada. A sensação de observá-lo se espremer todo era quase exótica. *Você sabe*, pensei maldosa, *você sabe a merda que está sendo*.

— O sr. Howard me disse que você... é... você não anda dormindo bem desde o... é... desde a invasão — ele conseguiu gaguejar.

Não falei nada. Fiquei lá parada, fria e dura, com raiva de Nilsson, mas principalmente de Ben Howard. Essa seria a última vez que confiava nele. Será que eu aprenderia algum dia?

— E tem também a bebida — Nilsson falou e seu rosto louro e retorcido estava infeliz. — É... um... não combina bem com...

Ele deixou a frase incompleta. Virou a cabeça para a porta do banheiro, para a pilha patética de objetos pessoais.

— Com o quê? — eu disse em voz baixa e seca, totalmente diferente da minha.

Nilsson olhou para o teto e seu desconforto se espalhou pelo quarto.

— Com... antidepressivos — ele disse quase sussurrando, e seu olhar viajou de novo para a caixa de comprimidos amassada e meio usada perto da pia, depois de novo para mim, se desculpando por todos os poros.

Mas as palavras foram ditas. Não podiam ser engolidas e nós dois sabíamos disso.

Fiquei parada sem dizer nada, mas meu rosto ardia como se tivesse levado um tapa. Então era isso. Ben Howard realmente contou tudo para Nilsson, aquele merdinha. Conversou alguns minutos com Nilsson. Uma conversa só, e nesse tempo, além de fracassar para apoiar a minha história, ele contou cada detalhe da minha biografia que conhecia e fez com que eu parecesse uma neurótica falsa e quimicamente desequilibrada nesse processo.

Sim, sim, eu tomo antidepressivos, e daí?

Não importava que eu estivesse tomando — e bebendo — aquelas pílulas há anos. Não importava que eu tivesse ataques de ansiedade, não delírios.

Mas mesmo se eu tivesse uma psicose completa, isso não invalidava o fato de que, com ou sem comprimidos, eu vi o que vi.

— Então é isso — acabei falando, palavras breves e sem entonação. — Você pensa que só por causa de um punhado de comprimidos sou uma doida paranoica que não distingue realidade de ficção? Você sabe que há centenas de milhares de pessoas que tomam o mesmo remédio que eu tomo?

— Não é nada disso que eu estava querendo dizer — disse Nilsson sem jeito. — Mas é fato que não temos nenhuma prova para corroborar a sua informação e, srta. Blacklock, com todo respeito, o que você acredita que aconteceu é muito semelhante à sua experiên...

— Não! — gritei, levantei e avancei para o corpo dele, triste e curvado, apesar do fato de ele ter pelo menos uns quinze centímetros a mais do que eu normalmente. — Eu já disse que não vai fazer isso. Não vai me chamar de nomes obsequiosos e depois descartar o que eu contei. Sim, eu não tenho dormido. Sim, eu tenho bebido. Sim, alguém invadiu o meu apartamento. Não tem nada a ver com o que eu vi.

— Mas esse é o problema, não é? — agora ele também estava de pé, tenso, com o rosto vermelho. — Você não viu nada. Você viu uma mulher, e há muitas nesse navio, e muito mais tarde ouviu um barulho na água. Daí saltou para conclusões que são muito próximas do acontecimento traumático que vivenciou poucas noites atrás. Um caso de dois e dois somando cinco. Isso não leva a uma investigação de assassinato, srta. Blacklock.

— Saia daqui — eu disse.

O gelo em volta do meu coração estava derretendo. Pude sentir que ia dar lugar a algo muito idiota.

— Senhorita...

— Saia!

Marchei até a porta e abri com um gesto violento. Minhas mãos tremiam.

— Saia! — repeti. — Agora. A menos que queira que eu chame o capitão e diga que uma passageira solitária pediu que você se retirasse da sua cabine inúmeras vezes e você se recusou a sair. DÊ O FORA DA MINHA CABINE!

Nilsson afundou a cabeça no pescoço e caminhou todo tenso até a porta. Parou um instante como se fosse falar alguma coisa, mas não sei se foi a minha expressão, ou alguma coisa no meu olhar, porque quando levantou a cabeça e viu meus olhos, parece que se encolheu e deu meia-volta.

— Até logo — ele disse. — Srta...

Mas eu não esperei para ouvir mais nada. Bati a porta na cara dele, me joguei na cama e chorei até não poder mais.

15

Pelo menos teoricamente, eu não teria motivo de usar esses comprimidos para enfrentar a vida. Tive uma infância ótima, pais amorosos, o pacote completo. Nunca apanhei, não abusaram de mim, nem esperaram que só tirasse nota dez na escola. Tive só amor e apoio. Mas por alguma razão isso não bastou.

Meu amigo Erin diz que todos temos demônios dentro de nós, vozes que sussurram que não somos bons, que se não conseguirmos essa promoção ou a nota máxima numa prova revelaremos para o mundo exatamente que tipo de imprestável e fraco realmente somos. Talvez isso seja verdade. Talvez minha cabeça só tenha vozes mais potentes.

Mas não acho que seja simples assim. A depressão que tive depois da universidade não teve nada a ver com provas e autoestima, foi uma coisa mais estranha, mais química, algo que nenhuma cura pela conversa resolveria.

Terapia Cognitiva Comportamental, aconselhamento, psicoterapia — nada disso funcionou como os comprimidos. Lissie diz que acha a ideia de reequilíbrio químico para modificar seu estado de espírito assustadora, isso de tomar alguma coisa capaz de alterar quem ela realmente é. Mas eu não vejo dessa forma. Para mim é como usar maquiagem. Não é um disfarce e sim uma maneira de me exibir mais como sou, menos em carne viva. É o melhor que posso ser.

Ben me viu sem "maquiagem". E me deixou. Fiquei com raiva muito tempo, mas acabei entendendo que não o culpo. O ano em que completei 25 anos foi horrível. Se eu pudesse abandonar a mim mesma, teria feito isso.

Mas aquele fato não desculpava o que ele tinha feito agora.

— Abra a porta!

O barulho de teclado de laptop parou e ouvi uma cadeira sendo arrastada. Então a porta da cabine foi aberta com cautela.

— Sim? — a cara de Ben encheu a fresta, sua expressão denotou surpresa quando me viu. — Lo! O quê está fazendo aqui?

— O que você acha?

Ele teve a decência de parecer um pouco envergonhado.

— Ah, aquilo.

— Sim, *aquilo* — passei por ele e entrei no quarto. — Você falou com Nilsson — eu disse, secamente.

— Olha... — ele levantou a mão contemporizando, mas eu não ia me acalmar.

— Não me venha com "olha". Como pôde fazer isso, Ben? Quanto tempo levou para entregar tudo — a depressão, os remédios, o fato de eu quase ter perdido meu emprego — você contou isso tudo para ele?

— Não! É claro que não. Meu Deus, como pode pensar isso?

— Foram só os comprimidos, então? E o fato de que meu apartamento foi invadido e alguns outros detalhes picantes para dar a ideia de que definitivamente não sou nada confiável?

— Não! Não foi assim! — ele foi até a porta da varanda, virou e olhou para mim, passou a mão no cabelo que ficou em pé — Eu só... merda, acabou saindo. Nem sei como. Ele é bom no que faz.

— Você é o jornalista! Que diabo aconteceu com o "sem comentários"?

— Sem comentários — ele grunhiu.

— Você não tem ideia do que você fez.

Eu estava de punhos cerrados, as unhas furavam as palmas das mãos e me forcei a abri-las, esfregando as mãos doloridas na calça jeans.

— O que você quer dizer? Olha, espere um pouco, eu preciso de um café. Quer um?

Eu queria dizer para ele se foder. Mas a verdade era que eu realmente queria um café. Fiz que sim com a cabeça.

— Leite, sem açúcar, certo?

— Certo.

— Algumas coisas não mudaram — ele disse enquanto punha água mineral na máquina de expresso e depois um cartucho de papel metálico.

Olhei enviesado para ele.

— Muita coisa mudou e você sabe disso. Como pôde contar para ele aquelas coisas?

— Eu... eu não sei.

Ben passou as mãos no cabelo rebelde de novo, agarrando as raízes como se pudesse arrancar uma desculpa da cabeça se puxasse com bastante força.

— Ele me encontrou quando estava voltando do café da manhã, me fez parar no corredor e começou a falar que estava preocupado com você — coisas sobre barulhos durante a noite — eu estava de ressaca, na verdade não conseguia entender o que ele estava dizendo. No início achei que falava sobre o assalto ao seu apartamento. Então ele disse que você estava fragilizada — meu Deus, Lo, eu sinto muito, mas eu não fui bater na porta dele desesperado por uma conversa. O que ele estava querendo?

— Não importa.

Peguei o café que ele me ofereceu. Estava quente demais para beber e fiquei segurando no colo.

— Importa sim. Certamente pegou você de surpresa. Alguma coisa aconteceu ontem à noite?

Cerca de 95% de mim queria dizer para Ben Howard ir se catar, e que ele tinha perdido o direito de merecer a minha confiança por ter falado da minha vida privada e da minha coerência como testemunha para Nilsson. Infelizmente os 5% restantes pareciam especialmente fortes.

— Eu... — engoli o aperto na garganta e o desejo de contar para alguém o que tinha acontecido.

Será que se contasse para Ben ele poderia sugerir alguma coisa em que eu não tinha pensado? Ele era repórter, afinal de contas. E apesar de doer ter de admitir, um repórter bastante respeitado.

Respirei bem fundo e revelei a história que havia contado para Nilsson na véspera, falando rápido demais e sem muita coerência, desesperada para tornar o meu caso convincente.

— E o fato é que ela estava aqui, Ben — concluí. — Você precisa acreditar em mim!

— Uoa, uoa — disse Ben, piscando, espantado. — É claro que acredito em você.

— Acredita? — fiquei tão surpresa que bati a xícara de café no tampo de vidro da mesa — Mesmo?

— Claro que acredito. Nunca vi você imaginar nada.

— Nilsson não acredita.

— Eu entendo que Nilsson não queira acreditar em você. Quero dizer, todos nós sabemos que crimes em navios de cruzeiro são questões bem cabeludas.

Fiz que sim com a cabeça. Eu sabia tão bem quanto ele — tão bem quanto qualquer jornalista de viagens sabia — os incontáveis boatos sobre navios de cruzeiro. Não é que os proprietários sejam mais criminosos do que em qualquer outra área da indústria de turismo, só que existe uma região cinzenta inerente em torno de crimes cometidos em alto mar.

O *Aurora* não era como alguns navios sobre os quais escrevi, que eram mais cidades flutuantes do que embarcações, mas tinha o mesmo status legal contraditório em águas internacionais. Até nos casos de desaparecimentos bem documentados, as coisas são varridas para baixo do tapete. Sem uma jurisdição policial clara para assumir o controle, a investigação costuma ficar a cargo dos serviços de segurança de bordo, que são contratados pela companhia de cruzeiros e não podem se dar ao luxo de incomodar os patrões, mesmo se quisessem.

Esfreguei os braços porque de repente senti frio, apesar do calor abafado da cabine. Eu tinha procurado Ben para espinafrá-lo e me sentir melhor. A última coisa que esperava era que ele desse apoio ao meu desconforto.

— O que mais me preocupa... — eu disse bem devagar e parei.

— O que é? — Ben perguntou.

— Ela... ela me emprestou um rímel. Foi assim que a conheci. Eu não sabia que a cabine estava vazia e bati na porta para ver se alguém podia me emprestar um.

— Certo...

Ben bebeu mais um gole de café. O rosto dele por cima da borda da xícara estava confuso, evidentemente não entendia onde isso ia chegar.

— E aí?

— E aí que... sumiu.

— O quê... o rímel? O que quer dizer com "sumiu"?

— Sumiu. Foi tirado da minha cabine enquanto eu estava com Nilsson. Tudo o mais eu até poderia descartar, mas se não está acontecendo nada, por que levar o rímel? Era a única coisa concreta que eu tinha para mostrar que havia alguém naquela cabine, e agora já era.

Ben levantou, foi até a varanda e fechou a cortina de voil, apesar de parecer um gesto esquisito e desnecessário. Tive a impressão estranha e passageira de que ele não queria me encarar e que estava pensando no que ia dizer.

Então ele deu meia-volta e sentou novamente na ponta da cama, com cara de pura determinação como se tratasse de negócios.

— Quem mais sabia disso?

— Do rímel?

Essa era uma boa pergunta, aliás me fez lembrar, com um toque de tristeza, que eu não tinha pensado nisso antes e devia.

— Um... eu acho que... ninguém além de Nilsson.

Não era uma ideia reconfortante. Nós nos entreolhamos um longo tempo. Os olhos de Ben refletiam as perguntas desconfortáveis que subitamente fervilhavam dentro de mim.

— Mas ele estava comigo — falei. — Quando levaram o rímel.

— O tempo todo?

— Bem... mais ou menos... Não, espere aí, houve um intervalo. Eu fui tomar meu café da manhã. E conversei com Tina.

— Então ele podia ter levado o rímel.

— Sim — falei bem devagar —, ele podia.

Será que foi ele que entrou na minha cabine? Foi assim que ele soube do remédio que eu tomo e do aviso para não misturar com álcool?

— Olha, eu acho que você deve falar com Richard Bullmer.

— Lorde Bullmer?

— Sim. Como eu disse, joguei pôquer com ele ontem à noite e ele parece um cara decente. E não tem sentido ficar se metendo com Nilsson. Bullmer é o principal responsável. Meu pai sempre dizia, se tem uma reclamação a fazer, vá direto ao topo.

— Esse não é um problema de atendimento ao consumidor, Ben.

— Não importa. Mas esse Nilsson... a coisa não parece boa para ele, não é? E se tem alguém nesse navio que pode pedir satisfações ao Nilsson, é o Bullmer.

— Mas será que ele vai? Pedir satisfações, quero dizer? Ele tem tanto motivo quanto Nilsson para querer esconder isso. Mais até. Como você diz, isso tem potencial para acabar muito mal para ele, Ben. Se isso vazar, o futuro do *Aurora* ficará muito incerto. Quem é que vai querer pagar dezenas de milhares de libras por uma viagem de luxo num navio em que uma mulher morreu?

— Aposto que existe um nicho de mercado para isso — disse Ben com um sorriso meio maroto.

Estremeci.

— Olha, não vai fazer mal falar com ele — Ben insistiu. — Pelos menos sabemos onde ele esteve a noite passada, o que é mais do que podemos dizer sobre Nilsson.

— Você tem certeza de que nenhuma das pessoas com quem você estava saiu da cabine?

— Certeza absoluta. Estávamos na suíte Jenssen — que só tem uma porta, e fiquei sentado de frente para ela a noite toda. As pessoas levantavam e iam ao banheiro, coisas assim, mas todas usaram o banheiro da cabine. Chloe sentou lá e leu durante um tempo, depois foi para o quarto vizinho — não tem saída lá, só pela sala principal da suíte. Ninguém saiu até no mínimo quatro horas da madrugada. Você pode descartar os quatro homens e mais a Chloe.

Franzi a testa riscando os passageiros, contando nos dedos.

— Então é... você, Bullmer... Archer... Lars e Chloe. E restam Cole, Tina, Alexander, Owen White e a sra. Bullmer. E mais a equipe.

— A sra. Bullmer? — Ben ergueu uma sobrancelha. — Acho que você está exagerando.

— O quê? — perguntei na defensiva. — Ela talvez não esteja tão doente quanto parece.

— Ah, é, isso mesmo, ela fingiu quatro anos de câncer recorrente e quimioterapia e radioterapia torturantes só para ter um álibi do assassinato de uma mulher desconhecida.

— Não precisa ser sarcástico. Eu estava apenas sendo lógica.

— Mas eu acho que os passageiros são distração — disse Ben. — Você não pode se esquivar do fato de que Nilsson e você eram as únicas pessoas que sabiam do rímel. Se não foi ele que pegou, deve ter contado para a pessoa que fez isso.

— Bem... — comecei a falar e parei.

Uma sensação incômoda, bem parecida com culpa, escorria na minha nuca.

— O que foi?

— Eu... eu estava tentando lembrar. Quando Nilsson me levou para conversar com a equipe. Não consigo lembrar... eu posso ter mencionado o rímel.

— Meu Deus, Lo — disse Ben, olhando fixo para mim —, você falou ou não falou, afinal? Isso importa, sabe?

— Eu sei — respondi contrita.

O barco subiu e desceu uma onda, e a sensação de náusea me dominou outra vez, as panquecas mal digeridas balançaram incômodas no meu estômago. Procurei me lembrar das conversas que tive no deque inferior, mas era muito difícil. Estava com uma ressaca violenta, muito distraída com a luz artificial e a claustrofobia daquelas cabines estreitas e sem janelas. Fechei os olhos, senti o sofá subir e adernar embaixo de mim e tentei pensar na cantina da equipe, nos rostos simpáticos e sem maquiagem das meninas virados para mim. O que diabos eu falei?

— Não consigo lembrar — finalmente reconheci. — Realmente não consigo. Mas posso ter mencionado sim. Acho que não falei, mas não posso absolutamente afirmar isso com certeza.

— Droga. Isso expande as coisas consideravelmente.

Fiz que sim com a cabeça, lamentando.

— Olha — disse Ben —, talvez algum dos outros passageiros tenha visto alguma coisa. Alguém entrando ou saindo da cabine vazia, ou quem roubou o rímel entrando na sua. Quem está nas cabines da popa?

— Um... — contei nos dedos. — Bem, eu estou na nove, você na oito, Alexander está na... acho que é a seis, não é?

— Tina está na cinco — disse Ben pensativo. — Vi quando ela entrou ontem à noite. Por isso Archer deve estar na sete. Ok. Quer ir bater em algumas portas?

— Está bem.

Por algum motivo, que talvez fosse a onda de raiva, ou a sensação de ter alguém acreditando em mim, ou talvez só o efeito de ter um plano, eu já estava me sentindo melhor. Mas então avistei o relógio no laptop do Ben.

— Merda, não posso, agora não. Preciso ir a essa droga de coisa de mulheres no spa.

— Que hora termina? — perguntou Ben.

— Não faço ideia. Mas acho que não vai atrasar a hora do almoço. O que os homens vão fazer?

Ben levantou e folheou um folheto que estava em cima da mesa.

— Passeio na ponte. Legal e sexista: os caras com tecnologia, as mulheres aromaterapia. Ah, não, espere aí, tem uma manhã no spa para homens amanhã. Talvez seja só uma questão de espaço — ele pegou um bloco e uma caneta da penteadeira. — Eu preciso ir também, mas vamos ver o que conseguimos descobrir esta manhã e depois do almoço podemos nos encontrar aqui e bater na porta dos passageiros restantes. Depois disso podemos levar tudo para o Bullmer. Quem sabe fazemos o navio desviar e receber a polícia local a bordo?

Fiz que sim com a cabeça. Nilsson não tinha me levado a sério, mas se conseguíssemos descobrir alguma coisa para corroborar a minha história... mesmo que fosse só mais uma pessoa que tivesse ouvido o barulho no mar... ficaria muito mais difícil para Bullmer ignorar.

— Eu só fico pensando nela — desabafei quando chegamos à porta.

Ben parou, com a mão na maçaneta.

— O que quer dizer?

— Na jovem — a mulher da Palmgren. O que ela deve ter sentido quando ele a atacou, se ela estava viva quando caiu no mar. Fico pensando como deve ter sido, o choque da água gelada, a visão do navio indo embora...

Será que ela gritou quando as ondas a cobriram? Será que tentou gritar por socorro quando a água salgada inundou seus pulmões, ficando sem ar quando o frio aumentou e acabou o oxigênio no sangue, ela afundando, afundando...

E o corpo dela vagando na escuridão gelada e silenciosa do mar profundo, branco como a neve, os peixes mordiscando seus olhos, o cabelo flutuando na correnteza como um rio de fumaça escura... Eu pensava tudo isso também, só que não falei.

— Não faça isso — disse Ben. — Não deixe a sua imaginação te levar, Lo.

— Eu sei como é — eu disse quando ele abriu a porta. — Você não vê? Eu sei o que ela deve ter sentido, quando alguém foi atacá-la no meio da noite. Por isso preciso descobrir quem fez isso com ela.

E porque se eu não descobrisse, podiam vir atrás de mim.

16

Chloe e Tina já estavam no spa quando cheguei. Tina inclinada sobre o balcão, lendo alguma coisa no laptop que Eva deixara aberto atrás da mesa, e Chloe aninhada no fundo de uma poltrona de couro vintage recuperada com estofamento luxuoso, jogando no seu celular. Fiquei surpresa de ver que, sem maquiagem, ela parecia completamente diferente, os olhos imensos e esfumaçados e as maçãs do rosto salientes da noite passada tinham sido apagados pela luz do dia.

Ela notou que eu olhava para ela no espelho e deu um sorriso de orelha a orelha.

— Está admirando a cara lavada? Parece que tenho um facial marcante, por isso tirei tudo. Eu avisei que sou uma verdadeira artista da maquiagem.

— Ah, eu não... — senti que estava enrubescendo.

— É a técnica "contouring" — disse Chloe, rodou a cadeira para ficar de frente para mim e piscou um olho. — Sinceramente, pode mudar sua vida. Eu poderia transformá-la em qualquer pessoa, da Kim Kardashian à Natalie Portman com o que tenho na minha cabine.

Eu já ia dar uma resposta engraçada quando notei um movimento com o canto do olho e vi, chocada, que um dos espelhos de corpo inteiro atrás da mesa estava se movendo, abrindo para trás. Outra porta? Falando sério, quantas entradas escondidas havia naquele navio?

Tina levantou a cabeça do laptop quando Eva entrou pela passagem, sorrindo educadamente.

— Posso ajudá-la, srta. West? — perguntou ela. — Nós mantemos as listas de clientes e informações confidenciais nesse computador, por isso não permitimos que os passageiros façam uso dele. Se deseja usar um computador, Camilla Lidman terá muito prazer de providenciar um para a sua cabine.

Tina endireitou as costas sem jeito e virou o computador de frente para a mesa de novo.

— Desculpe, querida — ela teve a delicadeza de parecer meio envergonhada. — Eu, ah... estava só procurando a lista de tratamentos.

Como havia uma lista completa nos folhetos da imprensa, era uma desculpa esfarrapada.

— Terei muito prazer de oferecer uma lista impressa — disse Eva.

Não havia sinal de frieza no tom de sua voz, mas olhou para Tina como se a julgasse.

— Nós temos os tipos comuns de massagens e terapias, faciais, pedicure e coisas assim. Manicure e tratamento capilar são feitos nessa sala — ela indicou a cadeira em que Chloe estava aboletada.

Fiquei imaginando onde aconteciam os outros tratamentos, já que havia só uma cadeira no spa e no deque superior não havia mais espaço, pelo que eu tinha visto. A banheira quente e a sauna ocupavam quase todo o resto do espaço. Então a porta do deque abriu e, para surpresa minha, Anne Bullmer entrou. Ela parecia um pouco melhor do que na noite anterior, a pele menos emaciada, o rosto menos abatido, mas os olhos escuros tinham uma mancha escura em volta, como se não tivesse dormido.

— Desculpem — ela disse ofegante, tentando sorrir. — Eu estou demorando muito nas escadas nesse momento.

— Aqui! — Chloe levantou rapidamente, tentou sair do caminho indo para um canto desocupado da sala. — Fique com a minha cadeira.

— Não preciso — disse Anne.

Chloe ia insistir, mas Eva interrompeu a conversa educada das duas com um sorriso.

— Estamos indo para as salas de tratamento agora, de qualquer maneira, senhoras. Sra. Bullmer, gostaria de sentar aqui? Srta. West, srta. Blacklock e srta. Jenssen, vamos descer?

Descer? Fiquei imaginando o que seria isso, mas então ela abriu uma porta espelhada atrás da mesa — um toque na moldura fazia com que a porta girasse para dentro — e começou a descer vários lances de escada estreitos e escuros, um atrás do outro.

O contraste, depois de toda luz e ventilação da sala de recepção, foi extremo, e eu pisquei para tentar me acostumar à pouca luz. Pequenos abajures elétricos ficavam em suportes a certos intervalos na escada, mas o seu brilho amarelo só servia para intensificar a escuridão em volta, e, quando o navio adernou numa onda grande, tive um momentâneo ataque de vertigem. Talvez fosse o fato de a escada desaparecer na escuridão abaixo de nós, ou talvez fosse a percepção de que qualquer toque de Chloe — que descia logo atrás de mim — por mais leve que fosse, me jogaria em cima de Tina e Eva que iam na frente. Se eu quebrasse o pescoço ali não haveria como saber se eu tinha simplesmente tropeçado no escuro.

E finalmente, depois do que parecia uma descida interminável, paramos num pequeno saguão. Ouvi o barulho de água de uma pequena fonte em um nicho na parede, o tipo que pinga água reciclada sem parar sobre um globo de pedra. O ruído devia ser calmante e provavelmente seria em terra firme, mas o efeito num barco era bem diferente. Comecei a pensar em vazamentos e em saídas de emergência. Será que estávamos abaixo da linha d'água? Não havia nenhuma janela.

Comecei a sentir um aperto no peito e cerrei os punhos. *Não entre em pânico. Pelo amor de Deus, não tenha um ataque de pânico aqui embaixo.*

Um. Dois. Três...

Vi que Eva estava falando, e procurei me concentrar em suas palavras, não no teto baixo e no espaço apertado e sem ventilação. Talvez quando entrássemos nas salas de tratamento e estivéssemos menos apertadas, isso melhorasse.

— ... três salas de tratamento aqui embaixo — Eva estava dizendo. — E mais a cadeira lá em cima, por isso tomei a liberdade de selecionar terapias que podemos fazer ao mesmo tempo.

Por favor, por favor, que a minha seja feita lá em cima. Minhas unhas cortavam as palmas das minhas mãos.

— Srta. West, marquei uma sessão de aromaterapia na Sala Um com Hanni — disse Eva, consultando sua lista. — Srta. Jenssen terá uma facial na Sala Dois com Klaus. Espero que não se importe de ser um terapeuta homem. Srta. Blacklock, reservei um banho de lama na Sala Três com Ulla.

Senti a respiração acelerar.

— E a sra. Bullmer? — disse Chloe, olhando em volta. — Onde ela está?

— Ela está com a manicure lá em cima.

— Um... — falei completamente insegura. — Será que... eu também podia fazer as unhas lá em cima?

— Desculpe — disse Eva, e ela realmente parecia lamentar. — Mas tem apenas uma cadeira lá em cima. Ficaria encantada de marcar manicure para esta tarde, depois do seu banho de lama. Ou há algum outro tratamento que prefira fazer? Podemos oferecer reiki, massagem sueca, massagem thai, reflexologia... E também temos o tanque de flutuação. Se nunca experimentou um, são incrivelmente calmantes.

— Não! — respondi ato reflexo.

Tina e Chloe olharam para mim, e percebi que tinha falado alto demais, por isso abaixei conscientemente a voz.

— Não, obrigada, não. Flutuação não é... não é exatamente a minha praia.

Só de pensar em ficar lá deitada num caixão de plástico estanque cheio de água...

— Não tem problema — disse Eva sorrindo. — Bem, vocês estão prontas para começar? As salas de tratamento são nesse corredor. Cada uma tem chuveiro próprio. E fornecemos roupões e toalhas.

Fiz que sim com a cabeça, mal ouvi as instruções e então, quando ela virou para voltar lá para cima, segui Chloe e Tina pelo corredor, torcendo para que o medo crescente que sentia não transparecesse no meu rosto. Eu podia fazer aquilo. Eu podia não deixar que minhas fobias atrapalhassem o meu trabalho. *Oi, Rowan, não, eu não experimentei o spa porque ficava dois andares abaixo e não tinha janelas. Desculpe.* Não, de jeito nenhum. Ia melhorar assim que saíssemos daquele corredor estreito e entrássemos cada uma na sua sala de tratamento.

Eu tinha esperança de que o tratamento no spa me daria a chance de conversar com Tina, Anne e Chloe, para sondá-las e saber dos seus paradeiros na véspera, mas quando Chloe desapareceu em sua sala de tratamento e fechou a porta, percebi que esse não seria o caso.

No outro lado do corredor, Tina tinha parado diante de uma porta que dizia "Sala de Tratamento 1", e esperei que ela entrasse, para eu poder seguir pelo corredor, mas ela virou e me encarou, com a mão na maçaneta.

— Querida — disse ela sem desenvoltura —, eu... um... eu devo ter sido um pouco ríspida da última vez que nos falamos.

Fiquei um tempo sem saber a que ela se referia, e então lembrei — nosso encontro no deque, ela cuspindo fúria com minhas perguntas. Por que se demonstrara tão sensível quando perguntei o que tinha feito na noite passada?

— O que eu posso dizer... ressaca... falta de cigarros. Mas isso não era desculpa para falar daquele jeito com você.

O jeito e a postura dela traduziam uma mulher mais acostumada a exigir pedidos de desculpas do que oferecê-los.

— Tudo bem — eu disse, tensa. — Eu entendo perfeitamente. Também não sou uma pessoa matutina. Eu... sinceramente, considero esse episódio esquecido.

Mas senti meu rosto esquentar e avermelhar com a mentira.

Tina estendeu a mão e apertou meu braço, com o que achei que pretendia ser um gesto de despedida, mas os anéis dela estavam gelados na minha pele e, quando ela fechou a porta, eu liberei o estremecimento que estava reprimindo.

Então respirei fundo e bati na Sala de Tratamento 3.

— Entre, srta. Blacklock! — disse uma voz lá de dentro, a porta abriu e Ulla apareceu, sorrindo, de uniforme branco do spa.

Entrei na pequena sala e espiei em volta. Era pequena, mas não tão estreita quanto o corredor e, com apenas nós duas ali, eu me senti menos sufocada. O aperto no peito diminuiu um pouco.

O quarto tinha a mesma iluminação bruxuleante de velas elétricas da escada e havia uma cama elevada no centro, coberta com filme plástico transparente. Havia também um lençol branco dobrado no pé da cama.

— Bem-vinda ao spa, srta. Blacklock — disse Ulla. — Hoje vamos experimentar o banho de lama. Já fez algum antes?

Balancei a cabeça e não disse nada.

— É muito agradável e bom para desintoxicar a pele. O primeiro passo é tirar sua roupa, por favor, deitar na cama e se cobrir com o lençol.

— Fico com a roupa de baixo? — perguntei, tentando parecer que frequentava spas todos os dias.

— Não, porque a lama mancha — disse Ulla com firmeza.

Meu rosto deve ter expressado o que eu estava sentindo, porque ela se abaixou e pegou o que parecia uma toalha de mão amassada de dentro de um armário.

— Se preferir, oferecemos calcinhas descartáveis. Algumas das nossas hóspedes usam, outras não, depende exclusivamente de como as pessoas se sentem mais confortáveis. Agora vou deixá-la à vontade para se despir. O chuveiro, se desejar, é por aqui.

Ela indicou uma porta à esquerda da cama, depois saiu da sala sorrindo, fechou a porta suavemente, eu comecei a tirar minha roupa, camada por camada, e fui me sentindo cada vez menos à vontade. Empilhei tudo numa cadeira junto com os sapatos e, quando fiquei totalmente nua, vesti a calcinha de papel, deitei na cama com a pele grudando desconfortavelmente no plástico e puxei o lençol branco até o queixo.

Assim que fiz isso ouvi uma batida suave na porta — e foi muito em seguida, de modo que me provocou um mal estar e me fez pensar se havia algum tipo de câmera na sala — e ouvi a voz de Ulla.

— Posso entrar, srta. Blacklock?

— Sim — eu disse com voz rouca e ela entrou segurando um pote com o que parecia, e devia ser, lama quente.

— Deite de barriga para baixo, por favor — disse Ulla gentilmente e eu virei.

Foi surpreendentemente difícil essa manobra, com o plástico grudento preso na minha pele, e senti o lençol deslizar, mas Ulla logo o puxou de volta para o lugar. Ela tocou em alguma coisa perto da porta e a sala se encheu de ruídos baixinhos de baleias com ondas quebrando ao fundo. Tive de novo a imagem perturbadora do peso da água ali do outro lado do casco de metal...

— Será que você poderia...? — eu disse sem jeito, falando de cara para a cama. — Tem outra faixa?

— Claro — disse Ulla.

Ela apertou alguma coisa e a música mudou para sinos tibetanos e sinos de vento.

— Assim está melhor?

Fiz que sim com a cabeça.

— E agora, está pronta...? — disse Ulla.

O tratamento funcionou como calmante, depois que me forcei a relaxar um pouco. Até me acostumei com a sensação de ter uma pessoa completamente estranha massageando lama no meu corpo praticamente nu. No meio daquilo percebi com um susto que Ulla estava falando comigo.

— Desculpe — consegui dizer sonolenta. — O quê você disse?

— É para você se virar — ela murmurou, eu virei de costas com a lama escorrendo e deslizando no plástico.

Ulla botou o lençol na parte de cima do meu corpo de novo e começou a massagear a frente das minhas pernas.

Ela foi subindo metodicamente e, para finalizar, espalhou a lama na minha testa, no rosto e nos olhos fechados, depois falou de novo com sua voz baixa e sedativa.

— Vou te embrulhar agora, srta. Blacklock, para fazer a lama funcionar, e volto dentro de meia hora para ajudá-la a se desembrulhar e tomar uma chuveirada. Se precisar de qualquer coisa, tem um botão para me chamar à sua direita — ela botou minha mão sobre um botão que ficava ao lado da cama. — Está tudo bem?

— Tudo bem — eu disse com sono.

O calor da sala e os sinos suaves da música eram soníferos extraordinários. Estava achando difícil me lembrar de tudo que tinha acontecido na noite anterior. Mais difícil me importar com aquilo. Eu só queria dormir...

Senti o plástico colar em volta de mim e depois uma coisa pesada e quente por cima — uma toalha, pensei. Atrás das minhas pálpebras fechadas, eu tinha noção de que as luzes da sala estavam mais fracas.

— Vou ficar logo aí fora — disse Ulla, e ouvi um clique suave da porta.

Parei de combater o cansaço e deixei o calor e a escuridão se fecharem sobre a minha cabeça.

—ɯ—

Sonhei com a jovem, navegando a esmo quilômetros embaixo de nós, nas profundezas geladas e sem sol do Mar do Norte. Sonhei que seus olhos risonhos estavam brancos e inchados com a água salgada, que a pele macia estava enrugada e morta, que a camiseta estava rasgada por pedras pontudas e se desfazendo em trapos.

Só restava o cabelo preto e comprido, flutuando no mar profundo feito ramos de algas escuras, se enroscando em conchas e redes de pesca, indo dar na praia em tranças feito corda, ali inerte, e o rugido das ondas se quebrando contra as rochas enchendo meus ouvidos.

Acordei aflita e deprimida de medo. Levei um tempo para lembrar onde estava, e mais tempo ainda para perceber que o rugido no meu ouvido não era parte de um sonho, mas real.

Desci da cama tremendo um pouco e imaginando quanto tempo tinha ficado ali deitada. A toalha quente havia esfriado e a lama na minha pele, secado e rachado. O barulho parecia que vinha do banheiro ao lado.

Meu coração batia mais forte e mais rápido quando me aproximei da porta fechada, mas agarrei a coragem que tinha, abri a porta e uma onda de vapor quente me envolveu. Tossi ao atravessar o fog do banheiro para fechar a torneira do chuveiro e fiquei ensopada nesse processo. Será que Ulla tinha entrado e aberto a água? Mas por que não me acordou?

Quando a água parou de pingar do chuveiro voltei para a porta com o cabelo molhado grudado no rosto e apalpei a parede à procura do interruptor de luz.

Achei, acendi e o banheiro ficou iluminado. Foi então que eu vi.

Escritas no espelho embaçado, com letras que deviam ter uns quinze centímetros de altura, estavam as palavras "PARE DE FUÇAR".

BBC News, segunda-feira, 28 de setembro
Britânica desaparecida Laura Blacklock: corpo encontrado por pescadores dinamarqueses

Pescadores dinamarqueses encontraram o corpo de uma mulher em suas redes no Mar do Norte, na direção da costa da Noruega.

A Scotland Yard foi chamada para ajudar na investigação da polícia norueguesa sobre a descoberta de um corpo pescado nas primeiras horas da manhã de segunda-feira por pescadores dinamarqueses, dando força à especulação de que a vítima pode ser a jornalista britânica, Laura Blacklock (32), que desapareceu na semana passada em viagem na Noruega. Um porta-voz da Scotland Yard confirmou que foram chamados para ajudar na investigação, mas recusou-se a comentar possíveis ligações com o desaparecimento da srta. Blacklock.

A polícia norueguesa disse que o corpo era de uma jovem caucasiana e que o processo de confirmação de identidade da mulher estava em andamento.

O companheiro de Laura Blacklock, Judah Lewis, recusou-se a comentar por telefone em sua casa na região norte de Londres, apenas disse que está arrasado com o desaparecimento de Laura até o momento.

PARTE CINCO

17

Não pude fazer nada de pronto. Fiquei paralisada, olhando para as letras que escorriam no espelho, com o coração disparado, até sentir que ia vomitar. Havia um ronco estranho nos meus ouvidos, eu escutava soluços, pareciam de um animal assustado — um ruído horrível, misto de terror e sofrimento, e uma parte distanciada de mim sabia que a pessoa que emitia aqueles ruídos era eu mesma.

Então o banheiro começou a inclinar e as paredes foram se fechando em volta de mim. Percebi que estava tendo um ataque de pânico e que ia desmaiar a menos que fosse para algum lugar seguro. Quase me arrastando, corri para a cama e deitei lá, encolhida na posição fetal, tentando desacelerar a respiração. Lembrei do que o meu orientador de terapia comportamental cognitiva costumava dizer: *respiração calma e consciente, Lo, e relaxamento progressivo — um músculo de cada vez. Respiração calma... relaxamento consciente. Calma... e consciente. Consciente... e... calma...*

Eu o detestava mesmo naquela época em que mal aliviava o ataque de pânico, que dirá agora, quando havia algo real para provocar o pânico.

Calma... e consciente... ouvi sua suave voz de tenor na minha cabeça, e de alguma forma a fúria bem lembrada me serviu de âncora, me fez suficientemente forte para desacelerar minha respiração curta de pânico e, finalmente, para sentar direito, passar as mãos no cabelo molhado e olhar em volta à procura de um telefone.

E tinha um sim, numa bancada ao lado de um pacote de lama do spa. Minhas mãos tremiam e estavam cobertas de lama seca e rachada, de modo que mal consegui pegar o fone, que dirá discar o zero, mas quando consegui e ouvi uma voz com sotaque escandinavo dizer "alô, posso ajudá-lo?", não falei nada, fiquei lá sentada, parada, com o dedo no ar sobre as teclas.

Então botei o fone no gancho e ouvi um clique.

As palavras no espelho tinham sumido. Dava para ver o banheiro de onde eu estava sentada na cama, e agora o chuveiro estava fechado e o exaustor funcionando, por isso o vapor desaparecera quase todo. Eu só via duas linhas de água escorrendo na base do P e do F, e mais nada.

Nilsson jamais acreditaria em mim.

Depois de tomar banho e me vestir voltei pelo corredor. As portas das duas outras salas estavam abertas e espiei quando passei por elas, mas estavam vazias e vi os sofás arrumados e prontos para os próximos clientes. Quanto tempo eu tinha dormido?

Subi a escada para a recepção do spa e também não havia ninguém além de Eva, sentada à mesa digitando alguma coisa no laptop. Ela levantou a cabeça, olhou para mim quando entrei pela porta oculta e sorriu.

— Ah, srta. Blacklock. Gostou do seu tratamento? Ulla esteve lá embaixo para tirar a toalha um tempo atrás, mas a senhorita estava dormindo profundamente. Ela ia voltar lá daqui a quinze minutos. Espero que não esteja desorientada por ter acordado sozinha.

— Tudo bem — eu disse, tensa. — Quando é que Chloe e Tina saíram?

— Há uns vinte minutos, eu acho.

Indiquei com a cabeça a porta atrás de mim que agora estava fechada de novo e imperceptível, a não ser para quem conhecesse o segredo do espelho.

— Essa é a única entrada para o spa?

— Depende do que quer dizer com entrada — ela respondeu lentamente, porque ficou confusa com a pergunta. — É a única entrada, mas não é a única saída. Tem uma saída de incêndio lá embaixo que dá na parte da equipe, mas é... qual é a palavra? De mão única? Só abre para fora. E também tem alarme, por isso não recomendo que use, senão teremos uma evacuação. Por que pergunta?

— Por nada.

Eu tinha cometido um erro ao falar demais para Nilsson aquela manhã. Não ia cometer o mesmo erro de novo.

— Estão servindo o almoço na Sala Lindgren — disse Eva —, mas não se preocupe que não perdeu nada; é um almoço self-service, de modo que as pessoas chegam e saem a hora que quiserem. Ah, eu já ia esquecendo... — ela disse quando virei para sair. — o sr. Howard a encontrou?

— Não — parei imediatamente, com a mão na porta. — Por quê?

— Ele esteve aqui à sua procura. Expliquei que estava fazendo o tratamento e que por isso ele não podia falar com a senhorita pessoalmente, mas ele desceu para deixar um recado com Ulla. Quer que eu procure?

— Não — eu disse secamente. — Eu mesma vou procurar. Mais alguém foi lá para baixo?

Ela balançou a cabeça.

— Não. Fiquei aqui o tempo todo, srta. Blacklock. Tem certeza de que está tudo bem?

Não respondi. Simplesmente dei meia-volta e saí do spa, sentindo o suor gelado na pele por baixo da roupa e um medo também gelado que havia se espalhado mais fundo.

—ɯ—

Não tinha ninguém além de Cole na sala Lindgren. Ele estava sentado a uma mesa com sua câmera e Chloe, na frente dele, espiava pela janela e colocava garfadas de salada na boca, distraída. Ela olhou para mim quando cheguei e apontou com a cabeça para a cadeira ao lado dela.

— Oi! O spa não é incrível?

— Acho que sim — eu disse puxando a cadeira, mas logo percebi que devia estar parecendo estranha e mal educada, então tentei de novo. — Quero dizer, é sim. Meu tratamento foi muito bom. Só que... não me dou muito bem em lugares fechados. Sou meio claustrofóbica.

— Ah! — ela entendeu. — Fiquei imaginando por que você parecia tão tensa lá embaixo. Achei que fosse ressaca.

— Bem — dei uma risada que soou falsa —, isso também, provavelmente.

Será que tinha sido ela lá no spa? Era possível sim. Mas Ben tinha sido muito claro sobre a noite passada: ela não saiu do quarto.

E Tina, então? Pensei na força dela e naquela reação furiosa quando perguntei onde tinha estado a noite passada, e eu era capaz de acreditar que ela empurraria alguém para fora do navio.

Podia ter sido Ben? Ele tinha ido até o spa e eu só tinha a sua própria palavra como álibi para ontem à noite, afinal.

Tive vontade de gritar. Isso estava me deixando louca.

— Olha — eu disse casualmente para Chloe —, vocês estavam jogando pôquer ontem à noite, não estavam?

— Eu não estava jogando. Mas estava lá, sim. O pobre Lars foi esfolado vivo, ainda bem que ele pode se dar ao luxo.

Ela deu uma risada breve e cruel e Cole espiou da outra mesa e deu um largo sorriso para ela.

— Isso vai parecer uma pergunta estranha... Mas algum dos outros saiu da cabine alguma vez?

— Não saberia dizer — respondeu Chloe. — Eu fui para o quarto depois de um tempo. Pôquer é o jogo mais chato de assistir. Cole ficou lá um tempinho, não ficou Cole?

— Só uma meia hora — disse Cole. — Como diz a Chloe, pôquer não é esporte para assistir. Lembro que Howard saiu. Ele foi pegar a carteira dele.

Minha boca ficou seca de repente e Cole ainda perguntou:

— Por que você quer saber?

— Não tem importância — tentei forçar um sorriso e mudei de assunto antes de Cole me pressionar para responder. — Como vão as fotos?

— Pode dar uma olhada, se quiser — ele disse, jogando a câmera para mim com tanta displicência que me espantei e quase deixei cair. — Aperte o botão "play" na parte de trás e depois é só rolar para ver todas. Mando qualquer uma que você gostar impressa.

Comecei a examinar as imagens, voltando no tempo naquela viagem, passando por fotos sentimentais de nuvens e gaivotas, pelo jogo de pôquer da noite anterior, fotos de Bullmer dando risada e puxando as fichas de Ben para ele, e Lars gemendo e mostrando um par de dois diante da trinca de cinco do Ben. Uma delas, da noite passada, quase me deixou sem ar. Era uma foto de Chloe, tirada bem de perto. Tinha acabado de virar os olhos para a câmera. Dava para ver os pelinhos minúsculos do rosto dela, dourados com a luz, e o sorriso que repuxava o canto da boca, e havia alguma coisa tão íntima e tão terna naquela foto que me senti como uma intrusa só de olhar para ela. E olhei quase sem querer para a própria Chloe, imaginando se havia alguma coisa entre ela e Cole, e então ela olhou para mim.

— O que foi? Achou alguma de mim?

Balancei a cabeça e passei rapidamente para a foto seguinte antes que ela pudesse espiar a telinha por cima do meu ombro. A próxima era de mim, a foto que Cole tirou ontem à noite que me pegou de surpresa e fez com que eu derramasse meu café. Ele fez o instantâneo quando levantei a cabeça assustada, e meu olhar me incomodou.

Apertei o botão para continuar.

As outras eram só do navio... uma de Tina no deque com olhar fulminante para a câmera, os olhos pareciam de um raptor, uma de Ben subindo a prancha carregando um enorme saco de lona. Lembrei de novo do imenso baú de Cole. O que tinha dentro? Ele disse que era equipamento fotográfico, mas até agora só o tinha visto usando essa câmera simples de enquadrar e clicar.

E então passei das fotos do navio para uma festa da sociedade. Já ia devolver a câmera quando meu coração pareceu borboletear e fiquei paralisada. A tela exibia a foto de um homem comendo um canapé.

— Quem é ele? — perguntou Chloe sobre o meu ombro.

E ela continuou.

— Espere aí, não é o Alexander Belhomme ao fundo, conversando com Archer?

E era. Mas eu não estava olhando para Alexander ou Archer.

Eu olhava para a garçonete segurando a bandeja com os canapés.

Ela não estava virada para a câmera e o cabelo preto escapava do prendedor e caía no rosto.

Mas eu tinha quase certeza — quase certeza absoluta — de que ela era a mulher da cabine 10.

18

Devolvi a máquina fotográfica com cuidado, com as mãos trêmulas, pensando se devia falar alguma coisa. Aquilo era uma prova — prova irrefutável — de que Cole, Archer e Alexander tinham estado na mesma sala com a mulher que eu tinha visto. Será que eu devia perguntar para Cole se a conhecia?

Fiquei lá sentada agoniada de tanta indecisão enquanto ele desligava a câmera e já ia guardá-la.

Merda. *Merda*. Será que eu devia dizer alguma coisa?

Não tinha ideia do que fazer. Era possível que Cole não entendesse o significado da foto que tinha tirado. A moça aparecia apenas parcialmente na foto, o foco se concentrava totalmente na outra pessoa, um homem que eu nunca conheci.

Se Cole tivesse alguma coisa a esconder, eu seria a mais completa idiota de dar o alarme sobre o que acabava de ver. Ele negaria e depois provavelmente apagaria a foto.

Por outro lado, era bem provável que ele não tivesse ideia de quem era a jovem e talvez até me deixasse ficar com a fotografia. Mas se eu levantasse o assunto agora, na frente de Chloe e de quem sabe mais pudesse estar escutando...

Pensei no jeito que Bjorn havia surgido de trás da parede no café da manhã e, num ato involuntário, olhei para trás. A última coisa que eu queria era que essa foto tivesse o mesmo rumo do rímel. Eu não ia cometer o mesmo erro duas vezes. Se realmente resolvesse confrontar Cole, isso devia ser feito privadamente. A foto estava segura na câmera de Cole até agora e continuaria assim mais um tempo.

Levantei e de repente senti meus joelhos bambos.

— Eu... eu não estou com muita fome — disse para Chloe. — E tenho de encontrar Ben Howard.

— Ah, eu esqueci — ela disse casualmente. — Ele esteve aqui procurando você. Eu o encontrei subindo do spa. Ele disse que tinha uma coisa importante para lhe dizer.

— Ele disse para onde estava indo?

— Voltando para a cabine dele para trabalhar, eu acho.

— Obrigada.

Bjorn apareceu de novo como um gênio da lâmpada, de trás do painel na parede.

— Posso oferecer alguma coisa para beber, srta. Blacklock?

Balancei a cabeça.

— Não, eu lembrei que tenho de encontrar alguém. Quer levar um sanduíche para a minha suíte, por favor?

— Certamente.

Ele fez que sim com a cabeça e saiu da sala pedindo licença com o olhar para Cole e Chloe.

—ɷ—

Eu andava rápido pelo corredor que ia dar nas cabines da popa quando dobrei uma esquina e trombei com Ben — literalmente. Nós colidimos com uma pancada que me deixou sem ar.

— Lo! — ele agarrou meu braço. — Andei procurando você por toda parte.

— Eu sei. O que você estava fazendo lá no spa?

— Não ouviu o que eu acabei de dizer? Estava à sua procura.

Olhei fixo para ele, para o rosto dele, que era a imagem da inocência, os olhos sobre a barba densa muito redondos e cheios de urgência. Será que eu podia confiar nele? Não tinha a menor ideia. Alguns anos atrás eu teria dito que conhecia Ben pelo avesso — até o momento em que ele me abandonou. Agora eu já tinha aprendido que não podia confiar totalmente nem em mim mesma, que dirá em outra pessoa.

— Você entrou na minha sala de tratamento? — perguntei abruptamente.

— O quê? — ele ficou meio confuso. — Não, é claro que não. Disseram que você estava fazendo um banho de lama. Achei que não ia querer que eu invadisse sua privacidade. Disseram para eu procurar uma mulher chamada Ulla, mas ela não estava lá, por isso enfiei um bilhete por baixo da sua porta e voltei aqui para cima.

— Não vi bilhete nenhum.

— Ora, eu deixei um lá. O que é isso tudo?

Alguma coisa no meu peito parecia que ia explodir — um misto de medo e de frustração. Como é que eu podia saber se Ben estava falando a verdade? Seria uma grande bobagem mentir sobre um bilhete, de qualquer maneira — mesmo se ele tivesse escrito o recado no vapor do espelho, por que inventar que tinha deixado um bilhete para mim? Talvez tivesse mesmo um bilhete, e eu simplesmente deixei de ver com todo aquele pânico.

— Alguém mais deixou um recado para mim — acabei falando. — Escrito no vapor do espelho do banheiro ao lado, enquanto eu estava fazendo o tratamento. Dizia "pare de fuçar".

— *O quê?*

O rosto rosado dele ficou flácido de choque, boquiaberto. Se estava fingindo, era o melhor desempenho de ator que eu tinha visto.

— Está falando sério?

— Cem por cento.

— Mas... mas você não viu alguém entrar lá? Tem alguma outra entrada para esse banheiro?

— Não. A pessoa deve ter passado pela sala. Eu... — senti uma vergonha estranha de dizer isso, mas empinei o queixo e não me desculpei — Eu dormi. Tem só uma entrada para o spa e Eva diz que ninguém desceu exceto Tina e Chloe... e você.

— E a equipe do spa — lembrou Ben. — Além do mais, certamente deve ter alguma saída de incêndio lá embaixo, não é?

— Tem uma saída, mas é mão única. Leva para os aposentos da equipe, mas não dá para abrir do outro lado. Eu me informei.

Ben não parecia convencido.

— Não é tão difícil alguém chegar com um pé de cabra e abrir, certo?

— Certo, mas tem alarme. Haveria sirenes tocando em todo canto.

— Bem, imagino que seria possível se conhecesse bem o sistema e fosse capaz de enganar a configuração do alarme. Mas Eva não ficou lá o tempo todo, sabe?

— O que quer dizer?

— Ela não estava lá quando voltei lá de baixo. Era Anne Bullmer que estava no lugar dela, esperando o esmalte das unhas secar. Mas Eva tinha saído. Então se ela diz que ficou lá o tempo todo, não está falando a verdade.

Ah, meu Deus. Pensei que enquanto estava lá deitada, semi-nua, enrolada nos plásticos e toalhas, qualquer pessoa pudesse ter entrado, posto a mão na minha boca, enrolado um plástico na minha cabeça...

— Mas o que você queria me dizer? — perguntei, procurando parecer normal.

Ben ficou meio sem graça.

— Ah... aquilo? Bem, sabe quando estávamos naquele tour da ponte de comando e tudo o mais?

Fiz que sim com a cabeça.

— Archer tentava enviar mensagem de texto para alguém, eu acho, e deixou cair seu celular. Eu peguei e estava aberto na página de contatos.

— E aí?

— O nome era só "Jess", mas a foto era de uma moça muito parecida com a que você descreveu. Vinte e tantos anos, cabelo preto e comprido, olhos pretos... e o principal — ela estava usando uma camiseta de Pink Floyd.

Alguma coisa gelada escorreu nas minhas costas. Lembrei de Archer a noite passada, do seu rosto risonho quando torcia meu braço para trás, a desaprovação de Chloe dizendo "talvez os boatos sobre a primeira mulher dele sejam verdade"...

— Era para ela que ele tentava enviar a mensagem? — perguntei.

Ben balançou a cabeça.

— Não sei. Ele pode ter tocado em alguns botões quando deixou o aparelho cair.

Peguei meu celular automaticamente, pronta para botar "Jess Archer Fenlan" no Google, mas a barra de busca ficou rodando sem entrar. A internet continuava sem sinal e meus e-mails continuavam sem carregar.

— Sua internet está funcionando? — perguntei para Ben.

Ele balançou a cabeça.

— Não, tem algum problema no roteador, ao que parece. Suponho que esses problemas aconteçam nas viagens inaugurais, mas é muito chato mesmo. Archer estava reclamando disso no almoço e fez uma ladainha de lamentações para Hanni. Pensei que ela fosse cair no choro em certo momento. De qualquer maneira, ela foi falar com Camilla Seilaoque e parece que vão consertar isso logo. Pelo menos espero que consertem... tenho de arquivar um texto.

Franzi a testa e botei o celular de volta no bolso. Será que Archer podia ser a pessoa que escrevera o recado no vapor do espelho? Pensei na força dele, no toque de crueldade do seu sorriso ontem à noite e fiquei nauseada só de pensar nele passando por mim na ponta dos pés enquanto eu dormia.

— Nós descemos até a casa das máquinas — disse Ben, quase como se lesse meus pensamentos. — São três deques de descida. Provavelmente passamos bem perto daquela saída do spa da qual você estava falando.

— Você teria notado se alguém se afastasse do grupo? — perguntei.

Ben balançou a cabeça.

— Duvido que conseguisse. O deque das máquinas era muito apertado, estávamos todos meio espalhados, enfiados em espaços pequenos. O grupo só voltou a se reunir quando chegamos aqui em cima.

Senti enjoo e claustrofobia de repente, como se a opulência sufocante do navio se fechasse sobre mim.

— Eu preciso sair — eu disse. — Para qualquer lugar.

— Lo.

Ben esticou a mão na direção do meu ombro, mas eu me afastei dos seus dedos e fui cambaleando para a porta do deque, que forcei contra o vento para abrir.

O vento me atingiu no rosto feito um soco e eu tropecei perto da amurada, caí debruçada sobre ela, sentindo o navio adernar. As ondas cinza escuro se espalhavam como um deserto, milha após milha, até o horizonte, sem sinal de terra de qualquer tipo, nem mesmo uma embarcação. Fechei os olhos e fique vendo o rodamoinho inútil do ícone de busca da internet. Não havia como pedir socorro, literalmente.

— Você está bem? — ouvi por cima do ombro, as palavras roubadas pelo vento.

Ben tinha me seguido. Apertei os olhos contra o chuvisco de água salgada que batia na lateral do navio e balancei a cabeça.

— Lo...?

— Não encoste em mim — eu disse entre dentes cerrados.

Então o navio subiu uma onda especialmente grande, senti meu estômago apertar e vomitei sobre a amurada, com o estômago corcoveando até ficar com lágrimas nos olhos e só restar bile. Com certo prazer perverso, vi que meu vômito havia se espalhado pelo casco e na proa abaixo. *A pintura não está mais tão perfeita agora*, pensei enquanto limpava a boca com a manga da blusa.

— Você está bem? — Ben perguntou de novo atrás de mim, e eu apertei as mãos na amurada.

Seja gentil, Lo...

Dei meia-volta e me forcei a fazer que sim com a cabeça.

— Estou me sentindo um pouco melhor. Nunca fui boa marinheira.

— Ah, Lo.

Ele passou o braço pela minha cintura e apertou, eu me deixei ser puxada para aquele abraço, reprimindo o desejo de me afastar. Eu precisava de Ben do meu lado. Precisava que ele confiasse em mim, que achasse que eu confiava nele...

Minhas narinas sentiram uma baforada de fumaça de cigarro e ouvi o barulho de saltos altos chegando no deque.

— Oh, meu Deus — endireitei as costas e me afastei de Ben, quase como se fosse acidentalmente. — É a Tina, podemos entrar? Não quero ter de encará-la nesse momento.

Agora não. Não com lágrimas secando no meu rosto e vômito na manga. Não era essa a imagem profissional ou de ambição que eu pretendia passar.

— Claro — disse Ben solícito.

Ele segurou a porta aberta, entramos apressados, bem na hora em que Tina dava a volta no deque.

Depois do rugido do vento, houve no corredor uma mudança repentina, para silêncio e calor abafado. Observamos calados quando Tina foi andando até o guarda-mancebo e se inclinou sobre ele, a poucos passos do lugar em que eu tinha vomitado minutos antes.

— Se quiser saber a verdade — disse Ben espiando Tina de costas através do vidro —, eu apostaria meu dinheiro nela. Ela é uma megera fria feito gelo.

Olhei chocada para ele. Ben às vezes era hostil quando falava das mulheres com as quais trabalhava, mas eu nunca tinha ouvido tanta aversão na sua voz.

— O quê? Por ela ser uma mulher ambiciosa?

— Não é só isso. Você nunca trabalhou com ela, eu já. Conheci alguns carreiristas no meu tempo, mas ela é de outro patamar. Posso jurar que ela seria capaz de matar por uma história ou uma promoção, e parece que a escolha dela sempre recai em mulheres. Não suporto mulheres assim. São o pior inimigo delas mesmas.

Fiquei calada. Havia algo muito próximo de misoginia nas palavras e no tom de voz dele, mas ao mesmo tempo era constrangedoramente muito semelhante ao que Rowan tinha dito, de modo que não tive certeza se podia ignorar como sendo só isso.

Tina *esteve* comigo lá embaixo no spa quando apareceu o recado no espelho. E houve também sua reação defensiva mais cedo aquela manhã...

— Perguntei para ela onde tinha estado a noite passada — eu disse relutante. — Ela reagiu de forma muito estranha. Muito agressiva. Disse que eu não devia andar por aí fazendo inimigos.

— Ah, isso — disse Ben.

Ele sorriu, mas não foi um sorriso agradável. Havia um quê de maldade nele.

— Não vai conseguir que ela admita isso, acontece que eu sei que ela estava com Josef.

— Josef? Com o Josef atendente de cabine? Você está brincando, não é?

— Não. Soube pelo Alexander durante o tour. Ele viu Josef saindo de fininho da cabine de Tina nas primeiras horas do dia, e ele estava... digamos... *déshabillé*.

— Caramba...

— É... caramba. Quem ia imaginar que a dedicação de Josef ao conforto dos passageiros ia chegar tão longe? Ele não é exatamente o meu tipo, mas fico só pensando se daria para persuadir Ulla a fazer a mesma coisa...

Eu não ri. Não com os quartinhos estreitos e sem sol dois deques abaixo de onde estávamos agora.

Até que ponto iria uma pessoa para escapar de sua prisão?

Então Tina virou no lugar em que estava fumando, perto do guarda mancebo, e avistou Ben e eu dentro do navio. Ela jogou o cigarro no mar e piscou para mim antes de voltar pelo deque. De repente me senti mal só de pensar em todos os homens rindo daquela pequena aventura pelas costas de Tina.

— E o que me diz do Alexander então, falando nisso? — falei, denunciando. — A cabine dele é na popa, junto com a nossa. E o que ele estava fazendo espionando Tina no meio da noite?

Ben bufou com desprezo.

— Está brincando? Ele deve pesar mais de 150 quilos. Não consigo imaginá-lo levantando uma mulher adulta por cima da amurada.

— Ele não estava jogando pôquer, por isso não temos ideia de onde estava, além do fato de que estava se esgueirando por aí de madrugada — lembrei também, com um arrepio, que ele estava na foto da câmera do Cole.

— Ele é do tamanho de um leão marinho. Além disso, sofre do coração. Você já o viu subindo uma escada? Melhor dizendo, já ouviu? Ele soa como um trem a vapor, e é preocupante quando chega ao topo, porque você acha que ele vai ter uma coisa e cair em cima de você. Não consigo imaginar Alexander vencendo qualquer um numa luta.

— Ela podia estar muito bêbada. Ou drogada. Aposto que qualquer pessoa seria capaz de jogar uma mulher inconsciente no mar. Seria só uma questão de alavancar.

— Se ela estava inconsciente, como explica o grito? — disse Ben, e senti uma onda de fúria se apoderar de mim.

— Meu Deus, sabe de uma coisa? Estou cheia de todo mundo ficar me provocando e questionando, como se eu fosse obrigada a ter todas as respostas para isso. Eu não sei, Ben. Não sei mais o que pensar. Está bem?

— Está bem — ele disse, conciliador. — Sinto muito, não pretendia dar esse sentido. Estava só pensando em voz alta. Alexander...

— Usando meu nome em vão? — veio uma voz do corredor e nós dois demos meia-volta.

Senti o rosto vermelho e quente. Há quanto tempo Alexander estava ali? Será que tinha ouvido minhas especulações?

— Ah, oi, Belhomme — disse Ben gentilmente, sem parecer constrangido. — Estávamos justamente falando de você.

— Foi o que ouvi — Alexander chegou perto de nós, um pouco ofegante, e percebi que Ben tinha razão, o menor esforço bastava para deixá-lo bufando, sem ar. — Só coisas boas, espero?

— É claro — disse Ben. — Estávamos conversando sobre o jantar ontem à noite. Lo estava dizendo que você sabe muito de comida.

Fiquei um minuto sem saber o que dizer, atônita com a habilidade que Ben tinha adquirido para mentir desde o tempo que passamos juntos. Ou será que ele sempre foi um mentiroso dissimulado e eu simplesmente nunca notei?

Então vi que tanto Ben quanto Alexander estavam esperando que eu falasse alguma coisa, e gaguejei.

— Ah, é, lembra, Alexander? Você falou do fugu para mim.

— É claro. Muita adrenalina. Eu realmente acho que temos a responsabilidade de tirar cada grama de sensação da vida, vocês não acham? Senão vira apenas um breve, perverso e brutal interlúdio com a morte.

Ele deu um sorriso largo, como o de um crocodilo, e botou alguma coisa embaixo do braço. Era um livro. Eu vi que era de Patricia Highsmith.

— Para onde você está indo? — perguntou Ben casualmente. — Temos algumas horas livres até o jantar, não é?

— Não conte para ninguém — disse Alexander em tom de quem conta um segredo —, mas essa cor não é exatamente natural — ele tocou na bochecha que só agora, depois de ele mencionar, eu via que estava da cor de uma avelã. — Por isso estou indo ao spa para retocar. Minha mulher diz que fico melhor com um pouco de colorido.

— Eu não sabia que você era casado — eu disse e torci para a surpresa não ficar tão evidente na minha voz.

Alexander fez que sim com a cabeça.

— Joguei pedra na cruz. Trinta e oito anos esse ano. Você se safou dessa impune, eu acho...

Ele deu uma risada meio rouca e eu me encolhi por dentro. Se ele não tinha ouvido o que estávamos falando antes, aquela era uma observação esquisita. E se tinha ouvido, era realmente de muito mau gosto.

— Divirta-se no spa — eu disse bobamente.

Ele sorriu de novo.

— Vou me divertir. Vejo vocês no jantar!

Ele já estava indo quando eu falei, levada de repente por um ímpeto que não saberia explicar direito.

— Espere, Alexander...

Ele virou para mim com uma sobrancelha levantada. Senti minha coragem falhar, mas continuei mesmo assim.

— Eu... isso vai parecer meio estranho, mas ouvi uns barulhos ontem à noite, vindos da cabine 10, aquela na popa do navio. Ela devia estar vazia, mas havia uma mulher lá ontem... só que não conseguimos saber do paradeiro dela. Você viu ou ouviu alguma coisa ontem à noite? O barulho de alguma coisa caindo no mar? Qualquer outro ruído? Ben disse que você estava acordado.

— Eu estava acordado sim — disse Alexander secamente. — Tenho problema para dormir... você sabe, você sabe, quando se chega à minha idade... e uma cama estranha só piora as coisas. Então eu subi para o deque para uma pequena caminhada da meia-noite. E quando estava indo para lá e voltando, vi algumas pessoas indo e vindo. Nossa querida amiga Tina recebeu a visita da nossa equipe das cabines, super atenciosa. E numa certa hora, o gostoso sr. Lederer estava de tocaia por aqui. Não sei o que ele estava fazendo fora do espaço dele. Sua cabine fica na outra extremidade do navio. Cheguei a imaginar se ele teria vindo encontrá-la...?

Ele mexeu uma sobrancelha para mim e eu ruborizei furiosamente.

— Não, definitivamente não. Ele podia estar a caminho da cabine 10?

— Eu não vi — disse Alexander em tom de lamento. — Só peguei de soslaio, virando a esquina. Será que estava indo para a cabine dele para estabelecer um álibi por seus crimes?

— Que horas eram? — perguntou Ben.

Alexander fez bico, pensativo.

— Hummm... devia ser por volta de quatro, quatro e meia, eu acho.

Troquei olhares com Ben. Eu tinha acordado com o barulho às 3h04. Então a visão de Josef às 4 da madrugada provavelmente eliminava Tina, porque era de se presumir que Josef tivesse passado a noite toda na cabine dela. Mas Cole... que motivo ele poderia ter para estar naquele lado do navio?

Pensei de novo no enorme baú de equipamento dele subindo a rampa do *Aurora*.

— E quem era a mulher que eu vi saindo da *sua* cabine? — perguntou Alexander com malícia, olhando para Ben.

Ben piscou sem entender.

— Hein? Tem certeza que está falando da minha cabine?

— Número oito, não é isso?

— Essa é a minha — disse Ben com uma risada sem graça. — Mas posso garantir para você que ninguém esteve na minha cabine além de mim.

— É mesmo? — Alexander levantou a sobrancelha de novo e depois deu uma risadinha. — Bem, se você está dizendo... Estava escuro. Talvez eu tenha me enganado de cabine — ele arrumou o livro embaixo do braço outra vez. — Bem, meus queridos, se não tiverem mais perguntas...

— Nã-não... — eu disse, com certa relutância. — Pelo menos não agora. Posso procurá-lo se pensar em alguma outra coisa?

— Claro que sim. Nesse caso, adieu até o jantar, quando surgirei bronzeado feito um jovem Adonis e recheado como um peru de Natal. Tchauzinho...

Ele seguiu bufando pelo corredor. Ben e eu ficamos observando até que sumisse numa curva.

— Ele é um pacote completo, não é? — disse Ben quando Alexander desapareceu.

— Ele... ele é intenso demais. Você acha que isso tudo é encenação? Ou ele é assim mesmo 24 por sete?

— Não faço ideia. Desconfio que começou como uma certa pose, mas que agora virou uma segunda natureza.

— E a mulher dele... Você já esteve com ela alguma vez?

— Não. Mas parece que ela realmente existe. É supostamente um dragão — filha de um conde alemão e dizem que era linda nos bons tempos. Eles têm uma casa incrível em South Kensington, cheia de obras de arte originais, um ou dois Rubens e Ticiano, coisas realmente inacreditáveis. Apareceu numa reportagem da *Hello!* um tempo atrás e houve uma série de boatos sobre serem butim nazista, eles receberam uma cutucada da IFAR — Fundação Internacional de Pesquisa de Arte, mas acho que isso é bobagem.

— Eu não consigo decidir se ele falou alguma coisa de útil.

Esfreguei as mãos no rosto, tentando tirar o cansaço que estava começando a se instalar em mim como uma nuvem negra.

— Aquela história sobre o Cole, foi bem esquisita, certo?

— S...sim... Acho que foi. Mas se aconteceu por volta das quatro horas, será que isso realmente ajuda? E para ser franco, estou começando a achar que ele talvez esteja só inventando coisas para provocar algum efeito. Aquela coisa sobre eu ter uma mulher na minha cabine foi pura besteira. Você acredita em mim, não acredita?

— Eu... — senti um nó se formando na minha garganta.

Eu estava muito cansada. Cansada demais. Mas não podia descansar. Meu Deus, e pensar que essa viagem ia ser um trampolim na minha carreira... Se continuasse a criar problemas como esse, eu ia acabar com um caderno de endereços cheio de inimigos, não de contatos.

— Sim, é claro — consegui responder.

Ben olhou para mim como se procurasse avaliar se eu estava dizendo a verdade.

— Bom — ele disse. — Porque eu juro que não havia ninguém na minha cabine. A menos que alguém tenha entrado enquanto eu estava fora, evidentemente.

— Você acha que ele ouviu o que estávamos falando? — perguntei, mais para mudar de assunto do que por querer saber. — Antes, quero dizer. Do jeito que ele apareceu naquela virada do corredor... é difícil imaginar que alguém tão grande pudesse chegar tão de mansinho daquele jeito...

Ben deu de ombros.

— Duvido. De qualquer forma, acho que ele não é do tipo que guarda rancor.

Não falei nada, mas no íntimo não sabia se concordava. Alexander me parecia exatamente o tipo que guarda rancor e que também curte isso.

— O que você quer saber? — perguntou Ben. — Quer que eu vá com você encontrar Bullmer?

Balancei a cabeça. Eu precisava voltar para a minha cabine, botar alguma comida para dentro. Além do mais, não tinha tanta certeza de querer Ben comigo para falar com Bullmer.

19

A porta da minha cabine estava trancada, mas lá dentro havia um sanduíche aberto numa bandeja em cima da penteadeira, ao lado de uma garrafa de água mineral. Já estava ali havia algum tempo, a julgar pelas linhas da condensação escorrida.

Eu não tinha fome, mas não comia nada desde o café da manhã e a maior parte dele eu vomitei, por isso sentei e me forcei a comer. Era camarão e ovo cozido em pão de centeio massudo, e enquanto mastigava e via o mar subir e descer pela janela, aquele movimento incessante ecoava os pensamentos inquietos que corriam para lá e para cá na minha cabeça.

Cole, Alexander e Archer tinham realmente estado na mesma sala com aquela jovem. Eu tinha quase certeza disso. O rosto dela não estava virado para a câmera, e para mim era difícil lembrar o breve vislumbre das feições que tinha visto pela porta aberta da cabine na véspera, mas a força do reconhecimento que senti quando vi a fotografia foi como um choque elétrico. E eu precisava me agarrar a essa certeza.

Archer tinha um álibi, pelo menos. Mas eu estava começando a entender que se baseava unicamente na prova de Ben e que esse tinha motivos próprios para querer que aquele quarto tivesse segurança. E de qualquer ângulo que se olhasse, ele tinha mentido deliberadamente para mim. Se não fosse a observação de Cole ao acaso, eu jamais saberia que o próprio Ben tinha saído da cabine.

Mas Ben... Ben? Certamente que não. Se havia alguém em quem eu podia confiar a bordo daquele navio tinha de ser ele, certo?

Eu não tinha mais certeza.

Engoli a última casca de pão, limpei os dedos no guardanapo e levantei sentindo o balanço e o jogo do navio embaixo de mim. Enquanto eu comia, uma névoa de maresia tinha chegado e tornado o quarto mais escuro, por isso acendi a luz antes de verificar meu celular. Não tinha nada. Atualizei, torcendo sem esperança de ver o e-mail de alguém, de qualquer pessoa. Não ousava pensar em Judah... no que aquele silêncio significava.

Quando veio a notificação de que não havia conexão, senti um aperto no estômago, uma mistura de medo e alívio. Alívio porque significava que talvez, só talvez, Judah estivesse tentando entrar em contato comigo. Que o silêncio não queria dizer o que eu temia que fosse.

Mas senti medo porque quanto mais tempo ficasse sem internet, mais eu pensava que alguém estava querendo me impedir de acessar a rede de propósito. E isso estava começando a me deixar muito preocupada mesmo.

—⚭—

A porta da cabine 1, Nobel, era da mesma madeira branca anônima do resto das portas das cabines, mas dava para notar, pelo fato de ficar na proa do barco, com uma extensão vazia do corredor atrás de nós, que devia ser muito especial.

Bati timidamente. Não sei bem o que esperava, e Richard Bullmer, ou talvez até uma empregada, não me surpreenderiam. Mas fui pega totalmente desprevenida quando a porta abriu e Anne Bullmer apareceu.

Era evidente que ela estava chorando. Os olhos pretos estavam vermelhos e com olheiras em volta, e ainda havia sinais de lágrimas na face emaciada.

Pisquei os olhos confusa, perdi o fio do pedido cuidadosamente ensaiado que ia fazer. Frases se agitaram na minha cabeça, cada uma mais inapropriada do que a outra — *Você está bem? O que houve? Posso fazer alguma coisa?*

Não disse nenhuma delas, só engoli em seco.

— Sim? — perguntou ela com uma pitada de desafio.

Anne pegou uma ponta do robe de seda, secou os olhos e levantou o queixo.

— Posso ajudá-la?

Engoli de novo e então falei:

— Eu... sim, espero que possa. Sinto muito invadir desse jeito, você deve estar cansada depois da manhã no spa.

— Não muito — disse ela, bastante seca.

Mordi o lábio. Talvez não tenha sido de bom tom mencionar sua doença.

— Eu queria mesmo era falar com seu marido.

— Richard? Temo que esteja ocupado. Mas se for alguma coisa que eu possa fazer...?

— Eu... eu acho que não — respondi constrangida, então pensei se devia pedir desculpas e ir embora, ou ficar e explicar.

Estava me sentindo mal de incomodá-la, mas também parecia errado bater na porta e ir embora abruptamente. Parte do meu constrangimento eram as lágrimas, não sabia se devia deixá-la em sua privacidade com sua dor, ou ficar e oferecer algum consolo. Mas também era perturbador ver aquele rosto emaciado e suave. Em todos os outros aspectos, ela parecia inatacável. Ver alguém como Anne Bullmer, tão privilegiada, com acesso a todas as vantagens que o dinheiro podia comprar — a medicina mais avançada, os melhores médicos e tratamentos do mercado — vê-la lutando pela vida daquele jeito, diante dos nossos olhos, era quase insuportável.

Eu queria fugir, mas saber disso fez com que ficasse.

— Bem, eu sinto — disse ela. — Será que você pode deixar para mais tarde? Quer que eu diga para ele do que se trata?

— Eu... — torci os dedos das mãos.

O que eu ia dizer? Não havia como descarregar minhas suspeitas sobre aquela mulher frágil e assombrada pelas circunstâncias.

— É que... ele me prometeu uma entrevista — eu disse, lembrando das palavras dele na despedida do jantar, uma meia verdade, afinal. — Ele disse para eu vir à sua cabine essa tarde.

— Ah — a expressão dela desanuviou. — Desculpe, ele deve ter esquecido. Acho que ele foi para a piscina quente com Lars e alguns outros. Com um pouco de sorte, você poderá encontrá-lo no jantar.

Eu não tinha intenção de esperar tanto tempo, mas não falei isso, só meneei a cabeça.

— Eu... vamos nos ver no jantar? — perguntei e me horrorizei com o jeito que tropeçava nas palavras. *Pelo amor de Deus, ela está doente, não é uma leprosa.*

Anne Bullmer fez que sim com a cabeça.

— Espero que sim. Hoje estou me sentindo um pouco melhor. Fico muito cansada, mas parece uma capitulação deixar meu corpo vencer com tanta frequência.

— Você ainda está fazendo tratamento? — perguntei.

Ela balançou a cabeça e o lenço macio de seda que usava na cabeça sussurrou baixinho.

— No momento não. Terminei a última série de quimioterapia, pelo menos por enquanto. Vou fazer radioterapia quando voltarmos e depois veremos.

— Bem, toda sorte do mundo — eu disse, então fiz uma careta porque aquela observação inocente fez a sobrevivência dela parecer um jogo de azar. — Ah... hummm, obrigada.

— De nada.

Ela fechou a porta e eu virei para voltar para a escada que levava ao deque superior, com o rosto ardendo de uma espécie de vergonha.

—⁂—

Eu nunca havia ido à piscina quente, mas sabia onde ficava — no deque superior, acima do salão Lindgren, logo antes do spa. Subi os degraus forrados com tapete felpudo para o deque do restaurante, esperando aquela sensação de luz e de espaço que tive antes... mas tinha me esquecido da névoa. Quando cheguei à porta que abria para o deque, um muro cinza me recebeu por trás do vidro, cobrindo o navio com suas dobras, de modo que mal dava para enxergar a outra ponta do deque e produzia uma sensação estranha de amortecimento.

A névoa tinha trazido gelo no ar, embranquecendo os pelinhos dos meus braços com geada, e quando parei indecisa no umbral da porta, tremendo e procurando me orientar, ouvi o longo e sonoro lamento de uma sirene de nevoeiro.

Aquela brancura fazia tudo ficar irreconhecível, e levei alguns minutos para descobrir onde ficava a escada para o deque superior, mas acabei raciocinando que devia ser à minha direita, mais para o lado da proa do navio. Não conseguia imaginar ninguém curtindo uma jacuzzi ao ar livre num tempo daqueles, e até pensei que Anne Bullmer devia ter se enganado. Mas quando virei a quina envidraçada do restaurante, ouvi risos, olhei para cima e vi luzes brilhando no nevoeiro acima da minha cabeça, no deque lá no alto. Havia gente suficientemente louca para se despir, mesmo naquele frio.

Desejei ter trazido um casaco, mas não tinha sentido voltar para pegar um, então cruzei os braços contra o peito e subi os degraus escorregadios e vertiginosos para o deque superior, seguindo o som de vozes e risadas.

Havia uma divisória de vidro ao longo do deque e, quando dei a volta nela, lá estavam eles, Lars, Chloe, Richard Bullmer e Cole, sentados na jacuzzi mais imensa que eu já tinha visto. Devia ter uns dois e meio a três metros de comprimento e eles estavam reclinados contra as laterais só com a cabeça e os ombros aparecendo, e o vapor subindo tão denso da água borbulhante que por um momento foi difícil ver quem estava lá dentro.

— Srta. Blacklock! — chamou Richard Bullmer carinhosamente, a voz possante vencendo com facilidade o rugido dos jatos de água. — Já se recuperou de ontem à noite?

Ele estendeu o braço bronzeado e musculoso, soltando fumaça e arrepiado no ar gelado, apertei a mão dele que pingava água e voltei a cruzar meus braços, sentindo o calor da sua mão sumir rapidamente e o gelo do vento beliscar minhas mãos agora molhadas.

— Veio dar um mergulho? — perguntou Chloe dando risada, acenando o convite dentro do caldeirão cheio de bolhas.

— Obrigada — balancei a cabeça e tentei não estremecer —, mas está meio frio.

— Aqui dentro está mais quente, isso eu garanto! — Bullmer piscou. — Jacuzzi quente, chuveiro frio... — ele indicou um chuveiro aberto ao lado da jacuzzi, um enorme chuveiro de água da chuva sobre um estrado. Não tinha controle de temperatura, apenas um botão de aço com o centro azul, e aquela visão me fez tremer sem querer — ... e depois direto para a sauna — ele mostrou com o polegar uma cabana de madeira atrás da divisória de vidro.

Inclinei a cabeça e vi uma porta de vidro toda embaçada com o vapor e, pelos riachinhos formados pela condensação, o brilho vermelho de um braseiro.

— Depois é só passar uma água e repetir quantas vezes seu coração suportar.

— Não é muito a minha praia — falei sem graça.

— Não rejeite antes de experimentar — disse Cole, sorrindo de orelha a orelha e mostrando seus incisivos pontudos. — Devo dizer que pular da sauna para o chuveiro gelado foi uma experiência incrível demais. O que não mata te deixa mais forte, certo?

Eu me encolhi.

— Obrigada, mas acho que não vou não.

— Como quiser — sorriu Chloe.

Ela esticou o braço todo lânguido, escorrendo água na câmera de Cole que estava no chão ali embaixo, e pegou uma taça congelada de champanhe de uma mesinha encostada na piscina.

— Olha — respirei fundo e falei diretamente para lorde Bullmer, tentando ignorar os rostos dos outros, interessados, que me observavam —, lorde Bullmer...

— Chame-me de Richard — ele interrompeu.

Mordi o lábio, fiz que sim com a cabeça e me esforcei para botar as ideias em ordem.

— Richard, eu queria conversar com você sobre uma coisa, mas acho que agora não é o momento certo. Posso procurá-lo mais tarde, na sua cabine?

— Por que esperar? — Bullmer sacudiu o ombro. — Uma coisa que aprendi nos negócios foi que agora é quase sempre a hora certa. O que parece prudência quase sempre é covardia, e alguém chega lá antes de você.

— Bem... — eu disse e parei, sem saber o que fazer.

Eu realmente não queria falar na frente dos outros. A parte "alguém chega lá antes de você" certamente não me animava.

— Beba alguma coisa — disse Bullmer.

Ele apertou um botão na beira da jacuzzi e apareceu uma jovem silenciosamente, saída de lugar nenhum. Era Ulla.

— Senhor? — ela disse educadamente.

— Champanhe para a srta. Blacklock.

— Certamente, senhor — ela desapareceu.

Respirei fundo. Não tinha alternativa. Ninguém podia desviar o navio, só Bullmer, e se eu não fizesse isso agora, talvez não tivesse mais chance. Era melhor falar agora, com plateia, do que arriscar... enfiei as unhas nas palmas das mãos e me recusei a pensar nessa possibilidade.

Abri a boca. *Pare de fuçar,* sibilou a voz dentro da minha cabeça, mas me forcei a falar.

— Lorde Bullmer...

— Richard.

— Richard... não sei se conversou com seu chefe da segurança, Johann Nilsson. Você o viu hoje?

— Nilsson? Não — Bullmer franziu a testa. — Ele se reporta ao capitão, não a mim. Por que pergunta?

— Bem... — comecei, mas fui interrompida por Ulla, que apareceu ao meu lado com uma bandeja com uma taça de champanhe e uma garrafa num balde de gelo.

— Hum... obrigada — eu disse, insegura.

Não sabia bem se queria beber nesse momento. Não depois dos comentários implicantes de Nilsson mais cedo, e ainda por cima da minha ressaca de ontem à noite. E parecia um acompanhamento incoerente com o que eu ia falar. Mas senti de novo a impossibilidade da minha posição. Eu era convidada de Bullmer e representante da *Velocity,* e devia impressionar todas aquelas pessoas com o meu profissionalismo, seduzi-las com o meu charme, e em vez disso eu ia lançar a pior de todas as acusações contra a equipe e os hóspedes dele. O mínimo que podia fazer era aceitar aquele champanhe de boa vontade.

Peguei a taça, dei um golinho e tentei botar os pensamentos em ordem. Estava azeda, me fez estremecer e eu quase fiz uma careta, mas logo caí em mim e percebi que aquilo ia parecer muito grosseiro para Bullmer.

— Eu... isso é difícil.

— Nilsson — ajudou Bullmer. — Você estava perguntando se eu tinha falado com ele.

— Sim. Bom, ontem à noite eu tive de ligar para ele. Eu... eu ouvi uns barulhos vindos da cabine ao lado da minha. A número dez — falei e parei.

Richard prestava atenção, mas os outros três também, e avidamente no caso de Lars. Bem, como eu não tinha escolha, talvez pudesse transformar isso em vantagem para mim. Dei uma rápida olhada nos rostos em círculo, querendo avaliar a reação deles, verificar qualquer sinal de culpa ou de nervosismo. Dos três, os lábios vermelhos e úmidos de Lars estavam contraídos com ceticismo, os olhos verdes de Chloe arregalados, com franca curiosidade. Só Cole parecia preocupado.

— Palmgren, sim — disse Bullmer, franzindo a testa e sem entender onde aquilo ia chegar. — Pensei que essa cabine estivesse vazia. Solberg cancelou, não cancelou?

— Fui até a varanda — eu disse, acelerando um pouco.

Olhei em volta, para os ouvintes, de novo.

— E quando olhei não havia ninguém ali, mas tinha sangue na proteção de vidro.

— Deus do céu — disse Lars, sorrindo de orelha a orelha e sem disfarçar agora, sem se importar de disfarçar seu ceticismo. — Parece saído de um romance.

Será que ele estava tentando sabotar meu relato de propósito, para me deixar insegura? Ou aquilo era apenas seu jeito normal? Eu não sabia.

— Continue — disse Lars, num tom quase sarcástico. — Estou louco para saber como isso acabou.

— Seu guarda de segurança abriu para mim — eu disse para Richard, com a voz mais dura agora, e falando mais rápido. — Mas a cabine estava vazia. E tinham limpado o sangue...

Ouvi um tilintar e depois ruído de água, então parei de falar.

Todos viramos e olhamos para Cole, que segurava alguma coisa por cima da borda da jacuzzi. A mão dele pingava sangue, escorria pelos dedos no deque de madeira clara.

— Tudo bem comigo, eu acho — ele disse, perturbado. — Desculpe, Richard, não sei como derrubei meu champanhe e...

Ele mostrou um punhado de cacos de vidro ensanguentados.

Chloe engoliu em seco e fechou os olhos bem apertados.

— Eca! — o rosto dela ficou branco esverdeado. — Meu Deus, Lars...

Richard largou a taça dele, levantou e saiu da jacuzzi, seu corpo seminu fumegando no ar gelado, e pegou um roupão branco de uma pilha no banco. Ficou calado uns minutos, só olhou sem emoção para a mão de Cole que jorrava sangue no deque e depois para Chloe, que parecia prestes a desmaiar. Então deu uma série de ordens feito um cirurgião latindo ordens num centro cirúrgico com plateia.

— Cole, pelo amor de Deus, largue esse monte de vidro. Vou ligar para Ulla limpar você. Lars, leve Chloe para deitar, ela está branca como papel. Dê-lhe um Valium, se precisar. Eva tem acesso aos medicamentos. E srta. Blacklock... — ele virou para mim e parou, parecia avaliar suas palavras com muito cuidado enquanto amarrava o cinto do robe. — Srta. Blacklock, por favor, vá sentar no restaurante, que quando eu cuidar disso tudo aqui, vamos ver o que você realmente viu e ouviu.

20

Passada a hora seguinte, entendi como Richard Bullmer havia chegado aonde chegou na vida.

Ele não só me fez contar minha história, como me fez esmiuçar cada palavra, por vezes me encurralou espremendo dados mais específicos e detalhes que eu até pensava que não sabia, como a forma exata do espirro de sangue no vidro, como tinha se espalhado, e não só respingado na superfície.

Ele não preencheu nenhuma lacuna com especulações, não tentou me influenciar ou me persuadir nos detalhes dos quais eu não tinha certeza. Simplesmente disparou perguntas entre goles de café escaldante, com os olhos azuis muito brilhantes: Que hora? Quanto tempo? Quando foi isso? Som alto ou baixo? Como era a jovem? Quando Bullmer falava, o leve tom zombeteiro que sempre permeava seu discurso desaparecia, a entonação era apenas a tradicional de Eton e 100% negócios. Ele estava completamente concentrado no que eu dizia e atento à minha história, sem nenhum sinal de emoção no rosto.

Se houvesse alguém andando no deque lá fora e espiasse pela janela, jamais saberia que eu tinha acabado de contar para ele um fato que podia significar um abalo sério no negócio dele, e revelado a presença de um possível psicopata a bordo do pequeno navio. Conforme minha história ia se desenrolando, eu esperava ecos do aborrecimento de Nilsson, ou a negação classista das atendentes, mas, apesar de observar cuidadosamente a expressão de Bullmer, não vi nada disso, nenhum sinal de acusação ou de censura. Nós podíamos estar tentando resolver um quadro de palavras cruzadas por toda a emoção que ele exibia, e não pude deixar de ficar um pouco impressionada com esse estoicismo todo, mesmo com a sensação estranha de estar no lado receptor disso. Não tinha sido nada agradável enfrentar o ceticismo e a irritação de Nilsson, mas pelo menos eram reações bem humanas. Com Bullmer, não dava para saber o que ele estava sentindo. Se estava furioso, em pânico, e disfarçando tudo muito bem. Ou será que era realmente tão equilibrado e calmo como parecia?

E pensei, enquanto ele me fazia descrever de novo a conversa que tive com a jovem, que talvez esse sangue frio fosse simplesmente preciso para realizar o que ele tinha realizado — chegar a uma posição que lidava com centenas de empregos e milhões de libras de investimento.

E por fim, depois de repassarmos meu relato de trás para frente, e quando eu não tinha mais detalhes para revelar, Bullmer ficou quieto um tempo, de cabeça baixa, a testa franzida, pensando. Então ele olhou rapidamente para o Rolex no pulso bronzeado e disse:

— Obrigado, srta. Blacklock. Acho que cobrimos tudo que podíamos, e estou vendo que a equipe vai querer começar a pôr a mesa para o jantar em instantes. Sinto muito, isso certamente deve ter sido uma experiência estressante e assustadora para você. Se me der permissão, gostaria de conversar com Nilsson e com o capitão Larsen para me certificar de que estão fazendo tudo que é possível, e talvez possamos nos encontrar amanhã cedo para resolver os próximos passos. Nesse meio tempo, espero que consiga relaxar o suficiente para aproveitar o jantar logo mais e o resto da noite, apesar de tudo que aconteceu.

— Qual será o próximo passo? — perguntei. — Pelo que sei, estamos indo para Trondheim, mas há algum outro lugar mais próximo onde poderíamos parar? Eu acho que devia informar isso para a polícia o mais breve possível.

— Pode ser que haja algum lugar mais perto do que Trondheim, sim — disse Bullmer, ficando de pé. — Mas chegaremos lá amanhã de manhã, então acho que continua sendo o melhor lugar para ir. Se pararmos no meio da noite, acho que suas chances de encontrar uma delegacia de polícia aberta deverão ser pequenas. Mas teremos de falar com o capitão para descobrir qual é a providência mais apropriada a tomar. A polícia norueguesa talvez nem possa agir se o incidente aconteceu em águas internacionais ou britânicas. É uma questão de jurisdição legal, você entende, e não a disposição deles de investigar. Tudo vai depender disso.

— E se for assim? E se estivermos em águas internacionais?

— O navio está registrado nas Ilhas Cayman. Terei de falar com o capitão para saber de que modo isso afeta a situação.

Senti um aperto no estômago. Tinha lido relatos de investigações em navios registradas nas Bahamas e tudo o mais, um policial solitário despachado da ilha para fazer um relatório superficial e tirar o problema da sua mesa o mais depressa possível, e isso só se fosse um caso claro de pessoa desaparecida. O que aconteceria nesse caso, já que a única prova de que a jovem existia tinha sumido?

Mesmo assim, eu me sentia melhor por ter contado para Bullmer. Ele pelo menos parecia acreditar em mim, parecia levar a história a sério, ao contrário de Nilsson.

Ele estendeu a mão para se despedir e, quando seus penetrantes olhos azuis encontraram os meus, sorriu, pela primeira vez. Um sorriso curiosamente assimétrico que repuxava mais um lado do rosto do que o outro, mas que ficava bem nele e tinha um toque simpático de ironia.

— Tem uma coisa que você precisa saber — eu falei de repente.

As sobrancelhas de Bullmer se ergueram e ele abaixou a mão.

— Sim?

— Eu... — engoli em seco porque não queria falar isso, mas se ele ia conversar com Nilsson, acabaria sabendo de qualquer jeito, seria melhor se partisse de mim. — Eu estava bebendo na véspera... antes disso tudo acontecer. E também tomo antidepressivos. Já uso há alguns anos, desde os 25 anos, mais ou menos. Eu... eu tive uma crise. E Nilsson... acho que ele pensou... — engoli de novo e as sobrancelhas de Bullmer subiram mais ainda.

— Você está dizendo que Nilsson duvidou da sua história porque você toma remédio para depressão?

A crueza das palavras que ele usou me fizeram estremecer, mas fiz que sim com a cabeça.

— Não assim explicitamente, mas sim, foi isso. Ele fez um comentário sobre a medicação não combinar com álcool, e acho que ele pensou que...

Bullmer não disse nada, só ficou olhando para mim impassível, e senti as palavras cascateando, quase como se eu quisesse defender Nilsson.

— É que eu fui assaltada, antes de embarcar no navio. Foi um homem que invadiu meu apartamento e me atacou. Nilsson descobriu isso e acho que concluiu... bem, não que eu tinha inventado, mas que podia ser uma reação exagerada minha.

— Estou profundamente revoltado com o fato de um membro da equipe desse navio tê-la feito sentir-se dessa maneira — disse Bullmer, pegando minha mão e apertando com força. — Por favor, acredite em mim, srta. Blacklock, levo em conta o seu relato sobre o que aconteceu com a maior seriedade.

— Obrigada — eu disse, mas essa palavra não fazia justiça ao alívio de, finalmente, alguém ter acreditado em mim. E não era qualquer alguém, era Richard Bullmer, dono do *Aurora*. E se alguém tinha o poder de resolver esse mistério, era ele.

Voltei para a minha cabine apertando os olhos que ardiam de cansaço e peguei meu celular no bolso para ver a hora. Quase cinco. Para onde tinha ido o tempo?

Abri meus e-mails automaticamente e forcei uma atualização, mas a conexão continuava ausente e senti uma pontada de inquietação. Evidentemente aquela falta de conexão já havia durado tempo demais. Eu devia ter mencionado isso para Bullmer, mas agora era tarde demais. Ele tinha ido embora, passando por uma daquelas saídas estranhas por trás de algum painel, possivelmente para conversar com o capitão ou chamar a terra pelo rádio.

E se Jude tivesse enviado e-mail? Ligado, até, embora eu duvidasse que estivéssemos perto de terra firme para receber algum sinal. Será que ele continuava me ignorando? Por um minuto tive um lampejo muito claro das mãos dele nas minhas costas, do meu rosto encostado no seu peito, senti até o calor da camiseta que ele usava, desejo e saudade tão fortes que quase tropecei sob o peso desses sentimentos.

Pelo menos amanhã estaremos em Trondheim. E então ninguém vai poder me impedir de acessar a internet.

— Lo! — chamou uma voz atrás de mim.

Virei e vi Ben vindo pelo corredor estreito. Ele não era um homem grande, mas parecia preencher o corredor todo, o truque da perspectiva de Alice no País das Maravilhas que fazia o corredor parecer que encolhia até desaparecer, e Ben foi ficando maior e maior à medida que se aproximava.

— Ben — eu disse, procurando tornar minha voz convincentemente animada.

— Como foi? — ele começou a andar ao meu lado, para as nossas cabines. — Você esteve com Bullmer?

— Estive... acho que foi bom. De qualquer modo, parece que ele acreditou em mim.

Eu não disse para Ben o que tinha começado a pensar depois que Richard se despediu, que ele não tinha chegado tão longe na vida mostrando todas as cartas na mão. Eu saí daquele encontro confiante e mais tranquila, mas quando relembrei as palavras dele entendi que não havia prometido coisa alguma. Na verdade, ele não havia dito nada que pudesse ser citado fora do contexto como apoio incondicional à minha história. Houve uma série de "se isso for verdade"... e "se o que você diz"... Nada muito concreto, em todo caso.

— Ótima notícia — disse Ben. — Ele vai desviar o navio?

— Eu não sei. Ele acha que não fará diferença desviar da rota agora, que é melhor continuarmos indo para Trondheim e chegar lá o mais cedo possível amanhã.

Tínhamos chegado às nossas cabines e eu tirei a minha chave cartão do bolso.

— Meu Deus, espero que o jantar dessa noite não seja outro de oito pratos — eu disse cansada enquanto destrancava minha porta. — Quero dormir bastante para ser coerente quando for falar com a polícia de Trondheim amanhã.

— Então esse é seu plano? — perguntou Ben.

Ele apoiou a mão no batente da porta, impedindo que eu saísse ou fechasse a porta, mas supus que não fosse um gesto calculado.

— É. Vou lá assim que o navio aportar.

— Não depende do que o capitão disser sobre a posição do navio?

— Deve depender. Acho que Bullmer está falando sobre isso com ele agora mesmo. Mas independente disso, quero registrar isso com alguma autoridade, oficialmente, mesmo que não possam investigar.

Quanto mais rápido minha história ficasse gravada em algum arquivo oficial, melhor.

— É justo — disse Ben com naturalidade. — Bem, o que quer que aconteça amanhã, você terá uma tábua rasa com a polícia. Atenha-se aos fatos, seja clara e não se deixe levar pelas emoções, exatamente como fez com Bullmer. Eles vão acreditar em você. Você não tem motivo nenhum para mentir — ele abaixou o braço e deu um passo para trás. — Você sabe onde estou se precisar de mim, está bem?

— Está bem.

Dei um sorriso cansado e já ia fechar a porta quando ele botou a mão no batente de novo de modo que, se eu fechasse, espremeria seus dedos.

— Ah, já ia esquecendo — ele disse casualmente. — Você soube do Cole?

— Da mão dele? — eu tinha quase esquecido, mas agora a imagem voltava muito vívida e chocante, do sangue pingando lentamente no deque. — Coitado. Vai ter de levar pontos?

— Eu não sei, mas não é só isso. Ele conseguiu derrubar a câmera dentro da banheira de água quente ao mesmo tempo. Ele está desesperado, diz que não entende como a deixou tão perto da borda.

— Você está brincando.

— Não. Ele acha que não vai estragar as lentes, mas o aparelho e o cartão SD estão arruinados.

Senti o quarto mudar um pouco, como se tudo perdesse e recuperasse a perspectiva rapidamente, e tive uma visão incômoda da fotografia da jovem na telinha da câmera... uma foto que agora devia estar perdida para sempre.

— Ei — disse Ben, rindo. — Não precisa ficar com essa cara de enterro! Tenho certeza de que ele tem seguro. Só é uma pena por causa das fotos. Ele estava mostrando para nós no almoço. Tinha umas maravilhosas. E tinha uma adorável de você ontem à noite — ele parou de falar e estendeu a mão para tocar no meu queixo. — Você está bem?

— Estou ótima — joguei a cabeça para trás, para longe dele, e tentei dar um sorriso forçado e convincente. — É que... acho que não vou mais participar de cruzeiros, realmente não combina comigo... você sabe... o mar... essa sensação de estar sempre confinada. Agora eu só quero chegar a Trondheim.

Meu coração batia acelerado e eu estava louca para Ben tirar a mão da porta e ir embora. Precisava cuidar da minha cabeça... precisava pensar nisso tudo.

— Você... me dá licença? — indiquei com um movimento da cabeça a mão de Ben que ainda estava apoiada no batente da porta, ele deu risada e se empertigou.

— Claro! Desculpe, eu não devia ficar de papo furado. Você deve estar querendo se arrumar para o jantar... certo?

— Certo — confirmei.

Minha voz soou aguda e falsa. Ben tirou a mão, eu fechei a porta e sorri como se pedisse desculpas.

Quando ele saiu, tranquei a porta, sentei no chão encostada na madeira, dobrei as pernas até o peito e encostei a testa nos joelhos, com uma imagem muito nítida nas pálpebras fechadas. Era Chloe, estendendo a mão para pegar a taça de champanhe, seu braço pingando água na câmera de Cole embaixo, no deque.

Não havia como Cole ou qualquer outra pessoa ter derrubado aquela câmera dentro da jacuzzi. Ela não estava na borda da banheira. Alguém tinha se aproveitado da confusão gerada pelo que eu disse e pela taça quebrada para pegar a câmera do chão e jogar dentro da água. E eu não tinha como saber quem foi. Isso podia ter acontecido em qualquer hora, até depois de sairmos do deque. E podia ser qualquer um dos convidados ou da equipe... até mesmo o próprio Cole.

Tive a sensação de que o quarto estava encolhendo à minha volta, quente, abafado, sem ventilação, e soube que precisava sair.

Na varanda, o nevoeiro continuava espesso em volta do navio, mas respirei fundo várias vezes aquele ar gelado, senti o frescor enchendo meus pulmões e me tirando daquele estupor. Eu precisava pensar. Era como se tivesse todas as peças do quebra-cabeça diante de mim, e sabia que seria capaz de juntá-las todas, se me esforçasse bastante. Se minha cabeça não doesse tanto.

Inclinei-me sobre o parapeito como tinha feito na noite anterior, lembrando-me daquele momento — do ruído da porta da varanda sendo aberta, do barulho forte de alguma coisa caindo no mar, chocante naquele silêncio, da mancha de sangue no vidro, e de repente tive certeza completa e absoluta de que eu não tinha imaginado tudo aquilo. Não imaginei nada daquilo. Nem o rímel. Nem o sangue. Nem o rosto da mulher na cabine 10. E acima de tudo, não tinha imaginado a mulher. Pelo seu bem, por ela, eu não podia deixar isso passar em branco. Porque eu sabia o que era estar no lugar dela, acordar no meio da noite com alguém dentro do seu quarto, sentir aquela certeza impotente de que alguma coisa horrível ia acontecer e não poder fazer nada para evitar.

O ar naquela noite de setembro ficou gelado de repente, gelado demais, e me fez lembrar de que estávamos muito ao norte, quase no Círculo Ártico agora. Tremi convulsivamente. Tirei o celular do bolso e verifiquei a recepção mais uma vez, segurando o aparelho no alto, como se assim melhorasse o sinal, feito mágica, mas não havia nenhuma barra.

Amanhã, então. Amanhã íamos chegar a Trondheim e, não importa o que acontecesse, eu ia desembarcar desse navio e me encaminhar direto à delegacia de polícia mais próxima.

21

Quando estava me maquiando para o jantar aquela noite, tive a impressão de estar fazendo uma pintura de guerra, camada sobre camada, a máscara calma e profissional que tornaria possível que eu enfrentasse aquilo.

Uma parte de mim, uma parte grande, queria se encolher embaixo do edredom. A ideia de bater papo com um grupo de pessoas que incluía um assassino em potencial, ou de comer a comida servida por alguém que podia ter matado uma mulher ontem à noite... essa ideia era aterradora e totalmente surreal.

Mas outra parte, mais teimosa, se recusava a desistir. Enquanto aplicava o rímel emprestado de Chloe diante do espelho do banheiro, me vi procurando no reflexo a mulher revoltada e idealista que havia começado seu curso de jornalismo na universidade quinze anos atrás, lembrando dos sonhos que tive de me tornar uma repórter investigativa e de mudar o mundo. Em vez disso, acabei caindo em matérias sobre viagem na *Velocity* para pagar as contas e, quase a contragosto, comecei a curtir isso, estava até curtindo as regalias e sonhando com o papel de Rowan, de ter minha própria revista. Mas isso não fazia mal, eu não me envergonhava da escritora em que me transformara, porque, como a maioria das pessoas, aceitei o trabalho onde pude encontrar e procurei dar o melhor de mim a essa função. Mas como poderia olhar nos olhos daquela mulher no espelho se não tinha coragem de ir lá fora e investigar essa história que me encarava de frente?

Pensei em todas as mulheres que admirei, fazendo reportagens em zonas de guerra por todo o mundo, das pessoas que expuseram regimes corruptos, que foram presas por proteger suas fontes, que arriscaram suas vidas para chegar à verdade dos fatos. Não podia imaginar Martha Gellhorn obedecendo uma ordem para "parar de fuçar", nem Kate Adie se escondendo no quarto de um hotel, com medo do que podia descobrir.

"PARE DE FUÇAR." As letras no espelho estavam gravadas na minha memória. Terminei a maquiagem com uma passada de brilho labial, bafejei no espelho e escrevi uma única palavra no vapor que embaçava o meu reflexo: "NÃO."

Além disso, fechei a porta do banheiro quando saí e calcei meu sapato de noite, enquanto uma parte menor e mais egoísta de mim sussurrava que eu estaria mais segura no meio de gente. Ninguém me faria mal numa sala cheia de testemunhas.

Estava ajeitando o vestido quando ouvi baterem na porta.

— Quem é? — perguntei.

— Karla, srta. Blacklock.

Abri a porta. Karla estava ali sorrindo, com seu permanente ar de surpresa, meio ansiosa.

— Boa noite, srta. Blacklock. Só quero lembrar que o jantar sairá em dez minutos e que as bebidas estão sendo servidas no Lounge Lindgren, à sua disposição quando quiser ir para lá.

— Obrigada — eu disse e, levada por um impulso, eu a chamei quando ela se virou para ir embora. — Karla?

— Sim? — ela voltou com as sobrancelhas erguidas, de modo que o rosto redondo parecia assustado. — Posso ajudar em mais alguma coisa?

— Eu... eu não sei. É que... — respirei fundo e procurei o melhor jeito de enunciar o que ia dizer. — Quando fui conversar com vocês hoje cedo, no alojamento dos funcionários, senti que... senti que talvez você quisesse me contar mais alguma coisa. Que talvez não quisesse falar na frente da srta. Lidman. E eu só quero dizer que amanhã vou a Trondheim para contar à polícia o que eu vi, e se houver alguma coisa... qualquer coisa mesmo, que você queira dizer, agora seria uma boa hora para fazer isso. Posso garantir que guardarei seu anonimato — pensei de novo em Martha Gellhorn e Kate Adie, no tipo de repórter que um dia eu quis ser. — Sou jornalista — eu disse da forma mais convincente que pude. — Você sabe disso. Nós protegemos nossas fontes, é parte do acordo.

Karla não disse nada, só torceu os dedos.

— Karla? — cobrei dela.

Por um momento achei que havia lágrimas nos seus olhos azuis, mas ela piscou para afastá-las.

— Eu não... — ela disse, e então resmungou alguma coisa bem baixinho, na língua dela.

— Tudo bem — eu disse. — Você pode me contar. Prometo que isso ficará entre nós. Você tem medo de alguém?

— Não é isso — disse ela, muito aflita. — Estou triste por sua causa, Johann está dizendo que a senhorita inventou isso, que está... como se diz? Paranoica, e que quer... quer chamar atenção inventando histórias. E eu não acredito nisso que ele diz. Acredito que é uma boa pessoa e que acredita que o que conta é verdade. Mas srta. Blacklock, precisamos dos nossos empregos. Se a polícia disser que alguma coisa aconteceu nesse navio, ninguém vai querer viajar conosco e não vai ser fácil encontrar outro emprego. Eu preciso desse dinheiro, tenho um filho pequeno, Erik, que está em casa com minha mãe, e ela precisa do dinheiro que mando para lá. E se alguém deixou uma amiga usar uma cabine vazia, isso não quer dizer que ela tenha sido assassinada, sabe?

Ela deu meia-volta.

— Espere aí — estendi a mão para segurar o braço dela, para fazê-la parar. — O que você está dizendo? Havia uma mulher aqui? Alguém a trouxe para bordo, clandestina?

— Eu não estou dizendo nada.

Karla puxou o braço para se livrar de mim.

— O que estou dizendo, srta. Blacklock, é para não criar problema se nada aconteceu, por favor.

Então ela correu pelo corredor, digitou o código na porta dos funcionários e foi embora.

—⚏—

Enquanto subia para o salão Lindgren, repassei a conversa na minha cabeça, procurando resolver o que significava. Será que ela havia visto alguém na cabine, ou suspeitado de que houvesse alguém lá? Ou será que estava apenas dividida entre a simpatia que sentia por mim e o medo do que poderia acontecer se o que eu estava contando fosse verdade?

Fora do salão, verifiquei meu celular discretamente, com um fiapo de esperança de que pudéssemos estar suficientemente próximos de terra para receber algum sinal, mas continuava sem nenhum. Estava guardando o aparelho na minha bolsa quando Camilla Lidman apareceu.

— Srta. Blacklock, quer que eu guarde isso? — ela indicou a bolsa e eu balancei a cabeça.

— Não, obrigada.

Meu celular estava programado para tocar quando se conectasse a qualquer rede itinerante. Se chegasse um sinal, eu queria o aparelho ao meu lado para poder agir imediatamente.

— Muito bem. Posso oferecer uma taça de champanhe? — ela apontou para uma bandeja numa mesinha na entrada, eu fiz que sim com a cabeça e peguei uma flute.

Eu sabia que devia manter a mente clara para amanhã, mas uma taça para dar coragem não podia fazer mal.

— Devo informar, srta. Blacklock — disse ela —, que a palestra sobre a aurora boreal desta noite foi cancelada.

Olhei para ela sem entender, e no mesmo instante me dei conta de que tinha esquecido mais uma vez de consultar a programação e o itinerário.

— Devia haver uma apresentação sobre a aurora boreal depois do jantar — explicou ela, ao ver minha cara. — Uma dissertação de lorde Bullmer acompanhada de fotografias do sr. Lederer, mas infelizmente lorde Bullmer foi chamado para resolver um assunto urgente e o sr. Lederer machucou a mão, de modo que essa apresentação foi adiada para amanhã, quando o grupo retornar de Trondheim.

Fiz que sim outra vez e virei para o salão, para ver quem mais estava faltando.

Bullmer e Cole estavam ausentes, como Camilla tinha dito. Chloe também não estava lá e, quando perguntei para Lars, ele disse que ela estava se sentindo mal, deitada em seu quarto. Anne estava presente, mas muito pálida, e, quando encostou a taça nos lábios, o robe deslizou com o movimento do braço e exibiu uma mancha roxa escura perto da clavícula. Ela reparou que eu vi e que desviei o olhar rapidamente, e deu uma risada meio constrangida.

— Eu sei, parece horrível, não é? Escorreguei no chuveiro, mas agora fico com manchas roxas com muita facilidade, parece pior do que realmente é. Um efeito colateral da quimioterapia, infelizmente.

Quando sentamos na hora do jantar, vi Ben indicar a cadeira ao lado dele, de frente para Archer, mas fingi não ver e, em vez de ir para lá sentei na cadeira que estava mais perto de mim, ao lado de Owen White. Ele dava uma longa explicação para Tina de seus interesses na área financeira e do papel dele na firma de investimentos em que trabalhava.

Fiquei escutando tudo, a metade do ouvido na conversa dos dois, a outra metade no resto da mesa, então percebi que a conversa tinha mudado e que ele falava muito baixinho, como se não quisesse que os outros escutassem.

— ... sinceramente, não — ele estava confidenciando para Tina. — Eu só não estou 100% convencido de que a instalação seja sustentável, é uma área de investimento muito restrita. Mas imagino que Bullmer não terá problema para conseguir lucro de outro negócio. E é claro que ele tem muitos recursos próprios, ou Anne tem, por isso ele pode se dar ao luxo de esperar que a pessoa certa embarque. É uma pena que Solberg não tenha podido vir, porque isso é muito mais domínio dele.

Tina meneou a cabeça como se já soubesse e a conversa mudou para outros assuntos, viagens de férias que os dois tinham em comum, a identidade dos cubos de gelatina verde-néon que tinham acabado de aparecer nos pratos à nossa frente, ladeados por pequenas pilhas de alguma coisa que achei que pudesse ser algum tipo de alga marinha. Deixei meus olhos passearem pela sala. Archer dizia alguma coisa para Ben e ria desbragadamente. Parecia bêbado e sua gravata-borboleta já estava torta. Anne, à mesma mesa, conversava com Lars. Não havia vestígio das lágrimas que eu tinha visto mais cedo, aquela tarde, mas havia alguma coisa de preocupação profunda na sua expressão, e o sorriso que deu para alguma coisa que Lars estava dizendo foi muito tenso.

— Examinando a nossa anfitriã? — disse uma voz baixa do outro lado da mesa.

Virei e vi Alexander bebendo.

— Ela é um verdadeiro enigma, não é? Parece muito frágil, no entanto dizem que ela é o poder atrás do trono de Richard. O punho de ferro na luva de seda, por assim dizer. Imagino que possuir esse tipo de fortuna do tempo em que a maior parte das crianças ainda babava em seus flocos de milho tenha um efeito forte no caráter das pessoas.

— Você a conhece bem? — perguntei.

Alexander balançou a cabeça.

— Nunca conheci. Richard passa a metade da vida dentro de um avião, mas ela não sai da Noruega quase nunca. É totalmente desconhecida para mim... como sabe, eu vivo para viajar, não consigo imaginar ter de ficar confinado num país pequeno como a Noruega enquanto os restaurantes e as capitais do mundo estão à nossa espera. Nunca provar o leitão do El Bulli, ou apreciar a gloriosa fusão de culturas que é o Gaggan em Bangkok! Mas suponho que seja uma reação ao modo com que foi criada. Creio que ela perdeu os pais num desastre de avião aos oito ou nove anos de idade e passou o resto da infância voando de um para outro colégio interno na Europa com seus avós. Imagino que tenha escolhido fazer o oposto na idade adulta.

Ele pegou o garfo e estávamos começando a comer quando ouvimos um barulho na porta e eu vi Cole caminhando meio trôpego para a nossa mesa.

— Sr. Lederer! — uma atendente correu para pegar uma cadeira extra que estava encostada numa parede da sala. — Srta. Blacklock, pode por favor chegar...

Movi meu prato e minha cadeira para o lado e ela botou a cadeira para Cole na cabeceira da mesa. Ele despencou pesadamente nela. Estava com um curativo na mão e parecia que tinha bebido.

— Não, eu não quero champanhe — disse ele para Hanni, que tinha chegado com uma bandeja. — Vou querer um uísque.

Hanni meneou a cabeça e se afastou rapidamente. Cole recostou na cadeira e passou a mão na barba por fazer.

— Sinto pela sua câmera — eu disse discretamente.

Ele fez uma careta e eu percebi que já estava muito bêbado.

— É uma porra de um pesadelo — disse ele. — E o pior de tudo é que foi minha culpa. Eu devia ter salvado tudo.

— Perdeu todas as fotos? — perguntei.

Cole sacudiu os ombros.

— Não faço ideia, mas é provável que sim. Tem um cara lá em Londres que talvez consiga recuperar alguns dados, mas aparece tudo perdido quando ponho no meu computador, que não está nem lendo o cartão.

— Eu sinto muito — eu disse.

Meu coração estava acelerado. Não tinha certeza se era sensato perguntar, mas agora eu já não tinha mais nada a perder.

— Era só material da viagem? Pensei ter visto uma foto de outro lugar... não?

— Ah, sim, eu estava trocando os cartões, tinha algumas fotos de um trabalho que fiz duas semanas atrás no Magellan.

Eu conhecia o Magellan, era um clube privado muito exclusivo, só de homens, na Piccadilly, fundado como local de reunião de diplomatas e do que o clube descrevia como "cavalheiros viajantes". Não aceitavam mulheres como membros, mas convidadas femininas sim, e eu tinha comparecido a funções lá uma ou duas vezes, no lugar de Rowan.

— Você é sócio de lá? — perguntei.

Ele bufou com desprezo.

— De jeito nenhum. Não é o meu estilo, mesmo que me aceitassem, o que duvido. Seboso demais para o meu gosto. Qualquer lugar que não permita que se use calça jeans não é para o meu bico. The Frontline é mais do meu jeito. Mas Alexander é membro de lá. E Bullmer também, eu acho. Você conhece o esquema: você tem de ser besta demais para ser funcional, ou podre de rico, e felizmente não sou nenhum dos dois.

Essa última frase dele caiu num vazio das conversas, as palavras soaram alto e claramente arrastadas no silêncio. Vi algumas cabeças virarem e Anne deu uma olhada para a atendente com um movimento da cabeça que dizia *Leve a comida dele antes do uísque.*

— O que você estava fazendo lá, então? — perguntei, e mantive minha voz baixa, como se assim pudesse persuadi-lo a moderar seu tom por osmose.

— Fotos para a Harpers.

O prato dele chegou e ele começou a espetar a comida ao acaso, enfiando as porções arquitetonicamente frágeis na boca, parecia nem sentir o gosto.

— Alguma inauguração, eu acho. Não lembro mais. Meu Deus! — ele exclamou olhando para a mão com o garfo precariamente equilibrado no curativo. — Isso dói à beça. Eu não vou mesmo caminhar pela catedral de Trondheim amanhã, vou ao médico para ele examinar isso e me dar analgésicos decentes.

Depois do jantar levamos nosso café para o salão e acabei ficando junto com Owen White, nós dois espiando o nevoeiro pela janela comprida. Ele acenou com a cabeça educadamente, mas não parecia ter pressa para iniciar uma conversa. Fiquei pensando no que Rowan faria. Partia para a conquista, ou descartaria e ia conversar com alguém mais útil para a *Velocity*? Archer, quem sabe?

Olhei para Archer por cima do ombro e vi que ele estava muito, mas muito bêbado, que tinha encurralado Hanni, ela de costas para uma janela e a volumosa estrutura dele bloqueando a passagem dela. Hanni segurava uma caneca de café e sorria educadamente, mas com ar de cansaço. Ela falou alguma coisa e apontou para o bule de café, obviamente um jeito de sair dali, mas ele deu risada e pôs o braço nos ombros dela, um gesto de posse avuncular que me provocou até arrepios.

Hanni falou mais alguma coisa que eu não ouvi, então escapou de baixo do braço dele com destreza de quem tem experiência. A expressão de Archer por um segundo foi um misto de loucura e de fúria, mas depois parece que deu de ombros e foi conversar com Ben.

Virei de novo para Owen White suspirando, só que não tinha certeza se era um suspiro de alívio por Hanni, ou resignado diante da minha relutância de lidar adequadamente com gente desagradável, ainda que pelo bem da minha carreira.

Owen, ao contrário, parecia tranquilo e inofensivo, mas, quando olhei disfarçadamente para seu perfil no reflexo do vidro escuro e embaçado fiquei imaginando se ele poderia ser útil para a *Velocity* ou não. Ben havia dito que ele era investidor, mas White se mantivera tão discreto naquela viagem que eu não tinha nenhuma impressão clara do que ele realmente fazia. Talvez pudesse ser o perfeito anjo investidor do grupo, se a dona da *Velocity* um dia resolvesse entrar em alguma área que desse lucro. Em todo caso, eu não estava com vontade de ir até o outro lado da sala.

— Ora, é... — comecei sem jeito. — Acho que não fomos apresentados direito. Meu nome é Laura Blacklock. Sou jornalista de turismo.

— Owen White — ele disse simplesmente, mas não havia nenhum tom de dispensa em sua voz.

Tive a impressão de que era apenas um homem de poucas palavras. Ele estendeu a mão e eu apertei desajeitada com a minha esquerda, segurando um petit-four, mas que parecia melhor do que a direita, que segurava uma xícara de café.

— O que o trouxe ao *Aurora*, sr. White?

— Trabalho para um grupo de investimento — ele disse e bebeu um longo gole de café. — Acho que Bullmer esperava que eu recomendasse o *Aurora* como oportunidade de investimento.

— Mas... pelo que estava dizendo para Tina, isso não vai acontecer, vai? — perguntei pisando em ovos, pensando se era falta de educação admitir que tinha ouvido a conversa dos outros, só que eu não podia evitar.

Ele fez que sim com a cabeça e não pareceu ofendido.

— É isso mesmo. Devo admitir que não é realmente a minha área, mas me senti lisonjeado de ser convidado e fui venal demais para passar desperdiçar a chance de fazer essa viagem de graça. Como estava dizendo para Tina, é uma pena que Solberg não tivesse podido vir.

— Era ele que ia ficar na cabine 10, não era? — perguntei.

Owen White confirmou meneando a cabeça. E de repente me ocorreu que eu não tinha ideia de quem fosse Solberg, ou do motivo dele não ter ido.

— Vocês se conheciam? Solberg, quero dizer.

— Sim, bastante bem. Trabalhamos na mesma área. Ele com base na Noruega e a minha sede fica em Londres, mas é um mundo pequeno esse no qual operamos. Conhecemos todos os nossos competidores. Deve ser a mesma coisa no jornalismo de turismo, imagino.

Ele sorriu e botou um petit-four na boca, e eu retribuí o sorriso, reconhecendo a verdade da sua observação.

— Então, se isso é mais a especialidade dele, por que não veio? — perguntei.

Owen White não respondeu, e fiquei imaginando se eu não teria ido longe demais, se minha pergunta não teria sido muito direta. Então, ele engoliu e percebi que estava simplesmente tendo um problema com o petit-four.

— Houve um arrombamento — ele disse com a boca cheia de nozes, e engoliu de novo. — Na casa dele, eu acho. Levaram o passaporte dele, mas penso que isso tenha sido apenas uma parte do motivo para não ter vindo. A mulher e os filhos estavam em casa, pelo que eu soube, e ficaram muito abalados. E podemos falar qualquer coisa sobre os empresários escandinavos — ele parou de novo e engoliu, dessa vez heroicamente —, mas eles entendem a importância de botar a família em primeiro lugar. Por Deus, recomendo que você não experimente esse nougat, a menos que tenha dentes muito bons. Acho que perdi uma obturação.

— O nougat *não*! — ouvi sobre meu ombro quando estava tentando processar o que acabara de ouvir.

Virei e vi Alexander olhando para nós dois.

— Owen, *por favor*, diga que não perdeu.

— Perdi — Owen bebeu um gole de café e bochechou um pouco, com uma careta de dor. — Para tristeza minha.

— Essa coisa devia vir junto com um aviso da saúde dental, no mínimo. Você — ele apontou para mim. — Precisamos de uma reportagem investigativa. A exposição escancarada dos elos escusos de Richard Bullmer com a indústria cosmética odontológica. Ora, com esse e com o outro incidente, estou achando que os futuros convidados desse cruzeiro vão ter muita dificuldade para conseguir um seguro saúde, vocês não acham?

— Outro incidente? — eu disse de estalo, procurando lembrar o que eu havia contado para Alexander.

Certamente não mencionara toda a história do acidente para ele. Será que Lars havia revelado nossa conversa na piscina de água quente?

— De qual outro incidente você está falando?

— Ora — disse Alexander, arregalando teatralmente os olhos —, da mão do Cole, é claro. Em que você estava pensando?

—ᴍ—

Depois do café o grupo começou a dispersar. Owen desapareceu discretamente, sem se despedir, e Lars teve uma saída barulhenta, com uma piada sobre Chloe. Bullmer continuava sumido e Anne também.

— Quer vir ao bar tomar uma saideira ou qualquer outra coisa? — perguntou Tina para mim quando botei a xícara vazia na mesa de canto. — Alexander vai batucar no piano meia cauda que tem lá.

— Eu... eu não sei... — hesitei.

Ainda estava remoendo o que Owen White havia contado quando tomávamos o café, sobre o assalto à casa de Solberg. O que significava?

— Acho que eu vou para a cama.

— Ben? — Tina ronronou.

Ele olhou para mim.

— Lo? Quer que eu a acompanhe até sua cabine?

— Não precisa, estou bem — eu disse e virei para ir.

Já estava quase na porta quando senti uma mão segurar meu pulso, e dei meia-volta. Era Ben.

— Oi — ele disse. — O que está acontecendo?

— Ben — olhei para trás dele, para os outros passageiros rindo e conversando distraídos enquanto as atendentes arrumavam a sala em volta deles. — Não vamos fazer isso aqui. Não tem nada acontecendo.

— Então por que você ficou tão esquisita durante o jantar? Você viu que eu guardei um lugar para você e me ignorou de propósito.

— Não está acontecendo nada — eu senti uma dolorosa pressão nas têmporas, como se a raiva que estava reprimindo a noite inteira estivesse se vingando.

— Não acredito em você. Vamos lá, Lo, conte-me tudo.

— Você mentiu para mim.

Eu explodi num sussurro furioso, antes de avaliar se era sensato fazer aquela acusação. Ben ficou chocado.

— O quê? Não, eu não menti!

— Ah, é? — sibilei. — Então você não saiu nenhuma vez da cabine quando todos estavam jogando pôquer?

— Não! — foi a vez dele espiar por cima do ombro para ver os outros convidados.

Tina estava olhando de longe para nós e ele virou de volta para mim, abaixando a voz.

— Não, eu não saí... ah, não, espere, eu fui sim pegar a minha carteira. Mas isso não foi mentira... não mesmo.

— Não foi mentira? Você me disse categoricamente que ninguém tinha saído daquela cabine. E daí eu descubro pelo Cole não só que você saiu, como que qualquer pessoa que estava lá podia ter saído também, enquanto você não estava.

— Mas isso é diferente — ele resmungou. — Eu saí, meu Deus, nem sei quando, mas foi no início da noite. Não foi na hora que você tinha mencionado.

— Então por que mentir sobre isso?

— Não foi mentira! Eu simplesmente não pensei. Meu Deus, Lo...

Mas não deixei que ele terminasse a frase. Puxei o braço da mão dele e corri porta afora, para o corredor, e o deixei lá, boquiaberto, olhando para mim.

Eu estava tão ocupada pensando no Ben que dobrei uma esquina e trombei com alguém. Era Anne. Ela estava encostada na parede como se estivesse se preparando para enfrentar alguma coisa, se estava voltando para a reunião ou para sua cabine, eu não sei. Parecia muito cansada, o rosto cinza, as olheiras mais escuras do que nunca.

— Oh, me desculpe! — engasguei e então, lembrando da mancha roxa na clavícula, perguntei — Eu a machuquei?

Ela sorriu, a pele em volta da boca enrugou, mas a expressão não chegou aos olhos.

— Estou bem, só muito cansada. Às vezes... — ela engoliu e a voz ficou entrecortada, alguma coisa escapou do sotaque perfeito do inglês. — Às vezes tudo parece ser demais... sabe o que quero dizer? Parece uma encenação.

— Sei sim — eu disse com simpatia.

— Se me der licença, estou indo para a cama — ela disse, eu fiz que sim com a cabeça e fui indo para a popa, descendo o lance de escada que dava no conjunto de cabines da popa do navio.

Estava quase na porta da minha cabine e ouvi uma voz zangada atrás de mim.

— Lo! Lo, espere, você não pode fazer esse tipo de acusação e ir embora assim.

Merda. Ben. Senti uma vontade enorme de entrar na minha cabine e bater a porta, mas me forcei a virar e encará-lo, encostada na madeira.

— Eu não fiz acusação nenhuma. Simplesmente falei o que me disseram.

— Você insinuou sim que agora está suspeitando de mim! Nós nos conhecemos há mais de dez anos! Você se dá conta de como me sinto com isso? De saber que você pode me acusar de mentir assim?

Havia mágoa sincera em sua voz, mas eu me recusei a deixar que isso me amaciasse. A tática predileta de Ben nas discussões quando estávamos juntos era desviar a conversa para longe daquilo que estava me incomodando e me acusar de ter ferido seus sentimentos e agir irracionalmente. Volta e meia eu acabava me desculpando porque *eu* o tinha irritado, meus sentimentos completamente ignorados e sempre, nesse processo, nós terminávamos perdendo de vista o que havia provocado a briga lá no início. Eu não ia cair nessa agora.

— Não estou fazendo você sentir nada — eu disse e procurei manter minha voz neutra. — Estou falando de fatos.

— Fatos? Não seja ridícula!

— Ridícula? — cruzei os braços. — O que isso quer dizer?

— Eu quero dizer — disse ele furioso — é que você está sendo completamente paranoica. Está vendo bicho papão em cada esquina! Talvez Nilsson...

Ele parou de falar. Cerrei o punho em volta da minha delicada bolsa e senti o volume sólido do meu celular por baixo das lantejoulas escorregadias.

— Continue... Talvez Nilsson... o quê?

— Nada.

— Talvez Nilsson estivesse certo? Talvez eu esteja imaginando coisas?

— Eu não disse isso.

— Mas era o que estava insinuando, certo?

— Estou só pedindo para você recuar um pouco e olhar para você mesma, Lo. Olhar para isso racionalmente, quero dizer.

Eu me forcei a controlar minha raiva e sorri.

— Eu sou racional. Mas fico muito feliz de recuar um pouco.

Dito isso abri a porta da minha suíte, entrei e bati a porta na cara dele.

— Lo! — ouvi lá fora e uma batida na porta.

Uma pausa e de novo.

— Lo!

Fiquei calada, só passei a tranca e a corrente. Ninguém ia passar por aquela porta sem um aríete. Muito menos Ben Howard.

— Lo! — ele socou a porta de novo. — Olha aqui, quer fazer o favor de apenas conversar comigo? Isso realmente está escapando do controle. Quer pelo menos dizer o que você vai falar para a polícia amanhã? — ele parou de falar e esperou minha resposta. — Você está ouvindo?

Eu o ignorei, joguei a bolsa na cama, tirei o vestido e fui para o banheiro; fechei a porta e abri as torneiras da banheira para abafar a voz dele. Quando finalmente entrei na água escaldante e fechei as torneiras, o único som que ouvi foi o zumbido fraquinho do exaustor. Graças a Deus. Ele deve ter desistido, afinal.

Eu havia deixado o celular no quarto, por isso não tinha certeza do horário quando saí da banheira, mas meus dedos estavam enrugados da água e eu me sentia cheia de sono. Porém, era uma sensação boa, diferente da exaustão nervosa e irritadiça dos últimos dias. Escovei os dentes, sequei o cabelo e amarrei a faixa do roupão branco na cintura, pensando na boa noite de sono que ia ter e na história lógica e cuidadosamente ensaiada que ia contar para a polícia amanhã.

E aí... meu Deus, eu estava quase fraca de tanto alívio, só de pensar nisso. E aí eu pegaria um ônibus ou trem, ou qualquer droga de transporte que Trondheim tivesse para chegar ao aeroporto mais próximo e voltar para casa.

Abri a porta do banheiro e prendi a respiração, esperando que as batidas e os gritos de Ben recomeçassem, mas não ouvi nada. Fui com todo cuidado até a porta, sem fazer barulho no tapete grosso e claro, levantei a capinha do olho mágico e espiei o corredor. Não havia ninguém lá. Ninguém que eu pudesse ver... apesar da lente olho de peixe, só dava para ver parte do corredor, mas, a não ser que Ben estivesse deitado no chão colado à minha porta, ele tinha sumido.

Dei um suspiro e peguei minha bolsa para ver a hora no celular e configurar o alarme para o dia seguinte. Eu não ia esperar uma chamada de Karla. Queria levantar e sair do navio o mais cedo possível.

Mas meu celular não estava na bolsa.

Virei a bolsa com a abertura para baixo, sacudi, mas já sabia que seria inútil. A bolsa era pequena e leve e não havia como qualquer coisa mais pesada do que um cartão postal estar escondida lá dentro. Não estava na cama. Será que podia ter caído no chão?

Procurei pensar com clareza.

Eu podia ter deixado na mesa do jantar, mas não tinha tirado da bolsa e de toda forma eu lembrava bem que senti o aparelho dentro da bolsa durante a discussão com Ben. E teria notado a falta do peso dele quando joguei a bolsa em cima da cama.

Procurei no banheiro, caso tivesse levado para lá no piloto automático, mas também não estava.

Comecei a esmiuçar mais a procura, joguei o edredom no chão, empurrei a cama para o lado... e foi aí que eu vi.

Tinha uma pegada, uma pegada molhada no tapete ao lado da porta da varanda.

Fiquei paralisada.

Será que podia ser minha? Saindo do banho?

Mas sabia que era impossível. Tinha secado os pés no banheiro, e não tinha chegado nem perto daquela janela. Fui lá, abaixei e toquei naquela marca fria e molhada com a ponta dos dedos, e percebi que era o desenho de um sapato. Dava para ver a forma do salto.

Havia apenas uma possibilidade.

Levantei, abri a porta da varanda e fui lá fora. Debrucei no parapeito e espiei a varanda vazia do lado esquerdo da minha. A divisória de privacidade de vidro escovado entre as duas era alta e lisa, mas, com coragem e boa cabeça para alturas, e sem se importar com o risco de escorregar e cair numa cova de água do mar, dava para uma pessoa passar por cima.

Eu estava tremendo convulsivamente, meu roupão não era proteção nenhuma para o vento gelado do Mar do Norte, mas eu tinha de tentar mais uma coisa, mesmo se me arrependesse muito e me sentisse muito burra se provasse que estava errada.

Com muito cuidado, fechei a porta da varanda e ouvi o clique do fecho.

Então tentei abri-la de novo.

E ela abriu, suave como seda.

Entrei no quarto e fiz a mesma coisa, depois verifiquei a tranca. Como imaginei, não havia como trancar a porta da varanda para evitar que alguém entrasse por ali, vindo de fora. Mas era lógico, agora que eu pensava melhor sobre isso. A única pessoa que devia estar na varanda era o ocupante do quarto. Não podiam arriscar de alguém se trancar acidentalmente lá fora com tempo ruim, sem poder voltar para o quarto e apertar o alarme, ou uma criança trancando pai ou mãe lá fora num momento de rebeldia e depois não saber como destrancar.

E realmente, não havia o que temer. A varanda dava para o mar, não havia possibilidade de alguém acessá-la pelo lado de fora.

Só que havia sim. Se a pessoa fosse muito ousada e muito burra.

Agora eu estava entendendo. Todas as trancas, fechos e avisos de "não perturbe" do mundo não serviriam para nada se a varanda servisse de caminho livre para qualquer um que tivesse acesso à cabine vazia e bastante força nos braços para puxar o corpo por cima.

Meu quarto não era seguro e nunca foi.

Voltei para a suíte, vesti uma calça jeans, calcei minhas botas e coloquei meu casaco com capuz favorito. Então verifiquei a tranca da porta da cabine e me encolhi no sofá abraçando contra o peito uma almofada.

Agora não ia mais conseguir dormir.

Qualquer um podia ter acesso à suíte vazia. E de lá era só escalar a divisória de vidro e entrar na minha. Qualquer membro da equipe podia abrir a cabine vazia com seu cartão chave mestra. Quanto aos convidados...

Pensei na planta das cabines. À direita da minha ficava a de Archer, ex fuzileiro naval, com uma força nos braços que provocava uma careta toda vez que eu lembrava. E à esquerda... à esquerda ficava a cabine vazia, e depois dela a de Ben Howard.

Ben. Que tinha voluntariamente lançado dúvida contra a minha história com Nilsson.

Ben, que tinha mentido sobre seu álibi.

E ele sabia das fotos na câmera de Cole antes de eu ver. As palavras dele voltaram como em sonho: *Ele estava mostrando as fotos para nós durante o almoço. Ele tinha fotos maravilhosas...*

Ben Howard. A única pessoa a bordo que eu pensava ser de confiança.

Pensei no celular e na estupidez e ousadia de vir roubá-lo enquanto eu estava no banho. Ele tinha se arriscado muito para pegá-lo, e a pergunta era: por quê? Por que agora? Mas acho que eu sabia.

A resposta era Trondheim. Enquanto a internet no navio não funcionava, o criminoso não tinha com o que se preocupar. Eu não podia fazer uma ligação sem passar por Camilla Lidman. Mas quando fôssemos chegando mais perto de terra...

Abracei a almofada com mais força no peito e pensei em Trondheim, em Judah e na polícia.

Eu só precisava aguentar até o amanhecer.

WhoDunnit: Lugar de Conversa para Detetives de Poltrona.

Por favor, leia as regras desse fórum antes de iniciar a conversa e tenha cuidado para não incluir qualquer coisa potencialmente prejudicial para casos vivos e/ou difamatórios. Publicações que violem essas orientações serão apagadas.

Segunda-feira, 28 de setembro, 10:03: Inglesa Desaparecida

Iamsherlocked: Oi pessoal, alguém mais está acompanhando esse caso de Lorna Blacklock? Parece que encontraram um corpo.

TheNamesMarpleJaneMarple: Acho que você vai ver que o nome é Laura Blacklock. Sim, eu acompanho. Realmente trágico e infelizmente não muito incomum, li em algum lugar que mais de 160 pessoas já desapareceram em navios de cruzeiro nos últimos anos e quase nenhum desses casos foi solucionado.

Iamsherlocked: É, eu acho que já ouvi isso também. Vi no Daily Fail que o ex dela estava a bordo do navio. Tem uma longa e chorosa entrevista com ele dizendo que está muito preocupado. Ele acha que ela desembarcou por conta própria. Será que sou só eu que acha isso meio suspeito? Não dizem que um terço das mulheres são mortas pelos ex ou pelos companheiros ou alguma coisa assim?

TheNamesMarpleJaneMarple: "um terço das mulheres são mortas pelos ex ou companheiros ou alguma coisa assim?" Suponho que você quer dizer que no caso das mulheres que são assassinadas, um terço delas é pelo companheiro ou ex, não um terço de todas as mulheres! Mas sim, esse tipo de proporção parece plausível. E é claro que há o namorado. Alguma coisa nas declarações dele não parece verdade e pelo jeito ele estava fora do país na época... hummm... muito conveniente. Não é tão difícil pegar um avião para a Noruega, certo?

Anoninsider: Sou assíduo aqui no WD (apesar de ter mudado de nome porque não quero me expor) e sei alguma coisa sobre esse caso, sou amigo da família. Não quero revelar muita coisa porque temo me tornar identificável, além de não querer invadir a privacidade da família, mas posso dizer que Judah está completamente arrasado com o desaparecimento de Lo e eu teria muito cuidado quanto a insinuar qualquer coisa diferente disso, senão essa conversa vai acabar sendo apagada.

TheNamesMarpleJaneMarple: Anon, eu acharia suas afirmações mais convincentes se você tirasse a máscara, e em todo caso nada do que eu disse acima é difamatório. Eu disse que não achei a afirmação dele convincente. Mostre-me a difamação nisso.

Anoninsider: Olha, MJM, não estou interessado em debater isso com você, mas conheço a família muito bem. Fui colega de classe de Laura e posso dizer que você está latindo na árvore errada. Se quiser saber, Lo tem problemas sérios – ela toma remédio para depressão há anos e sempre foi... bem, acho que instável seria a maneira correta de dizer. Imagino que essa é a linha que a polícia vai seguir.

Iamsherlocked: O que, suicídio, você acha?

Anoninsider: Não cabe a mim especular sobre a investigação da polícia – mas sim, é dessa forma que entendo nas entrelinhas. Se observar bem, eles estão sendo muito cuidadosos para não descrever como investigação de assassinato na imprensa.

JudahLewis01: Um amigo me falou dessa conversa, eu me registrei para publicar isso e diferente do Anon, esse é meu verdadeiro nome. Anon, eu não tenho ideia de quem você é e para ser sincero você devia dar o fora. Sim, Lo toma remédio (só que FYI é para ansiedade, não para depressão e se você fosse realmente amigo dela saberia disso) mas literalmente centenas de milhares de pessoas tomam isso e a ideia de que a torna automaticamente "instável" como você diz, ou suicida, é tremendamente ofensiva. Sim, eu estava fora do país. Estava na Rússia, trabalhando. E sim, eles encontraram um corpo, mas não foi identificado como sendo da Lo, por isso nessa fase ainda é uma investigação de pessoa desaparecida. Será que vocês podem lembrar que estão falando de uma pessoa real e não só do seu episódio pessoal de *Murder She Wrote*? Eu não sei quem são os administradores desse show de merda, mas vou denunciar essa conversa.

Iamsherlocked: "e diferente do Anon, esse é meu verdadeiro nome". Não quero ser engraçado, mas só temos a sua palavra quanto a isso, companheiro.

MrsRaisin (Admin): Oi pessoal, sinto dizer que concordamos com o sr. Lewis, essa conversa está indo por um caminho de especulações bem desagradáveis, por isso vamos apagá-la. Obviamente não queremos impedi-los de discutir o que sai nos noticiários, por isso fiquem à vontade para levá-la para qualquer outro lugar, mas por favor, atenham-se aos fatos reportados.

InspektörWallander: Então qual é a desse blog norueguês polis scanner que está noticiando uma identificação positiva do corpo de Laura?

MrsRaisin (Admin): vamos apagar agora essa conversa.

PARTE SEIS

22

Eu estava presa. Não tinha certeza de que lugar era aquele, nem como cheguei lá, mas tinha uma ideia.

O quarto sem janelas era pequeno e abafado, eu estava deitada no beliche de olhos fechados e com os braços em volta da cabeça, tentando não ceder às sensações de pânico que cresciam dentro de mim.

Devo ter repassado os acontecimentos uma centena de vezes na minha cabeça através do nevoeiro do medo que só aumentava. Ouvia sem parar a batida na porta enquanto estava sentada na beira do sofá, esperando o amanhecer e Trondheim.

O barulho, apesar de não muito alto, foi chocante como um tiro na cabine silenciosa. Joguei a cabeça para cima, a almofada caiu no chão, meu coração batia mil vezes por minuto. Meu Deus. Percebi que estava prendendo a respiração e me forcei a soltar o ar, bem devagar e demoradamente, depois respirar de novo, contando os segundos.

Outra vez, não uma batida forte, só um "toc-toc-toc", depois uma longa pausa e um "toc" final, como se tivessem pensado melhor, um pouco mais alto do que o resto. Com esse último "toc" levantei e fui para a porta fazendo menos barulho possível.

Botei a mão em concha sobre a abertura para que nenhum clarão de luz dedo-duro traísse a minha presença. Rodei a tampinha de aço do olho mágico para o lado. E então, com o rosto bem perto para evitar que qualquer luz cinza da manhã vinda da minha janela produzisse efeito no vidro, tirei a mão e espiei pelo olho de peixe.

Não sei quem eu esperava ver. Talvez Nilsson, Ben Howard. Eu nem me surpreenderia de ver Bullmer.

Mas nunca imaginei, nem por um minuto, que veria aquela pessoa ali parada diante da minha porta.

Ela.

Era a mulher da cabine 10. A mulher desaparecida estava parada ali como se nada houvesse acontecido.

Fiquei um minuto sem reação, sem ar, como se tivesse levado um soco na boca do estômago. Ela estava viva. Nilsson tinha razão... e eu estive errada esse tempo todo.

Então ela deu meia-volta e foi andando pelo corredor na direção da porta dos funcionários. Eu precisava alcançá-la. Tinha de alcançá-la antes que desaparecesse atrás daquela porta trancada.

Desprendi a corrente e a tranca ruidosamente e abri a porta.

— Ei! — gritei. — Ei, você, espere! Preciso falar com você!

Ela não parou, nem olhou para trás, e já estava diante da porta para o deque inferior, apertando o código. Eu nem parei para pensar. Eu só sabia que dessa vez não ia deixar que ela desaparecesse sem deixar vestígios. Corri.

Ela já tinha passado pela porta dos funcionários quando cheguei à metade do corredor, mas consegui segurar a porta quase fechando, espremi meus dedos dolorosamente, abri e me joguei para dentro.

Estava tudo escuro, a lâmpada sobre a escada devia ter queimado. Ou alguém tinha tirado, pensei melhor.

Quando a porta se fechou atrás de mim, parei um segundo tentando me localizar, para ver onde ficava o topo da escada. E foi quando aconteceu. A mão agarrou meu cabelo por trás, outra torceu meu braço nas costas, braços me agarraram na escuridão. Houve um breve intervalo de terror ofegante e de luta, enfiei as unhas na pele de alguém, minha mão livre tentava alcançar quem estava atrás de mim e pegar a mão fina e forte que segurava meu cabelo, então essa mão puxou com mais força, torceu minha cabeça para trás e depois empurrou para frente para bater na porta trancada. Ouvi o estalo do meu crânio contra a porta de metal, e nada mais.

Recuperei a consciência aqui, sozinha, deitada numa cama de beliche com um cobertor fino por cima. A dor na cabeça era torturante, latejava o tempo todo e fazia com que as luzes fracas daquele quarto se deformassem e piscassem, com um halo estranho em volta. Havia uma cortina na parede oposta. Com as pernas trêmulas, rolei para fora da cama e, meio tropeçando, meio rastejando, fui na direção dela. Mas quando fiz força para ficar de pé, apoiada na cama de cima do beliche, e abri o tecido fino, cor de laranja, não havia janela nenhuma ali, apenas uma parede de plástico cremoso, com um desenho discreto, imitando papel texturizado.

As paredes se fechavam, o quarto diminuía em volta de mim e senti minha respiração acelerar. *Um. Dois. Três. Respire.*

Merda. Senti os soluços subindo, ameaçando me sufocar por dentro.

Quatro. Cinco. Seis. Expire.

Eu estava presa. Oh, Deus, oh, Deus, oh, Deus...

Um. Dois. Três. Respire.

Apoiei a mão na parede e, trôpega, fui de volta para a porta, mas antes de tentar já sabia que era inútil. Estava trancada.

Eu me recusei a pensar no que aquilo significava. Experimentei a outra porta que formava um ângulo com a parede, e ela abriu para um banheiro minúsculo, vazio, exceto por uma aranha morta e encolhida dentro da pia.

Voltei para a primeira porta e tentei com mais força dessa vez, forcei todos os músculos, chacoalhei a porta no batente e puxei a maçaneta com tanta brutalidade que fiquei bufando, estrelas explodiram diante dos olhos e cai no chão. Não. Não, isso não era possível... eu estava realmente presa?

Levantei e procurei em volta alguma coisa para servir de alavanca na porta, mas não havia nada, tudo no quarto era aparafusado ou feito de tecido. Tentei forçar a maçaneta de novo e procurava não pensar no fato de que estava numa cela sem janela que devia ter três metros quadrados, e que ficava bem abaixo do nível do mar, mil toneladas de água a poucos centímetros, atrás de uma barreira de aço. Mas a porta nem mexeu. A única coisa que mudou foi a dor na minha cabeça, pontadas com intensidade de luz-néon até que acabei voltando para o beliche, e deitei, procurando não pensar no peso da água fazendo pressão em mim, me concentrando na cabeça que doía demais. Agora latejava tanto que podia sentir o coração batendo nas têmporas. Ah, Deus, eu fui tão burra de sair correndo daquele jeito do quarto para cair nessa armadilha...

Procurei pensar. Tinha de manter a calma, precisava ficar com a cabeça fora da maré enchente do medo. Permanecer lógica. Permanecer no controle. Eu precisava. Que dia era hoje? Era impossível saber quanto tempo tinha passado. Meus braços e pernas estavam duros como se eu tivesse ficado deitada naquela mesma posição um bom tempo, mas, apesar de sentir sede, não estava completamente seca. Se tinha ficado inconsciente por mais do que algumas horas, teria acordado gravemente desidratada. O que provavelmente significa que ainda é terça-feira.

Nesse caso... Ben sabia que eu pretendia ir para terra firme em Trondheim. Ele devia me procurar... não devia? Não deixaria o navio zarpar sem mim.

Mas então me dei conta de que o motor estava funcionando, e sentia o subir e descer das ondas embaixo do casco. Ou ainda não havíamos parado, ou então já havíamos deixado o porto.

Ai meu Deus. Estávamos indo de volta para o alto mar. E todos iam pensar que eu ainda estivesse em Trondheim. Se é que alguém ia me procurar, faria isso no lugar errado.

Se minha cabeça não doesse tanto e se meus pensamentos não se misturassem uns com os outros... se as paredes não se fechassem sobre mim como um ataúde, se não fosse difícil respirar, pensar...

Passaportes. Não sabia de que tamanho era o porto de Trondheim, mas devia ter algum tipo de controle de alfândega, ou controle de passaportes. E certamente haveria alguém do navio na prancha de desembarque, verificando os passageiros que iam e vinham. Não podiam arriscar deixar alguém para trás na partida. Em algum lugar devia haver um registro do fato de que eu não tinha saído do navio. Alguém ia perceber que eu continuava aqui.

Eu precisava me agarrar a isso.

Mas era difícil... porque a luz fraca que piscava e diminuía tanto, e o ar parecia que estava acabando cada vez que eu respirava. Oh, Deus, era difícil demais.

Fechei os olhos, excluí as paredes que se fechavam e a luz inconstante que provocava aquela sensação claustrofóbica, me cobri com o cobertor fino. Tentei me concentrar em alguma coisa. A textura do travesseiro chato e mole no rosto. O som da minha respiração.

Mas a imagem que sempre voltava era da mulher parada no corredor, com a mão na cintura e depois o jeito dela de andar quando foi para a porta dos funcionários.

Como. Como?

Será que ela estava escondida no navio esse tempo todo? Naquele quarto mesmo, talvez? Mas eu sabia, mesmo sem abrir os olhos para espiar em volta, que ninguém vivia ali. Não tinha jeito de ser habitado, não havia marcas no tapete, nenhuma marca de café na prateleira de plástico, nenhum cheiro de comida e de suor, ou do hálito humano. Até aquela aranha encolhida na pia indicava a falta de uso. Não era possível que aquela jovem, cheia de vida e animada, tivesse estado naquele quarto sem deixar alguma marca. Onde quer que tivesse estado, não era ali.

Esse lugar parecia um túmulo. Talvez fosse o meu.

23

Não tenho certeza se dormi, mas devo ter dormido, exausta com a dor na cabeça e o barulho do motor do navio, porque acordei ouvindo um clique.

Sentei imediatamente, bati com a cabeça no beliche de cima e caí para trás, gemendo e pondo a mão na cabeça com o sangue latejando nos ouvidos e um zumbido agudo no fundo do crânio.

Fiquei lá deitada, fechei os olhos com força para suportar a dor, que finalmente diminuiu o suficiente para eu rolar de lado e abrir os olhos de novo, reagindo à luz fluorescente fraquinha.

Havia um prato no chão e um copo com alguma coisa... suco, pensei.

Peguei e cheirei. Parecia e cheirava como suco de laranja, mas não consegui beber. Em vez disso, levantei com dificuldade e abri a porta do pequeno banheiro, joguei o suco na pia e enchi o copo de água da torneira. A água era quente e choca, mas eu agora estava com tanta sede que teria bebido coisa pior. Esvaziei o copo, enchi de novo e comecei a beber mais devagar, voltando para o beliche.

Minha cabeça doía demais, desejei ter algum analgésico, mas, pior do que isso, eu me sentia péssima, trêmula e fraca como se tivesse pegado uma gripe. Devia ser fome, fazia horas que não comia e o açúcar no sangue devia estar a zero.

Uma parte de mim queria deitar e descansar a cabeça latejante, mas meu estômago roncava e fui examinar o prato de comida no chão. Parecia completamente normal, tinha almôndegas em algum tipo de molho, purê de batata e ervilhas, e um pão. Eu sabia que devia comer, mas a mesma repulsa nas entranhas que tinha feito com que eu jogasse fora o suco se manifestou. Parecia muito errado aceitar a comida dada por alguém que tinha me trancado num calabouço embaixo d'água. Podia ter qualquer coisa nela. Veneno de rato. Comprimidos para dormir. Pior. E eu não tinha escolha, só podia comer aquilo.

De repente a ideia de botar uma colherada daquele molho na boca me deixou em pânico e me sentindo mal, tive vontade de jogar tudo na privada junto com o molho, mas, quando já ia pegar o prato, pensei numa coisa e sentei de novo devagar, com as pernas bambas.

Eles não precisavam me envenenar. Por que fariam isso? Se quisessem me matar, bastava me deixar sem comida.

Tentei pensar com clareza.

Se quem tinha me levado para lá quisesse me matar, já teria feito. Certo?

Certo. Podiam ter batido em mim outra vez, com mais força, ou podiam botar um travesseiro no meu rosto quando desmaiei, ou um saco plástico na minha cabeça. E não fizeram nada disso. Tiveram o desagradável trabalho de me arrastar para cá.

Então não me queriam morta. Pelo menos ainda não.

Uma ervilha. Não dava para morrer com uma ervilha envenenada, dava?

Espetei uma com o garfo e olhei para ela. Completamente normal. Nenhum sinal de algum pó. Nenhum colorido estranho.

Botei na boca e movi de um lado para outro com a língua, tentando detectar qualquer gosto estranho. Não senti nenhum.

Engoli a ervilha.

Nada de mais aconteceu. Não que eu esperasse que acontecesse, eu não sabia grande coisa de venenos, mas imaginei que aqueles que nos matam em poucos segundos fossem pouquíssimos e difíceis de obter.

Mas algo de fato aconteceu. Comecei a ficar com fome.

Peguei mais algumas ervilhas e comi, no início com cuidado e receio, depois fui acelerando e a comida fez com que me sentisse melhor. Coei uma almôndega no garfo. O cheiro e o gosto pareciam completamente normais, com aquela característica institucional de comida preparada para um grande número de pessoas.

Finalmente limpei o prato, sentei e esperei alguém ir buscá-lo.

E esperei.

E esperei.

O tempo é muito elástico. Essa é a primeira coisa que aprendemos numa situação sem luz do dia, sem relógio, sem qualquer artefato para medir a duração de um segundo depois do outro. Tentei contar, contar os segundos, contar meus batimentos cardíacos, mas cheguei a dois mil e alguma coisa, e perdi a conta.

Minha cabeça doía, mas era o tremor e a fraqueza nas pernas que me preocupavam mais. Primeiro achei que devia ser hipoglicemia. Depois de comer, comecei a me preocupar pensando que talvez fosse mesmo alguma coisa que tinham posto na comida, mas agora eu estava tentando lembrar quando tinha sido a última vez em que tomara meu remédio.

Lembrei de tirar um comprimido da caixa logo depois de ver Nilsson na manhã de segunda-feira. Mas não cheguei a tomar. Alguma coisa, alguma necessidade burra de provar que eu não era dependente química daqueles inocentes comprimidos brancos, tinha feito com que eu deixasse de tomar. Em vez disso, deixei o comprimido na bancada, sem ser capaz de tomá-lo e sem querer jogá-lo fora.

Eu não pretendia parar. Só provar... não sei o quê. Que eu tinha controle, eu acho. Um pequeno e inofensivo "foda-se" para Nilsson.

Mas depois a discussão com Ben tirou aquilo da minha cabeça. Fui para o spa sem tomar a droga e, então, o episódio no banheiro...

Já tinha passado pelo menos 48 horas desde que tomei a última dose. Devia estar mais perto de umas sessenta horas. Essa ideia era incômoda. Na verdade, era mais do que incômoda. Era apavorante.

—⁂—

Tive meu primeiro ataque de pânico aos... não sei, aos treze anos, talvez? Catorze? Era adolescente ainda. A sensação ia e vinha, me assustava e eu ficava apavorada, mas nunca contei para ninguém. Parecia uma coisa que só um louco teria. Todos viviam a vida sem tremer e sem sentir que não conseguiam respirar, certo?

Por um tempo deu para segurar. Fiz meus exames do ensino médio. Comecei a cursar as matérias com nota 100. Foi mais ou menos nessa época que as coisas pioraram. Os ataques de pânico voltaram, primeiro um, depois dois. Passado um tempo, parecia que enfrentar a ansiedade havia se tornado trabalho de tempo integral, e as paredes começaram a se fechar em torno de mim.

Consultei um terapeuta... aliás, vários. Tinha a pessoa que "curava pela fala" que minha mãe escolheu na lista telefônica, uma mulher muito séria de óculos e cabelo comprido que queria que eu revelasse algum segredo obscuro que seria a chave que ia destravar tudo aquilo, só que eu não tinha nenhum. Por um tempo cheguei a pensar em inventar um qualquer, só para ver se faria com que me sentisse melhor. Mas minha mãe se aborreceu com ela (e com as contas dela) antes de eu ter a chance de inventar uma boa história.

Havia o líder da comunidade jovem de apoio com seu grupo de meninas que cobriam o espectro de anorexia até auto-flagelo. E, para finalizar, havia Barry, o terapeuta da linha cognitiva comportamental que meu clínico geral indicou, que me ensinou a respirar, a contar e me provocou uma alergia pelo resto da vida a homens carecas com voz de tenor, suaves, sempre apoiando.

Mas nenhum deles funcionou comigo. Ou nenhum funcionou completamente. Mas eu consegui me segurar para passar pelas provas, fui para a universidade e me senti um pouco melhor, parecia que talvez tudo aquilo... que eu tinha me livrado daquela coisa, como havia deixado para trás o NSYNC e o brilho labial. Que tinha deixado tudo para trás, no meu antigo quarto na casa dos meus pais, junto com todo o resto da bagagem da infância. A universidade foi maravilhosa. Quando saí com meu diploma novo em folha, senti que estava preparada para conquistar o mundo. Conheci Ben, consegui um emprego na *Velocity* e um apartamento só meu em Londres, e parecia que tudo estava em seu devido lugar.

Foi então que tudo desmoronou.

—⚏—

Tentei parar de tomar os comprimidos uma vez. Estava num momento bom da vida, tinha superado Ben (oh, meu Deus, tinha superado muito o Ben). Meu clínico geral diminuiu a dose para 20mg por dia, depois para 10 e aí, como eu estava muito bem, para 10mg em dias alternados. E finalmente parei de tomar.

Demorou dois meses para eu pirar de novo, e então eu tinha perdido quase treze quilos, corria o risco de perder o emprego na *Velocity*, apesar de não saberem por que eu não estava mais indo ao escritório. Lissie acabou ligando para minha mãe, ela me levou de volta ao médico, que sacudiu os ombros e disse que podia ser a falta da droga, que talvez não fosse o momento certo para eu deixar de tomar. Ele receitou 40mg por dia, minha dose original, e eu melhorei em poucos dias. Concordamos que íamos tentar de novo mais para a frente, e por algum motivo esse momento nunca chegou.

Agora não era a hora certa. Não aqui. Não trancada numa caixa de aço dois metros abaixo do nível do mar.

Procurei lembrar quanto tempo tinha levado na última vez... quanto tempo passou até eu começar a me sentir muito, muito mal, uma merda completa. Não foi muito tempo, pelo que conseguia recordar. Quatro dias? Talvez menos.

O fato era que conseguia sentir o pânico provocando arrepios na minha pele com choques elétricos pequenos e gelados.

Você vai morrer aqui.

Ninguém vai saber.

Oh, Deus. Oh Deus oh Deus oh...

Ouvi um barulho na porta e parei. Parei de respirar, de pensar, de sentir pânico... fiquei imóvel sentada, encostada no beliche. Será que eu devia dar o bote? Atacar?

A maçaneta começou a mexer.

Meu coração batia na garganta. Levantei e recuei até a parede mais distante da porta. Sabia que devia lutar, mas não podia, não sem saber quem ia entrar por aquela porta.

Imagens passaram pela minha cabeça. Nilsson. O cozinheiro com suas luvas de látex. A jovem com a camiseta de Pink Floyd, com uma faca na mão.

Engoli em seco.

Então apareceu apenas a mão, serpenteando pela fresta da porta, que pegou o prato com a velocidade de uma piscadela, depois bateu a porta. A luz apagou e mergulhou a cabine numa escuridão tão concreta que dava até para sentir o gosto.

Merda.

Não havia nada que eu pudesse fazer. Fiquei largada lá naquela escuridão impenetrável o que pareceu horas e que podia ser dias ou minutos, perdendo e recuperando a consciência, esperando que cada vez que abrisse os olhos pudesse enxergar alguma coisa, até mesmo uma linhazinha de luz no corredor, alguma coisa que provasse que eu estava realmente aqui, que eu realmente existia e não estava apenas perdida em algum inferno da minha imaginação.

Devo ter acabado dormindo mesmo, pois acordei assustada, com o coração disparado aos pulos no peito. A cabine continuava no mais completo breu e eu deitada lá, tremendo e suando, agarrada ao beliche como se fosse um bote salva-vidas, me arrastando do sonho mais terrível que conseguia lembrar em muito tempo.

Nesse sonho, a jovem com a camiseta de Pink Floyd estava na minha cabine. Estava tudo escuro, mas de algum jeito nessa escuridão eu conseguia... não era exatamente vê-la, era mais senti-la. Eu só sabia que ela estava ali, parada no meio da cabine, e eu não podia me mexer, a escuridão me empurrava para baixo como se tivesse vida, sentava em cima do meu peito. Ela veio se aproximando, chegando mais perto e ficou a poucos centímetros de mim, com a camiseta até o início de suas coxas compridas e magras.

Ela sorriu, então tirou a camiseta com um único movimento sinuoso. Por baixo ela era esquelética, só costelas e saboneteiras e a pélvis proeminente, a articulação do cotovelo mais larga do que o antebraço, o pulso ossudo como o de uma criança. Ela olhou para baixo, para o próprio corpo, então tirou o sutiã lentamente como uma *stripper*, só que não havia nada de erótico nela, nada sensual naqueles seios pequenos e murchos, e na concavidade da barriga.

Enquanto eu continuava deitada no beliche, arfando, paralisada de medo, ela não parou ali. Continuou tirando a roupa. A calcinha puxada dos quadris estreitos formou uma poça aos pés dela. Depois o cabelo, arrancado pelas raízes. Então ela removeu as sobrancelhas, primeiro uma, depois a outra, e os lábios também. Deixou o nariz cair no chão. Arrancou as unhas uma por uma, lentamente, como uma mulher que descalça a luva, e elas caíam no chão com estalo, depois os dentes, clique... clique, um após o outro. E finalmente, o mais horrendo, ela começou a descascar a pele, como se tirasse um vestido longo e justo, até virar uma mancha de sangue em carne viva, músculo, ossos e tendões, como um coelho pelado.

Ela ficou de quatro e veio engatinhando na minha direção, a boca sem lábios escancarada numa paródia grotesca de sorriso.

Veio se arrastando para mais perto até que finalmente chegou aos pés do beliche e não podia avançar mais, depois que eu recuei.

Senti minha respiração chiar na garganta. Tentei falar, mas estava muda. Tentei me mexer, mas tinha congelado de medo.

Ela abriu a boca e eu sabia que ia começar a falar, mas então enfiou a mão e arrancou a própria língua.

—⚏—

Acordei sufocada e arrepiada com aquele horror e a escuridão feito um punho se fechando à minha volta.

Quis gritar. O pânico se avolumou dentro de mim como um vulcão, pressionando as camadas da garganta fechada e dos dentes cerrados. Então pensei, uma espécie de delírio, e se eu gritasse, o que de pior poderia acontecer? Alguém ouviria? Que ouçam. Que ouçam, e talvez venham me tirar daqui.

Então liberei, soltei o grito que crescia dentro de mim, crescia e inchava e pressionava para sair.

E gritei e gritei e gritei.

Não sei quanto tempo fiquei ali tremendo, apertando o travesseiro fino, as unhas escavando o colchão descoberto.

Só sei que veio o silêncio na pequena cabine, exceto pelo ronco baixo do motor e a minha respiração, rascante na garganta irritada, ardida e rouca.

Ninguém apareceu.

Ninguém bateu na porta perguntando o que estava acontecendo, nem ameaçou me matar se eu não calasse a boca. Ninguém fez nada. Eu podia muito bem estar no espaço sideral, berrando para um vácuo sem som.

Minhas mãos tremiam e eu não conseguia tirar a jovem do sonho da minha cabeça, a ideia daquela forma molhada, em carne viva, engatinhando para perto de mim, agarrando, carente.

O que foi que eu fiz? Oh, Deus, por que tinha feito isso, insistido, me recusando a calar a boca? Eu mesma tinha me transformado em um alvo, com minha recusa de silenciar sobre o que havia acontecido naquela cabine. No entanto... no entanto o que havia acontecido realmente?

Apertei os olhos com as mãos na escuridão sufocante, me esforçando para ver o sentido de tudo aquilo. A jovem estava viva. O que eu ouvi, ou o que eu pensei ter visto, não foi assassinato.

Ela devia estar no navio o tempo todo. Nós não tínhamos parado em lugar nenhum. Não tínhamos nem chegado perto de terra sequer para vê-la. Mas quem era ela e por que estava se escondendo no navio? E de quem era o sangue que eu tinha visto no vidro?

Tentei ignorar a dor na cabeça, raciocinar com lógica. Será que ela era um membro da equipe do navio? Tinha acesso à porta dos funcionários, afinal de contas. Mas então lembrei que Nilsson havia digitado o código, e eu estava bem atrás dele quando fez isso. Ele não fez nada para esconder o painel com o teclado. Se eu tivesse planejado seria brincadeira de criança anotar os números quando ele apertava. E depois disso, estando no deque inferior, não havia mais muitas portas trancadas.

Mas ela teve acesso à cabine vazia, e para isso precisava de um cartão-chave, de um convidado, programado especificamente para aquela porta, ou então um da equipe de bordo, que abria todas as portas de todas as cabines. Pensei nas faxineiras que tinha visto em seus cubículos lá embaixo, suas caras assustadas me espiando antes de fechar as portas. Por quanto uma delas venderia um cartão-chave? Cem coroas? Mil? Nem precisariam vender, devia haver lugares para copiar aquele tipo de cartão. Elas só teriam que pegá-lo emprestado por uma ou duas horas, sem fazer perguntas. Pensei em Karla, porque ela praticamente me disse que isso acontecia, que alguém podia ter emprestado a cabine para uma amiga.

Mas não precisava ser assim. O cartão-chave podia ter sido roubado, até onde eu sabia, ou comprado pela internet. Eu não tinha ideia de como essas trancas eletrônicas funcionavam. Talvez não tivesse mais ninguém envolvido, afinal de contas.

Seria possível que todo esse tempo eu estive procurando um criminoso no meio da tripulação e dos passageiros, e eles eram inocentes desde o início? Pensei nas acusações que lancei contra Ben, as suspeitas que tive de Cole, de Nilsson, de todos, e fiquei nauseada.

Mas o fato dessa jovem existir e de estar viva, isso não descartava automaticamente o envolvimento de alguém. Quanto mais eu pensava nisso, mais tinha certeza de que alguém a estava ajudando nos deques superiores. Alguém havia escrito aquele recado no espelho do spa, alguém derrubara a câmera de Cole na banheira de água quente, alguém havia roubado o meu celular. Ela não podia ter feito tudo isso sozinha. Alguém deve ter visto e reconhecido a jovem sobre a qual eu andei gritando dois dias, se ela estava andando pelo navio.

Ai, isso estava fazendo minha cabeça doer mais. Por quê? Essa era a pergunta que eu não conseguia responder. Por que se dar a tanto trabalho para se esconder a bordo do navio, para me impedir de fazer perguntas? Se a jovem tivesse morrido, então encobrir o crime fazia sentido. Mas ela estava viva e bem. Mais importante devia ser quem ela era. Mulher de alguém? Filha de alguém? Amante? Alguém tentando sair do país sem responder a perguntas?

Pensei em Cole e na ex-mulher dele. Em Archer e na misteriosa "Jess". Pensei em como a fotografia havia desaparecido da câmera.

Nada daquilo fazia sentido.

Rolei na cama, sentindo o peso do escuro em volta. Aquele lugar em que eu estava devia ser muito fundo no porão do navio, agora tinha certeza disso. O motor ali era muito mais ruidoso do que no deque dos passageiros, mais até do que eu lembrava de quando estive no deque dos alojamentos da equipe. Eu estava em outro lugar, num deque das máquinas talvez, bem abaixo da linha d'água, no fundo do casco do navio.

Pensando nisso, comecei de novo a sentir aquele horror tomando conta de mim, as toneladas e mais toneladas de água pesando na minha cabeça e nos meus ombros, pressionando meu crânio, o ar na cabine circulando, circulando, e eu aqui sufocando no meu próprio pânico...

Com as pernas tremendo, levantei com todo cuidado do beliche e fui andando devagar, os braços estendidos para frente, arrepiada só de pensar no que podia encontrar ali comigo na escuridão absoluta. Minha imaginação conjurou os horrores dos pesadelos da minha infância, teias de aranhas gigantes no rosto, homens querendo me agarrar, até a própria jovem, sem pálpebras, sem lábios, sem língua. Mas outra parte de mim sabia que não havia ninguém ali além de mim, que até eu seria capaz de ouvir, cheirar, sentir outro ser humano num espaço tão confinado.

Depois de alguns minutos avançando cuidadosamente, centímetro por centímetro, meus dedos encontraram a porta e comecei a apalpá-la. A primeira coisa que toquei foi a maçaneta, mas continuava trancada. Eu não esperava nada diferente. Apalpei procurando algum olho mágico, não havia nenhum, ou nenhum que eu tivesse achado na extensão plana de plástico. De qualquer modo, não me lembrava de ter visto um antes. O que eu lembrava e o que procurei em seguida, foi o interruptor de luz chato e bege, à esquerda da porta. Meus dedos tocaram nele no escuro e apertei, com o coração disparado.

Nada aconteceu.

Apertei de novo, sem esperança dessa vez, porque já sabia o que tinham feito. Devia haver algum tipo de disjuntor na passagem lá fora, um interruptor principal ou caixa de fusíveis. A porta já estava fechada quando apagaram a luz e, de qualquer forma, em todas as cabines em que eu tinha estado antes havia sempre algum tipo de luz de segurança — nunca ficávamos em completa escuridão, mesmo quando apagavam a luz. Isso era outra coisa, era a escuridão mais absoluta, que só podia vir de um corte total na eletricidade.

Eu me arrastei de volta ao beliche, entrei embaixo do cobertor e meus músculos tremiam com um misto de pânico e aquela sensação de fraqueza pós--gripe. Minha cabeça tinha um vazio que se espalhava, como se o negrume da cabine tivesse escorrido para dentro do cérebro e permeasse minhas sinapses, apagando e abafando tudo que não fosse o pânico que só crescia nas minhas entranhas.

Oh, Deus. Não faça isso. Não ceda, agora não.

Eu não podia. Eu não ia desistir. Não ia deixar que ela vencesse.

A raiva que me dominou de repente era uma coisa à qual me agarrar, era concreta na escuridão silenciosa daquela caixinha. Aquela víbora. Traidora. Por falar em fraternidade. Eu tinha lutado por ela, posto minha credibilidade em jogo, suportado as dúvidas de Nilsson e a intromissão de Ben, e tudo isso para quê? Para ela me trair, bater minha cabeça numa porta de aço e me trancar nessa merda de caixão.

Qualquer que fosse esse complô, ela estava envolvida.

Era definitivamente a pessoa que me atacou no corredor. E quanto mais eu penso, mas me convenço de que a mão que apareceu para pegar minha bandeja de comida era dela também, uma mão magra, pequena e forte. Mão capaz de arranhar, estapear e bater com a cabeça de uma pessoa numa parede.

Devia haver algum motivo para tudo isso. Ninguém entraria numa charada elaborada como essa por nada. Será que ela estava fingindo a própria morte? Será que eu devia mesmo ver o que aconteceu? Mas se fosse assim, por que ter tanto trabalho para fingir que ela nunca esteve lá? Por que esvaziar a cabine, limpar todo o sangue, destruir o tubo de rímel e desacreditar tudo do meu relato sobre aquela noite de propósito?

Não. Ela não queria ser vista. Alguma coisa tinha acontecido naquela cabine, e, o que quer que fosse, eu não devia ter testemunhado.

Fiquei assim extenuando meu cérebro fragilizado para tentar entender, mas quanto mais eu tentava martelar os fiapos de informação para que encaixassem, mais parecia um quebra-cabeça com peças demais para caber na moldura.

Procurei pensar em todas as possibilidades que juntavam o grito, o sangue e o encobrimento. Uma briga? Um soco no nariz, um berro de dor, um espirro de sangue quando a pessoa correu para a varanda para sangrar no mar, deixando aquela mancha no vidro... nenhuma morte. E se a jovem fosse um tipo de clandestina, isso explicaria por que tiveram de encobrir tudo, mudar para outro lugar, limpar o sangue.

Mas outras partes da imagem não encaixavam. Se a briga não foi provocada, se não foi premeditada, como esvaziaram a cabine tão rápido? Eu tinha visto a mulher no lugar mais cedo aquele dia, com o quarto atrás dela cheio de roupas e de pertences. Se a briga não foi planejada, não havia como tirar tudo e limpar a suíte nos poucos minutos que eu levei para ligar para Nilsson.

Não. O que aconteceu naquela cabine foi planejado. Eles deviam ter esvaziado antes, limpado meticulosamente. E eu estava começando a suspeitar de que não foi por acaso ser a cabine 10 a que estava vazia. Não, uma cabine foi deixada vazia de propósito e tinha de ser a cabine 10. Palmgren era a última cabine no navio. Não havia mais cabines depois dela, de onde se poderia ver alguma coisa passar boiando, desaparecendo na espuma da esteira do navio.

Alguém tinha morrido. Eu tinha certeza disso. Só não era aquela moça. Mas então, quem tinha sido?

Fiquei me revirando no escuro, atenta a qualquer som acima do ronco do motor, e tentando responder às perguntas que rodopiavam incômodas na minha cabeça. Meu cérebro parecia enevoado e empedrado, mas sempre voltava para aquela pergunta. Quem. Quem tinha morrido?

24

Acordei mais uma vez com o mesmo clique metálico que ouvira antes, e acenderam as luzes que piscaram um tempo, com o zumbido do aquecimento da lâmpada fluorescente misturado com um chiado nos ouvidos. Levantei de um pulo, coração acelerado, e bati em alguma coisa no chão ao lado da cama, quando verificava nervosa tudo em volta.

Tinha perdido minha chance.

Droga, eu tinha perdido minha chance de novo.

Precisava descobrir o que estava acontecendo, o que pretendiam fazer comigo, por que me mantinham presa. Quanto tempo eu estava ali? Agora era dia? Ou era só uma hora conveniente para a jovem, ou quem quer que fosse meu raptor, religar a corrente elétrica?

Tentei fazer um retrocesso. Fui atacada nas primeiras horas da manhã de terça-feira. Agora era no mínimo quarta-feira de manhã, possivelmente mais tarde. Mas tinha a sensação de estar ali há mais de 24 horas, muito mais.

Fui ao banheiro para passar água no rosto. Quando estava me secando, tive uma vertigem que fez minha cabeça girar e o quarto inteiro se mover e estremecer. Tive uma sensação repentina de estar caindo, botei a mão no batente da porta para me firmar e fechei os olhos para apagar a sensação de um mergulho muito longo e muito rápido em águas escuras.

Depois de um tempo, a sensação foi desaparecendo, voltei para o beliche, sentei e botei a cabeça entre os joelhos, sentindo a pele tremer de frio e de calor. Será que o navio se deslocara? Era difícil determinar o que era tontura e o que era o movimento das ondas naquele lugar tão fundo e tão longe dos deques lá em cima. O movimento do navio era diferente lá embaixo. Não era tanto subida e descida ritmadas, mas uma rolagem lenta que se misturava com o ronco constante do motor e dava uma impressão hipnótica estranha.

Havia uma bandeja ao lado da cama com um salgado dinamarquês e um pote de Muesli aguado. Deve ter sido isso que chutei quando pulei ao acordar. Peguei o prato e me forcei a comer uma colherada. Não estava com fome, mas só havia comido as almôndegas até então. Se eu ia sair dali, ia precisar lutar e, para lutar, precisava comer.

Mas o que eu realmente queria não era comida. Era o meu remédio. Queria meus comprimidos com um desejo forte e físico semelhante a última vez em que havia tentado parar de tomá-los. Só que dessa vez sabia que as coisas não iam melhorar sem eles, como vivia falando para mim mesma na última vez. As coisas iam piorar.

Se você estiver por aqui para ver, disse a vozinha na minha cabeça. A granola grudou na minha garganta e eu não conseguia engolir.

Desejei que a jovem da cabine voltasse. Uma imagem vívida surgiu na minha mente: eu agarrando o cabelo dela do jeito que ela havia agarrado o meu, batendo seu rosto na quina de metal do beliche e vendo o sangue escorrer, o sangue que teria um cheiro forte e ácido naquela cabine sem ventilação e pequena. Lembrei de novo do sangue na varanda, do jeito que havia manchado o vidro, e desejei demais que tivesse sido o dela.

Eu odeio você, pensei. Engoli apesar da dor na garganta, forcei o muesli meio mastigado e melado para dentro. Peguei outra colherada e botei na boca, com dedos trêmulos. *Odeio muito você. Espero que se afogue.* O muesli parecia cimento e engasguei quando tentei engolir, mas forcei de novo várias vezes, até chegar à metade do pote.

Não sabia se dava para fazer isso, mas precisava tentar.

Peguei a bandeja fina de resina e bati com ela na beirada de metal do beliche. Ela quicou e voltou, e desviei dela por um triz. Tive um flashback súbito do assalto em casa, da porta batendo no meu rosto, e tive de fechar os olhos um momento para me equilibrar no beliche.

Não tentei aquilo de novo. Em vez disso, encostei a bandeja na ponta metálica, botei o joelho no lado mais próximo e todo o meu peso nas duas mãos na outra extremidade. Então empurrei para baixo. Não aconteceu nada com a bandeja no início, por isso fiz mais força. Então ela rachou ao meio com um barulho que parecia um tiro e fui jogada na cama. Mas eu consegui o que estava querendo. Dois pedaços de plástico, não exatamente cortantes como uma navalha, mas cada parte com uma aresta bem jeitosa para provocar danos.

Peguei os dois pedaços, pesei cada um com a mão para saber a melhor forma de segurá-los, fiquei com o que parecia mais uma arma intimidadora, fui até a porta e me abaixei encostada na parede ao lado do batente.

E esperei.

—⚐—

Aquele dia pareceu demorar horas. Uma ou duas vezes senti meus olhos fechando, meu corpo querendo desligar em meio à exaustiva enxurrada de adrenalina e de medo, mas abri de novo. *Fique alerta, Lo!*

Comecei a contar. Não pelo pânico dessa vez, mas só para me manter acordada. *Um. Dois. Três. Quatro.* Quando cheguei a mil, mudei e passei a contar em francês. *Un. Deux. Trois...* depois de dois em dois. Usei jogos na minha cabeça, fizz-buzz, aquele jogo infantil em que se diz "fizz" para cada cinco ou múltiplo de cinco, e "buzz" para os setes. *Um. Dois. Três. Quatro. Fizz.* (Minhas mãos tremiam.) *Seis. Buzz. Oito. Nove. Dez...* não, espere aí, esse devia ser "fizz".

Balancei a cabeça com impaciência, esfreguei os braços doloridos e comecei de novo. *Um. Dois...*

Então eu ouvi. Um barulho no corredor. Uma porta batendo. Prendi a respiração.

Estavam chegando mais perto. Meu coração começou a acelerar. A boca do estômago apertou.

Uma chave na fechadura...

A porta abriu devagar e eu ataquei.

Era ela.

Ela viu quando pulei na direção da abertura da porta e tentou fechar, mas fui mais rápida. Enfiei o braço na fresta e a porta bateu nele, com força. Gritei de dor, mas a porta voltou a abrir e consegui enfiar a metade do meu corpo e meti a parte dentada da bandeja quebrada no braço dela quando tentou me agarrar, só que, em vez de cair para trás como eu havia previsto, ela avançou para dentro do quarto e me jogou contra a parede de plástico e a bandeja fez um corte doído no meu braço. Eu me levantei com o sangue pingando nas costas da mão, mas ela foi mais rápida. Pulou para a porta, trancou e ficou de costas para ela, com a chave na mão.

— Deixe-me sair — minha voz soou como o rosnado de um animal, não parecia humana.

Ela balançou a cabeça. Estava de costas para a porta e tinha meu sangue no rosto. Ela estava assustada, mas cheia de adrenalina também, deu para ver em seus olhos. A vantagem era dela, e sabia disso.

— Vou matá-la — eu disse, e falei sério.

Levantei a bandeja manchada com meu próprio sangue.

— Vou cortar sua garganta.

— Você não poderia me matar — ela disse, e sua voz era exatamente como eu lembrava, um tom de deboche desafiador por trás das palavras. — Olhe só para você, mal consegue ficar de pé, pobre infeliz.

— Por quê? — perguntei, e havia algo na minha voz que parecia manha de criança pequena. — Por que você está fazendo isso?

— Porque você nos obrigou — ela sibilou, furiosa de repente. — Você não queria parar de fuçar, não é? Por mais que eu tentasse avisá-la para parar. Se ficasse de boca fechada sobre o que viu naquela merda de cabine...

— E o que foi que eu vi? — eu quis saber, mas ela balançou a cabeça e apertou os lábios.

— Meu Deus, você deve achar que sou ainda mais burra do que pareço. Você quer mesmo morrer?

Balancei a cabeça.

— Ótimo. Então o que você quer?

— Eu quero sair daqui — respondi.

Sentei no beliche sem saber se minhas pernas iam me aguentar muito tempo.

Ela balançou a cabeça com mais veemência dessa vez, e vi uma faísca de medo nos seus olhos de novo.

— Ele jamais deixaria que eu fizesse isso.

Ele? A palavra me arrepiou, a primeira prova concreta de que alguém lá de cima a estava ajudando. Quem era ele? Mas não tive coragem de perguntar, não agora. Tinha de fazer uma coisa mais importante primeiro.

— Meu remédio, então. Deixe que eu tome meus comprimidos.

Ela olhou para mim avaliando aquilo.

— Os que você deixou ao lado da pia? Isso eu posso fazer. Por que quer os comprimidos?

— São antidepressivos — falei com amargura. — Eles têm... não se deve parar de tomá-los assim de repente.

— Ah... — a expressão dela era de quem compreendia. — Por isso você parece tão mal. Eu não estava entendendo. Pensei que tinha batido sua cabeça com força demais. Ok. Posso fazer isso. Mas você tem de me prometer uma coisa em troca.

— O quê?

— Não tente mais me atacar. Os comprimidos são por bom comportamento, certo?

— Está bem.

Ela se endireitou, pegou o prato, o pote e estendeu a mão para que eu lhe desse os pedaços da bandeja. Hesitei um pouco, mas entreguei.

— Vou destrancar a porta agora — ela disse —, mas não faça nenhuma besteira. Tem outra porta aí fora, operada por código. Você não vai muito longe. Então nada de idiotices, está bem?

— Está bem — respondi meio relutante.

Depois que ela saiu, sentei no banco olhando para o nada e pensando no que ela havia dito.

Ele.

Então tinha um cúmplice a bordo. E aquela palavra significava que eu podia descartar Tina, Chloe e dois terços da equipe.

Quem era ele? Tiquei os homens na minha cabeça.

Nilsson.

Bullmer.

Cole.

Ben.

Archer.

Na coluna dos menos prováveis, botei Owen White, Alexander, a tripulação e os atendentes.

Minha mente rodeou as possibilidades, mas o fator que estava sempre voltando era o spa e o recado "PARE DE FUÇAR". Só um homem tinha estado lá, um homem que podia ter escrito a mensagem: Ben.

Eu tinha de parar de me concentrar nos motivos. Porque era uma pergunta insolúvel, que eu não ia poder responder por falta de informações.

Mas o como... Poucas pessoas a bordo tiveram a oportunidade de escrever aquele aviso. Havia apenas uma entrada para o spa funcionando, e Ben era o único homem que eu tinha certeza de que a usara.

Muitas coisas estavam fazendo sentido. A rapidez com que ele sabotou minha história para Nilsson. O fato de que ele, o único de todas as pessoas a bordo, tinha tentado entrar na minha cabine naquela última noite e sabia que eu estava trancada no banheiro, tornando possível o roubo do meu celular.

O fato da cabine dele ficar de frente para a cabine vazia e de ele ter dito que não ouviu nem viu nada.

O fato de que ele mentira sobre seu álibi, de estar jogando pôquer.

E o fato de que havia se esforçado muito para me impedir de prosseguir com a investigação.

O encaixe das peças do quebra-cabeça devia me deixar satisfeita, mas não deixou. Porque de que adiantavam respostas para mim ali naquele lugar? Eu precisava sair de lá.

25

Estava deitada de lado, olhando para a parede de resina creme, quando ouvi baterem.

— Entre — eu disse sem ânimo, e depois quase ri de mim mesma pela estupidez daquelas gentilezas sociais numa situação como essa.

Para que dizer "entre" se eles podiam fazer o que quisessem independentemente disso?

— Sou eu — disse a voz do lado de fora. — Chega de merda com bandejas, ok? Senão esse será o último comprimido que vai receber de mim, certo?

— Ok.

Estava tentando não parecer muito animada, mas sentei e me enrolei no cobertor. Não tinha usado o chuveiro desde que cheguei lá e fedia a suor e medo.

A mulher abriu uma fresta, empurrou com o pé uma bandeja com a comida no chão, depois entrou e trancou a porta.

— Tome — ela disse e estendeu a mão com um único comprimido.

— Um? — perguntei, incrédula.

— Um. Talvez possa trazer mais dois amanhã, se você se comportar.

Eu lhe dera a melhor arma de chantagem que existe. Mas fiz que sim com a cabeça e peguei o comprimido que ela oferecia na palma da mão. Do bolso, ela tirou um livro, um dos meus, na verdade, do meu quarto. *A redoma de vidro*.

Não era o que eu escolheria naquelas circunstâncias, mas era melhor do que nada.

— Achei que você ia gostar de ter alguma coisa para ler. Deve estar ficando louca sem nada para fazer — os olhos dela miraram o comprimido e então ela acrescentou. — Sem querer ofender.

— Obrigada.

Ela ia saindo e eu chamei.

— Espere.

— Sim?

— Eu... — de repente não sabia bem como pedir o que eu queria pedir. Fechei a mão com o comprimido. Merda.

— O que... o que vai acontecer comigo?

O rosto dela mudou quando ouviu isso, ela levantou a guarda como uma cortina cobrindo uma janela.

— Isso não cabe a mim.

— Cabe a quem? Ao Ben?

Ela fez cara de desprezo.

— Aproveite.

Quando ela virou para sair, viu seu reflexo no espelhinho atrás da porta do banheiro.

— Merda, tem sangue no meu rosto. Por que você não me disse? Se ele souber que você me atacou...

Ela foi ao banheiro limpar o rosto.

Mas não foi só o sangue que ela limpou. Quando saiu, eu fiquei paralisada. Com aquele ato simples vi quem ela era.

Ao limpar o sangue ela removeu as duas sobrancelhas, ficou com a testa lisa e insuportavelmente reconhecível.

A mulher da cabine 10 era Anne Bullmer.

26

Fiquei atônita demais para falar qualquer coisa. Continuei imóvel ali sentada, boquiaberta de tão chocada.

A jovem olhou de novo para seu reflexo no espelho do banheiro e entendeu o que tinha feito. Ficou irritada um instante, mas depois não deu mais importância e saiu do quarto com passos largos, deixando a porta bater atrás dela. Ouvi a chave na fechadura e depois outra porta batendo lá fora.

Anne Bullmer.

Anne Bullmer?

Parecia impossível que ela pudesse ser a mesma mulher encovada, cinza, envelhecida precocemente que eu tinha visto e com quem conversara. No entanto, seu rosto era inconfundível. Os mesmos olhos escuros. A mesma altura, as maçãs do rosto salientes. A única coisa que eu não conseguia entender era como não havia notado isso antes.

Se não a tivesse visto em meio à transformação, jamais teria acreditado até que ponto o cabelo e as sobrancelhas pintadas delicadamente com lápis eram capazes de modificar tanto assim o rosto dela. Sem esses componentes, ela parecia estranhamente comum e frágil. Era impossível não pensar na morte e na doença quando olhávamos para aquela pele muito pálida, e o lenço enrolado na cabeça só enfatizava a fragilidade dessa imagem, quase anulando a linha do pescoço e o formato dos ossos por baixo.

Mas as sobrancelhas pretas e a exuberante massa de cabelo escuro modificavam tudo a ponto de torná-la irreconhecível. Com isso, ela ficava jovem, saudável, viva.

Percebi que quando falei com Anne Bullmer antes, tinha ficado tão hipnotizada pelos efeitos da sua doença que nunca notei de fato a mulher que havia por trás disso. Eu tinha procurado não olhar, aliás. Só tinha visto as roupas soltas e diferentes, a falta de sobrancelhas, a cabeça lisa por baixo dos lenços delicados e finos.

O cabelo devia ser peruca. Disso eu não tinha dúvida. Não havia espaço embaixo daqueles lenços finos de seda para tranças grossas e pretas.

Mas será que estava mesmo doente? Será que estava bem? Morrendo? Fingindo? Não fazia sentido.

Tentei me lembrar do que Ben havia dito, quatro anos de quimioterapia e radioterapia. Será que era realmente possível fingir isso, mesmo com médicos particulares no bolso e um estilo de vida tão abastado que possibilitava a mudança de sistema de saúde a cada dois ou três meses? Talvez.

Isso explicava uma coisa, pelo menos: de que forma ela subira a bordo e o que havia acontecido com ela depois daquele barulho de alguma coisa ou pessoa caindo no mar. Ela simplesmente tirou a peruca, botou o lenço e retomou sua vida como Anne Bullmer. E também explicava de que forma tinha acesso a todas as partes do navio, aos cartões chave e às áreas dos funcionários, e àquele quarto secreto na barriga do navio. Sendo seu marido o proprietário, nada era inacessível.

Mas o que me intrigava mais era o porquê. Por que se fantasiar com a peruca e a camiseta de Pink Floyd e passar a tarde numa cabine vazia? O que ela estava fazendo lá? E se era tão secreto, por que atender à porta?

Quando essa última pergunta passou pela minha cabeça, tive uma visão repentina de quando bati na porta, uma, duas, três vezes, pausa e depois outra batida, e do jeito com que abriram, como se alguém estivesse esperando aquela última batida. Era uma batida esquisita, idiossincrática. O tipo de batida que se usa quando se quer um código. Seria possível que eu tivesse, totalmente ao acaso, topado com um sinal pré-combinado para a mulher na cabine, Anne Bullmer, abrir a porta?

Ah, se eu tivesse... Ah, se eu tivesse batido só duas vezes como qualquer pessoa normal, ou até uma só. Eu jamais saberia que ela estava lá, nunca teria ficado nessa condição de ter de ser trancada, silenciada...

Silenciada. Era um pensamento incômodo, e a palavra ficou na minha cabeça, reverberando como eco.

Eu precisava ser silenciada. Mas por quanto tempo? Trancada ali até... o quê? Até alguma data combinada passar?

Ou silenciada... permanentemente?

—⚜—

O jantar era peixe com um tipo de molho cremoso e batata cozida. Estava frio, congelando em volta, mas eu sentia fome. Antes de comer, olhei para o comprimido na minha mão e pensei no que fazer. Era a metade da minha dose normal. Eu podia tomar inteiro agora, ou podia dividi-lo e começar a formar uma reserva, caso... mas caso o quê? Não dava para escapar dali, e se Anne resolvesse parar de me fornecer os comprimidos, ficaria sem muito antes de ela se apiedar de mim.

Acabei tomando o comprimido inteiro, raciocinando que precisava compensar a falta aqueles dias. Podia começar a mordê-los ao meio amanhã, se parecesse importante. Eu me senti melhor quase imediatamente, mas é lógico que sabia que não podia ser o comprimido. Não eram absorvidos com tanta rapidez, e o efeito levava um tempo para aparecer no organismo. Qualquer alívio que estivesse sentindo era totalmente baseado no efeito placebo. Mas naquele ponto eu não me importava mais. Ia aproveitar tudo que pudesse.

Então comecei a comer aquele jantar morno. Sentada no beliche, mastigando a batata quase fria e grudenta bem devagar, num esforço para torná-la menos ruim, tentei reagrupar as peças do quebra-cabeça que tinha juntado com tanta dificuldade na cabeça.

Agora eu sabia o que a cara de desprezo significava.

Pobre Ben. Senti uma onda de culpa por ter tido tanta pressa de julgá-lo, e depois outra onda, dessa vez de raiva. Estava tão concentrada na menção que Anne fez ao acaso, de ter um cúmplice homem, que jamais me ocorreu que a própria Anne pudesse ter descido correndo a escada do spa, enquanto teoricamente secava o esmalte, e rabiscado aquelas palavras no espelho. Burrice, burrice, Lo.

Mas foi burrice do Ben também. Se ele não tivesse passado tantos anos subestimando meus sentimentos e se não estivesse tão disposto a contar tudo para

Nilsson em vez de apoiar a minha história, eu talvez não tirasse conclusões tão apressadas.

Agora eu sabia quem era "ele". Devia ser Richard Bullmer. Ele era o dono do navio. E de todos os homens no barco, eu podia imaginá-lo planejando e levando a cabo um assassinato, muito mais do que qualquer outro. Certamente melhor do que o gordo e mal-humorado Alexander, ou do que o urso pesadão do Nilsson.

Só que o assassinato não tinha acontecido. Por que eu precisava ficar me lembrando desse fato? Por que era tão difícil entender?

Porque você está aqui, pensei. Porque o que você viu, seja lá o que for que tenha acontecido naquela cabine, foi suficientemente importante para que eles a prendessem aqui e impedissem que você fosse à delegacia de polícia em Trondheim. O que havia acontecido? Devia ser uma coisa tão importante que eles simplesmente não podiam se dar ao luxo de deixar que eu falasse disso. Seria contrabando? Eles estavam jogando alguma coisa no mar para um cúmplice?

Você será a próxima, sua vadia burra, disse a voz dentro da minha cabeça, e vi a cena em que eu caía na água como um choque elétrico no meu cérebro.

Fiz uma careta e cerrei os dentes, me forçando a engolir outra garfada da batata grudenta. O navio adernou e a náusea rodopiou no fundo do meu estômago.

O que ia acontecer comigo? Havia só duas possibilidades. Eles iam me soltar num determinado momento. Ou então iam me matar. E por algum motivo, a primeira opção não parecia a mais provável. Eu sabia muita coisa. Sabia da Anne. Sabia que ela não estava tão doente quanto fingia. E eles não podiam me deixar sair e contar a minha história, uma história de rapto, prisão e violência física. Mas será que alguém acreditaria em mim?

Encostei os dedos no rosto, no lugar em que ainda havia sangue coagulado no lugar da pancada na porta. De repente senti nojo de mim. Suja, suarenta e manchada de sangue. Anne, a julgar pelos seus horários anteriores, só ia voltar dali a horas.

Não havia muito que eu pudesse fazer para melhorar minha sina ali, presa naquele caixão de dois metros, mas pelo menos podia me manter limpa.

A força da água não era nada comparada à do chuveiro na minha suíte lá em cima. Mesmo com a torneira toda aberta, não passava de um fiapo tépido. Porém, fiquei embaixo dessa água tanto tempo que meus dedos enrugaram. O sangue coagulado na minha mão se dissolveu na água, fechei os olhos e senti o calor me cobrir e embeber meus músculos.

Quando saí do banho me senti melhor, mais como eu mesma, limpa de parte do medo e da violência que haviam marcado aqueles últimos dias. Na hora em que estava me vestindo, entendi até que ponto eu havia afundado. A roupa fedia, literalmente, e tinha manchas de sangue e suor.

Deitei no beliche e fechei os olhos, ouvindo o ronco constante do motor e imaginando onde estávamos. Era noite de quarta-feira, talvez até manhã de quinta, agora. Pelo que conseguia lembrar, restava só um pouco além de 24 horas dessa viagem. E depois? Quando o navio chegasse em Bergen, sexta-feira de manhã, os outros passageiros iam embora e com eles minha última esperança de que alguém entendesse o que tinha acontecido.

Eu devia estar a salvo durante aquelas 24 horas. Mas depois disso... Oh, meu Deus, não podia pensar nisso.

Apertei os olhos com as mãos e ouvi o sangue rugindo na cabeça. O que eu devia fazer? O que podia fazer?

Se Anne estava dizendo a verdade, machucá-la não ia adiantar nada. Havia outra porta trancada do outro lado dessa, e provavelmente outros códigos nas saídas. Por um minuto pensei: se conseguisse sair para o corredor, será que encontraria e seria capaz de quebrar um alarme de incêndio antes que ela me alcançasse? Mas parecia que era pedir muito. Pelo que tinha visto da força e da velocidade dela, eu não chegaria tão longe.

Não. Minha melhor chance era simples. Precisava trazer Anne para o meu lado.

Mas como? O que eu realmente sabia sobre ela?

Procurei pensar: sua fortuna fantástica, sua criação solitária pelos colégios internos da Europa. Não era de admirar que eu tivesse levado tanto tempo para fazer aquela conexão. A mulher muito magra de olhar triste em seus robes de seda cinza e lenços de cabeça de estilistas... sim, de alguma forma isso se encaixava no que tinha ouvido dizer. Mas não conseguia fazer com que uma única palavra do que Ben dissera combinasse com a jovem com camiseta de Pink

Floyd, de olhos escuros e zombeteiros, com o rímel barato. Era como se houvesse duas Annes. Mesma altura, mesmo peso, mas era aí que acabavam as semelhanças.

E então... alguma coisa fez clique.

Duas Annes.

Duas mulheres.

O robe de seda cinza que combinava com seus olhos...

Abri os meus e passei as pernas para a lateral do beliche, resmungando da minha burrice. É claro... é claro. Se eu não estivesse meio morta de medo e de pânico e com aquela dor de cabeça, teria visto isso. Como pude não ter pensado?

Era claro que havia duas Annes.

Anne Bullmer estava morta. Desde a noite em que zarpamos da Inglaterra.

A jovem da camiseta de Pink Floyd estava bem viva e vinha desempenhando o papel dela desde então.

Mesma altura, mesmas maçãs do rosto salientes... só os olhos não combinavam, e eles assumiram um risco calculado de que ninguém se lembraria das feições de uma mulher que mal conheciam. Ninguém a bordo conheceu Anne antes da viagem. Richard tinha até dito para Cole não tirar nenhuma foto dela, pelo amor de Deus! Agora eu entendia por quê. Não era para proteger uma mulher preocupada com a aparência. Era para não haver nenhuma fotografia comprometedora que pudesse confundir os amigos e, depois, a família.

Fechei os olhos e agarrei meu cabelo com tanta força que chegou a doer, massageei o fundo do couro cabeludo para tentar entender o que devia ter acontecido.

Richard Bullmer, deve ter sido ele, levou a mulher clandestinamente para a cabine 10. Ela já estava naquela cabine antes de todos nós embarcarmos no navio.

No dia em que zarpamos ela estava esperando instruções de Richard, para liberar a cabine e se preparar. Relembrei o que tinha visto por cima do ombro dela: um robe cinza de seda em cima da cama, maquiagem, Veet no banheiro — fitas de cera depilatória. Meu Deus, como pude ser tão burra? Ela estava raspando e depilando os pelos do corpo, pronta para fazer o papel de uma mulher com câncer. Mas em vez de Richard com sua batida combinada, quem apareceu fui eu e, sem saber, dei o sinal, por isso ela me viu no lugar dele.

Que diabos ela deve ter pensado? Repassei de novo o susto e a irritação na expressão dela quando tentou fechar a porta e eu impedi. Ela estava desesperada para se livrar de mim, mas procurando agir da forma menos suspeita possível. Era muito melhor que eu só me lembrasse de uma mulher desconhecida emprestando um tubo de rímel do que se começasse a contar histórias de uma convidada que tinha batido a porta na minha cara.

E quase funcionou. Tinha quase funcionado mesmo.

Será que ela contou para Richard quando ele chegou? Não podia ter certeza, mas acho que não. Ele parecia muito normal no jantar daquela primeira noite, o anfitrião perfeito. Além do mais, a trapalhada era dela, e ele não parecia o tipo de homem para quem você ia querer confessar um erro. O mais provável é que ela tenha cruzado os dedos e torcido para se safar daquilo.

Então ela empacotou as coisas, saiu da cabine e esperou.

Depois dos drinques naquela primeira noite, a verdadeira Anne foi levada para a cabine 10 de alguma forma. Ela estava viva e devia ter sido atraída para lá por alguma história inventada? Ou será que já estava morta?

Em todo caso, não importava, porque o resultado final foi o mesmo. Enquanto Richard estava na cabine de Lars, estabelecendo seu álibi com um jogo de pôquer sem interrupção, a mulher da cabine 10 jogou Anne no mar e torceu para que nunca encontrassem o corpo.

E teriam saído impunes disso, se eu, assustada e traumatizada pelo assalto ao meu apartamento, não tivesse ouvido o barulho do corpo caindo na água e chegado à conclusão precipitada que de tão errada estava quase completamente certa.

Então quem era ela? Quem era a jovem que havia batido em mim, me alimentado e me trancado aqui feito um animal?

Eu não tinha ideia. Mas de uma coisa eu sabia: ela era minha maior esperança de sair daqui viva.

27

Fiquei acordada a noite toda, tentando resolver o que devia fazer. Judah e meus pais só estavam me esperando na sexta-feira, e não teriam motivo para suspeitar de que alguma coisa estivesse errada até lá. Mas os outros passageiros deviam estar pensando que eu não tinha voltado para o navio. Será que eles deram o alarme? Ou será que Bullmer inventou alguma história que explicasse o meu desaparecimento? Detida em Trondheim, talvez? Resolveu voltar para casa de repente?

Eu não tinha certeza. Pensei em quem poderia ficar preocupado ao ponto de fazer perguntas. Cole, Chloe e a maioria dos outros, eu tinha pouca esperança de que se incomodassem. Eles não me conheciam. Não tinham dados de contato com ninguém da minha família. Provavelmente aceitariam qualquer coisa que Richard lhes dissesse.

Ben, então? Ele me conhecia bem, o bastante para saber que uma fuga no início da manhã de Trondheim, sem falar com ninguém, não era o meu feitio. Mas eu não podia ter certeza. Em circunstâncias normais, talvez ele entrasse em contato com Judah, ou com meus pais, para transmitir sua preocupação, mas do jeito que eu deixei as coisas com ele não eram exatamente circunstâncias normais. Eu praticamente o acusara de ser cúmplice de um assassinato, e, além da raiva justificável, era muito provável que ele não se surpreendesse com o meu desaparecimento do navio sem me despedir.

Dos outros convidados, Tina parecia ser meu melhor palpite e eu estava cruzando os dedos para que ela entrasse em contato com Rowan quando eu não retornasse os e-mails, mensagens ou ligações. Mas não era grande coisa para minha vida depender disso.

Não. Eu precisava cuidar eu mesma dessa questão.

Quando amanheceu, eu não havia dormido nada, mas sabia o que tinha de fazer. Quando ouvi baterem na porta, estava preparada.

— Entre — eu disse.

Ela abriu a porta e enfiou a cabeça com cuidado no vão, me viu sentada na cama, lavada e limpa, com o livro no colo.

— Oi — eu disse.

Ela pôs a bandeja com a comida no chão. Estava vestida de Anne dessa vez. Usava um lenço na cabeça, não desenhara as sobrancelhas a lápis. Mas não se movia como Anne. Ela se movia como a jovem que eu tinha visto antes, largando a bandeja com impaciência e se endireitando sem qualquer traço da elegância meditativa que demonstrara quando fazia o papel da mulher de Richard.

— Oi para você — ela disse, e sua voz estava diferente também, as consoantes cristalinas omitidas e imprecisas. — Já terminou esse aí? — ela apontou para o livro.

— Sim, pode trocar por outro?

— Sim, acho que sim. Qual você quer?

— Não me importo. Qualquer um. Você escolhe.

— Está bem — ela estendeu a mão para pegar *A redoma de vidro*, entreguei a ela e me enchi de coragem para o que eu tinha de fazer em seguida.

— Sinto muito — eu disse sem jeito. — Sobre a bandeja.

Ela sorriu, uma exibição de dentes brancos e uma faísca de malícia nos olhos pretos.

— Tudo bem. Não a condeno. Eu teria feito a mesma coisa. Mas você me enganou uma vez, e tudo o mais.

Olhei para o café da manhã ali no chão. A bandeja quebradiça de resina fora substituída por uma feita de plástico grosso e pegajoso, do tipo que usam para servir bebidas nos bares.

— Acho que não posso reclamar — dei um sorriso forçado. — Eu mereci.

— Seu comprimido está no pires. Lembre-se: bom comportamento, sim?

Fiz que sim com a cabeça e ela virou para ir embora. Engoli em seco. Precisava impedi-la, dizer alguma coisa. Qualquer coisa que evitasse que eu não fosse condenada a mais um dia e uma noite ali sozinha.

— Como é seu nome? — perguntei, desesperada.

Ela voltou, com ar desconfiado.

— O quê?

— Eu sei que você não é Anne. Lembrei dos olhos. Na primeira noite Anne tinha olhos cinza. Você não tem. Fora isso, é muito convincente. Você é uma ótima atriz, sabe?

Ela ficou atônita, e eu achei que ia sair furiosa do quarto e me deixar lá outras doze horas. Eu me senti como um pescador trazendo um peixe grande no molinete, com linha delicada, meus músculos tensos do esforço para não ter uma reação fora de controle ou revelar a tensão.

— Se me enganei... — comecei a falar, com cautela.

— Cale a boca — ela disse, feroz como uma leoa.

O rosto dela se transformou completamente, estava selvagem de raiva, os olhos escuros cheios de rancor e desconfiança.

— Desculpe — falei humildemente. — Eu não queria... olha, mas será que importa? Eu não vou a lugar nenhum. Para quem eu contaria?

— Porra — ela disse, aborrecida. — Você está cavando a sua cova, entende isso?

Fiz que sim. Só que eu já sabia disso havia alguns dias. Não importava o que ela dissesse para ela mesma, não importava o que eu dissesse para mim mesma. Eu só sairia daquele quarto de um jeito.

— Acho que Richard não vai me deixar sair daqui — eu disse. — Você sabe disso, certo? Então, dizer ou não seu nome, isso não importa, não faz diferença.

O rosto dela sob o lenço caro estava branco. E sua voz, amarga.

— Você estragou tudo. Por que não parou de meter o nariz onde não devia?

— Eu estava tentando ajudar! — respondi.

Não pretendia que soasse tão forte, mas naquele quartinho minha voz pareceu assustadoramente alta.

Engoli de novo e falei mais baixo.

— Eu estava tentando ajudar você, não entendeu ainda?

— Por quê? — disse ela, metade pergunta, metade grito frustrado. — Por quê? Você nem me conhecia... por que teve de continuar fuçando?

— Porque eu sabia o que era estar no seu lugar! Eu sei... eu sei o que é acordar no meio da noite com medo de perder a vida.

— Mas essa não sou eu — ela rosnou e atravessou a pequena cabine com passos largos.

Bem de perto deu para ver que as sobrancelhas dela tinham uma penugem crescendo de novo.

— Nunca fui eu.

— Mas será — eu disse, olhando nos olhos dela para que não pudesse desviar. Eu não podia liberá-la de saber o que estava fazendo.

— Quando Richard puser as mãos no dinheiro de Anne, qual você acha que será o próximo passo dele? Ele vai querer a própria segurança.

— Cale a boca! Você não tem ideia do que está dizendo. Ele é um homem bom. E está apaixonado por mim.

Levantei e fiquei cara a cara com ela. Nossos olhos fixos nos olhos da outra, os rostos a poucos centímetros um do outro naquele espaço minúsculo.

— Isso é besteira e você sabe — falei.

Minhas mãos tremiam. Se isso der errado ela pode trancar aquela porta e nunca mais voltar, mas eu tenho de fazê-la encarar a realidade da situação, tanto pelo meu bem quanto pelo dela. Se ela fosse embora agora, nós duas provavelmente estaríamos mortas.

— Se ele estivesse apaixonado por você, não estaria te batendo nem fazendo com que você se vista como a mulher dele. O que você acha que significa toda essa farsa? Ficar com você? Isso não é por você. Se fosse, ele pediria o divórcio e ia ver o pôr do sol com você. Mas aí ela levaria o dinheiro dela embora. Ela é herdeira de uma dinastia de um bilhão de libras. Esse tipo de gente não arrisca casamento sem acordo pré-nupcial.

— Cale a boca! — ela cobriu as orelhas com as mãos e balançou a cabeça. — Você não sabe do que está falando. Nenhum de nós queria estar nessa situação!

— Ah, é? Você acha que é coincidência ele ter se apaixonado por alguém extraordinariamente parecida com Anne? Ele planejou isso desde o início. Você é apenas um meio que ele utiliza para um fim.

— Você não sabe de nada — rosnou ela, virou de costas para mim e foi até o lugar onde seria a janela, se houvesse uma, depois voltou. Não havia nada da serenidade cansada de Anne na expressão dela agora — era puro medo e fúria.

— O dinheiro todo, sem o controle da mulher; acho que a isca ficou na frente do nariz dele com a doença de Anne, e de repente descobriu que gostava da ideia do futuro sem Anne, mas com o dinheiro dela. E quando os médicos deram alta para ela, ele não quis desistir — não é isso? Então ele viu você, e um plano começou a se formar na cabeça dele. Onde foi que ele conheceu você? Em um bar? Não, espere — lembrei da fotografia na câmera de Cole. — Foi naquele clube, não foi?

— Você não sabe de nada! — ela gritou. — Nada!

Ela deu meia-volta, destrancou a porta com a mão trêmula e foi embora com *A redoma de vidro* embaixo do braço, antes que eu pudesse dizer qualquer outra coisa. Ela bateu a porta e ouvi a chave arranhando a fechadura. Depois, mais adiante, outra porta batendo, e então silêncio.

Sentei no beliche. Será que tinha conseguido fazê-la pensar o suficiente em Richard para depositar sua confiança em mim? Ou será que nesse momento ela estava contando para ele toda a nossa conversa? Só havia um jeito de saber, e esse jeito era esperar.

Mas as horas foram passando e ela não voltava. Fiquei imaginando quanto tempo levaria.

Ela não reapareceu com o jantar, e comecei a ficar com fome. Desconfiei que havia cometido um erro horrível.

28

Fiquei muito tempo deitada olhando para a cama de cima do beliche, repassando a conversa e tentando saber se eu cometera o pior erro de toda a minha vida.

Havia apostado em estabelecer certo tipo de vínculo com a jovem, forçando-a a encarar o que estava fazendo — mas eu já estava achando que tinha fracassado.

As horas foram se arrastando e não apareceu ninguém. Minha fome só aumentava e dificultava o raciocínio cada vez mais. Desejei não ter devolvido-lhe o livro, não havia nada naquela cabine para me distrair e comecei a pensar na solitária dos presídios — como os prisioneiros enlouqueciam lentamente, ouviam vozes, imploravam para sair dali.

Pelo menos haviam deixado a luz ligada, embora eu não tivesse certeza de ter sido um ato de misericórdia. Ela estava tão furiosa quando saiu que devia ter desligado só para me punir. O mais provável é que tivesse esquecido. Mas esse pequeno detalhe, a ideia de poder escolher em volta para onde olhar, onde ficar, mesmo de uma forma limitada, já ajudava.

Tomei outra chuveirada e lambi o resto da geleia já seca do croissant no prato. Deitei na cama e fechei os olhos. Procurei me lembrar de coisas: da planta da casa em que fui criada. Da história de *Mulherzinhas*. Da cor dos olhos de Jude...

Mas não. Afastei isso da cabeça. Não podia pensar em Judah. Não ali. Isso ia acabar comigo.

Finalmente, mais como uma forma de assumir o controle da situação do que por realmente pensar que ia ser útil, apaguei a luz e fiquei ali deitada, quieta, olhando para a escuridão, tentando dormir.

Não sei bem se acabei dormindo. Acho que cochilei. Deviam ter passado horas, mas não tinha certeza. Ninguém apareceu. Em certo ponto da longa escuridão acordei sobressaltada, sentei, coração acelerado, e procurei saber o que havia acontecido de diferente. Um barulho? Uma presença no escuro?

Desci da cama com o coração aos pulos e fui apalpando o ar até a porta, mas quando acendi a luz vi que nada havia mudado. A cabine estava vazia. O banheiro minúsculo mais deserto do que nunca. Prendi a respiração para ouvir melhor, mas não havia passos no corredor, nenhuma voz, nenhum movimento. Nenhum som perturbava o silêncio.

Então entendi. O silêncio. Foi aquilo que me fez acordar. Tinham desligado o motor do navio.

Tentei contar os dias nos dedos e, mesmo sem ter certeza, concluí que devia ser sexta-feira, dia 25. Significava que o navio tinha chegado ao seu último porto, Bergen, onde devíamos desembarcar e pegar nossos aviões de volta para Londres. Os passageiros iam embora.

E eu ficaria sozinha.

A ideia fez com que o pânico acelerasse em minhas veias. A ideia de que eles estavam tão perto, que deviam estar dormindo poucos metros acima da minha cabeça... No entanto não havia nada, *nada* que eu pudesse fazer para que eles ouvissem. Logo iam fazer suas malas e sair, e eu ficaria sozinha naquele caixão em forma de navio.

Essa ideia era insuportável. Sem pensar, peguei o pote do café da manhã da véspera e bati com ele no teto com toda a força que tinha.

— Socorro! — berrei. — Alguém está me ouvindo? Estou presa aqui! Ajudem-me, por favor, ajudem!

Parei, ofegante, fiquei escutando, torcendo desesperadamente para que, sem o barulho do motor para abafar meus gritos, alguém tivesse ouvido.

Nada de batida em resposta, nenhum grito abafado atravessando os andares dos deques. Mas ouvi uma coisa. Um arranhar metálico, alguma coisa raspando fora do casco.

Será que alguém tinha ouvido? Prendi de novo a respiração, procurei acalmar meu coração que batia tão alto a ponto de ameaçar a possibilidade que eu tinha de ouvir os ruídos fracos de fora do navio. Será que alguém estava vindo?

Escutei o barulho de novo... senti a lateral do navio estremecer e então entendi o que era. Estavam baixando a prancha para o desembarque dos passageiros.

— Socorro! — gritei, e bati com o pote de novo, só que percebi que o plástico do teto absorvia e impedia que o som se propagasse.

— Socorro! Sou eu, Lo! Estou aqui! Estou no navio!

Nenhuma resposta, só a respiração ardendo na garganta, o sangue nos ouvidos.

— Tem alguém aí? Por favor, ajudem-me! Socorro!

Botei as mãos na parede e senti de novo as batidas na prancha se propagando pelo casco do navio e chegando a elas. O impacto dos carrinhos de suprimentos... de bagagem... e dos passos de quem partia.

Eu podia sentir tudo isso. Mas não ouvia nada. Estava bem fundo, bem abaixo da linha d'água... e eles estavam lá em cima, onde as fracas vibrações que conseguia produzir com o pote de plástico seriam abafadas pelo barulho do vento, pelos gritos das gaivotas e pelas vozes dos companheiros passageiros.

Deixei o pote cair no chão, ele quicou e rolou no tapete fino, então me joguei na cama e fiquei ali encolhida, com os braços em volta da cabeça e a cabeça encostada nos joelhos dobrados, e comecei a chorar, lágrimas densas de medo e de desespero.

Já tinha sentido medo antes. Tive medo a ponto de enlouquecer.

Mas nunca me desesperei, e era desespero que estava sentindo agora.

Ajoelhada e encolhida no colchão fino e velho, soluçando sobre os joelhos, imagens passaram pela minha cabeça: Judah lendo jornal, minha mãe fazendo palavras cruzadas com a ponta da língua entre os dentes, meu pai aparando a grama num domingo, cantarolando baixinho. Eu daria qualquer coisa para ver um deles naquela cabine, só por um segundo, só para dizer para eles que estava viva e que os amava.

Mas só conseguia imaginar os três aguardando o meu retorno. E seu desespero porque eu não chegava. E finalmente a condenação infinita de esperar, esperar sem esperança, por alguém que nunca chegaria.

De: Judah Lewis
Para: Judah Lewis; Pamela Crew; Alan Blacklock
BCC: [38 destinatários]
envio: terça-feira, 29 de setembro
assunto: Lo – atualização

Queridos,

Sinto muito dar essa notícia por e-mail, mas tenho certeza de que vocês entenderão que esses últimos dias têm sido muito difíceis e que tivemos problema para responder às preocupações e perguntas de todos.

Até agora não temos nada de concreto para anunciar, e por isso tem havido muita especulação e sofrimento nas mídias sociais. No entanto, recebemos agora uma notícia. Infelizmente não é o que esperávamos, e os pais de Lo, Pam e Alan, pediram que eu enviasse essa atualização para os amigos mais próximos dela e para a família, em nome deles, e também no meu, já que parece que alguns detalhes já vazaram para a imprensa e não queremos que ninguém fique sabendo disso pela internet.

Não existe um jeito fácil de dizer isso: hoje, logo cedo, a Scotland Yard pediu que eu identificasse algumas fotografias que eles receberam da polícia norueguesa, que está encarregada de investigar o caso. Eram fotografias de roupas, e eram as roupas de Lo. Eu reconheci imediatamente. As botas especificamente, que são antigas e muito diferentes, e que sem dúvida são dela.

É claro que estamos arrasados com essa descoberta, mas resistimos e continuamos aguardando o que a polícia pode nos dizer. Isso é tudo o que sabemos no momento, já que o corpo ainda está na Noruega. Enquanto isso, queremos pedir encarecidamente que usem de discrição ao falar com a mídia. Se tiverem qualquer coisa para acrescentar à investigação, posso dar o nome dos encarregados do caso na Scotland Yard, aqui na Inglaterra. Temos também um agente de ligação da família que está nos ajudando a lidar com perguntas da mídia, mas algumas das histórias que estão aparecendo são inverídicas e irritantes, e gostaríamos de pedir a todos vocês que ajudem a respeitar a privacidade de Lo.

Estamos devastados com essa reviravolta nos acontecimentos e procurando entender o que significa, portanto fiquem conosco e saibam que vamos atualizar as informações para vocês assim que pudermos.

Judah

PARTE SETE

29

Ela não veio.

A jovem não apareceu.

As horas passavam, se fundiam umas nas outras e eu sabia que em algum lugar do outro lado desse caixão de metal as pessoas conversavam, comiam e bebiam, enquanto eu estava aqui, incapaz de fazer qualquer coisa além de respirar e contar os segundos, minuto a minuto, hora a hora. Em algum lugar lá fora o sol nascia e se punha, as ondas se formavam e balançavam o casco do navio e a vida continuava, enquanto eu afundava na escuridão.

Imaginei outra vez o corpo de Anne, flutuando nas profundezas do mar, e com amargura pensei que tinha sorte, que pelo menos foi rápido. Um segundo de suspeita, uma pancada na cabeça... e pronto. Estava começando a ficar com medo, achando que para mim não haveria tal misericórdia.

Deitada na cama, encolhida, abraçando os joelhos contra o peito, procurei não pensar na fome que sentia, na dor que aumentava na boca do estômago. Minha última refeição tinha sido café da manhã na quinta-feira, e achava que agora devia ser pelo menos noite de sexta-feira. Estava com uma tremenda dor de cabeça e câimbras na barriga, e quando levantei para ir ao banheiro me senti fraca e zonza.

A vozinha perversa no fundo da minha cabeça provocou. *Como acha que é morrer de inanição? Pensa que é uma maneira tranquila de ir?*

Fechei os olhos. *Um. Dois. Três. Inspire.*

Vai demorar muito. Seria mais rápido se você parasse de beber água...

Uma imagem me veio à mente — eu, esquelética, branca, gelada, encolhida sob o cobertor puído, cor de laranja.

— Resolvi que não vou pensar nessas imagens — resmunguei. — Resolvi que vou pensar em... — parei.

Em quê? *Em quê?* Nenhum dos tutoriais do Barry se concentrou em quais imagens felizes devemos escolher quando somos prisioneiras de um assassino. Será que eu devia pensar na minha mãe? Em Judah? Em tudo que eu amei, que tinha de mais querido e que estou prestes a perder?

— Insira uma imagem feliz aqui, sua merdinha — sussurrei, mas o lugar em que eu estava inserindo não devia ser o que Berry tinha em mente.

E então ouvi o barulho no corredor.

Fiquei de pé de um salto e o sangue desceu rápido da minha cabeça, de modo que quase caí e mal consegui me abaixar e sentar no beliche antes das pernas bambearem de vez.

Seria ela? Ou Bullmer?

Ai merda.

Eu sabia que estava respirando depressa demais, sentia meu coração acelerando e o tremelique dos músculos, então a visão começou a se fragmentar em pequenos fiapos pretos e vermelhos...

E aí ficou tudo preto.

— Merda, merda, merda...

Uma palavra, repetida várias vezes, sussurrada monotonamente em pânico lacrimoso de algum lugar próximo.

— Oh, meu Deus, quer acordar por favor?

— O qu... — balbuciei.

A jovem deu um suspiro choroso de alívio.

— Merda! Você está bem? Você me deu um baita susto!

Abri os olhos, vi o rosto dela preocupado acima do meu. Havia um cheiro de comida no ar, e meu estômago roncou dolorosamente.

— Desculpe — ela foi logo dizendo e me ajudou a sentar encostada na borda de aço do beliche, com um travesseiro nas costas.

Senti cheiro de álcool em seu hálito... aguardente, ou talvez vodca.

— Eu não queria deixar você tanto tempo, só que...

— Di... é hoje? — murmurei.

— O quê?

— Qu... que dia é hoje?

— Sábado. Sábado 26. É tarde, quase meia-noite. Trouxe o jantar para você.

Ela ofereceu um pedaço de fruta que eu agarrei, quase nauseada de tanta fome, e ataquei. Não percebi logo que era uma pera, só depois que o gosto explodiu na minha boca, quase insuportável de tão intenso.

Sábado... quase domingo. Não admira que eu me sentisse tão mal. Não admira a impressão de que as horasse esticavam pela eternidade. Não admira que meu estômago mesmo agora estivesse cheio de câimbras e contraído enquanto engolia a pera em pedaços enormes, devorando como um animal. Estava trancada ali sem comida e sem contato nenhum havia... tentei fazer a conta. De quinta de manhã até sábado à noite. Quarenta e oito... sessenta... sessenta horas e alguma coisa? Era isso mesmo? Meu cérebro doía. Meu estômago doía. *Tudo* doía.

Meu estômago virou e voltei a sentir a câimbra.

— Oh, Deus — tentei ficar de pé com as pernas fracas e trêmulas. — Acho que vou vomitar.

Trôpega, fui para o banheiro minúsculo, seguida pela jovem ansiosa, que estendeu a mão para me equilibrar quando passei pela portinha estreita, caí de joelhos e vomitei no vaso manchado de azul da privada. Parecia que ela estava sentindo meu mal estar quando falou, quase tímida.

— Posso pegar outra para você, se quiser. Mas tem também um prato de batata que talvez seja melhor para o seu estômago. O cozinheiro chamou de "pitty-panny" ou algo assim. Não consigo lembrar direito.

Não respondi, só fiquei ali ajoelhada diante do vaso, me preparando para o próximo jato. Mas a náusea tinha passado e finalmente limpei a boca e levantei lentamente, apoiada no segurador e testando a força das pernas. Então caminhei desequilibrada em direção ao beliche e à bandeja com a comida. Os cubos de batata tinham aparência e cheiro divinos. Peguei uma garfada e comi, mais devagar dessa vez, procurando não engolir os pedaços inteiros.

A jovem ficou observando enquanto eu comia.

— Sinto muito — repetiu. — Eu não devia tê-la punido desse jeito.

Engoli uma boa porção de pedaços de batata salgada e tépida, sentindo a casca caramelizada estalar nos molares.

— Como é seu nome? — perguntei.

Ela mordeu o lábio, desviou o olhar e então suspirou:

— Eu não devia dizer, mas não faz diferença. É Carrie.

— Carrie — comi mais um pouco, rolando o nome enquanto mastigava. — Oi, Carrie.

— Oi — ela disse, mas sem calor na voz.

Ficou observando enquanto eu comia mais um pouco e depois andou lentamente até encostar na outra parede da cabine.

Ficamos em silêncio, eu comendo metodicamente, tentando manter um ritmo, ela me observando. Então ela exclamou alguma coisa, apalpou o bolso e tirou uma coisa de dentro.

— Quase esqueci. Toma.

Era um comprimido embrulhado num pedacinho de lenço de papel. Tomei e quase dei risada de alívio. Parecia pateticamente positiva a ideia de que aquele pontinho branco pudesse fazer com que eu me sentisse melhor naquela situação. No entanto...

— Obrigada — eu disse.

Botei o comprimido no fundo da língua, bebi um gole do suco e engoli tudo junto.

Finalmente limpei o prato e percebi, quando raspei o restinho de batata, que Carrie continuava olhando para mim do outro lado da cabine, que era a primeira vez que ela esperava enquanto eu comia. Essa ideia me deu coragem de tentar uma coisa, que talvez fosse burrice, mas as palavras saíram sem que eu conseguisse controlá-las.

— O que vai acontecer comigo?

Ela não falou nada, só levantou, balançou lentamente a cabeça e espanou a calça de seda creme com a mão. Ela era magra demais, e pensei por um instante se tudo aquilo fazia parte da atuação para se fazer passar por Anne, ou se ela era assim mesmo, muito magra.

— Ele vai... — engoli em seco.

Eu estava abusando da sorte, mas tinha de saber.

— Ele vai me matar?

Carrie continuou calada, apenas pegou a bandeja e foi para a porta. Mas quando virou para fechá-la, vi que estava com lágrimas nos olhos. Ela parou um segundo, a porta quase fechada, e pensei que fosse falar qualquer coisa. Mas em vez disso, ela só balançou a cabeça outra vez e uma lágrima escorreu pelo seu rosto. Ela passou a mão quase zangada e bateu a porta.

Depois que Carrie foi embora, eu levantei me apoiando no beliche, me firmei e então eu vi, no chão, outro livro. Era o meu *O ursinho Pooh*.

—ɯ—

Esta sempre foi minha leitura de consolo, o livro que eu usava em momentos de estresse. É um livro anterior ao período em que comecei a sentir medo, quando não havia ameaças além dos hefalantes, e eu, como Cristóvão, podia conquistar o mundo.

Quase não o guardei na mala. Mas no último momento, quando arrumava roupas e sapatos, vi o livro na minha mesa de cabeceira e botei na mala como uma espécie de amuleto protetor contra os estresses da viagem.

Passei todo o resto da noite deitada no beliche com o livro aberto sobre o travesseiro ao meu lado, passando os dedos na gasta capa solta. Mas eu sabia tudo de cor, talvez bem demais, e por algum motivo não teve o efeito mágico de sempre. Ao contrário, eu me vi repassando a conversa com Carrie inúmeras vezes, pensando no que devia estar à minha espera.

Havia só duas formas de sair dali. Uma era viva, e a outra, morta. Eu sabia qual delas queria que fosse. Nesse caso, minha escolha era simples: sair de lá com ou sem a ajuda de Carrie.

Poucos dias antes, algumas horas atrás, eu teria dito sem hesitar que minha única opção verdadeira era sem ajuda, porque, afinal de contas, Carrie havia me batido, me aprisionado, até me deixado sem comida. Mas depois dessa noite, eu não tinha mais tanta certeza. As mãos dela, quando me ajudou a sentar, o jeito que ficou esperando enquanto eu comia, observando cada garfada, com uma expressão de profunda tristeza, seus olhos quando se virou para sair da cabine... não achava que ela fosse uma assassina, não seria a vontade dela, de qualquer modo. E algo acontecera naqueles últimos dias, que me fez pensar assim. Lembrei da longa espera por ela, como um pesadelo, a morosidade no passar das horas, a fome aumentando e aumentando, inexoravelmente. Mas agora, pela primeira vez, achei que talvez as horas tivessem sido lentas e torturantes para ela também, e que talvez ela também tivesse ficado cara a cara com uma coisa para a qual não estava preparada. Ela devia ter me imaginado ali embaixo, ficando cada dia mais fraca, arranhando a porta com as unhas. Até que finalmente ela não aguentou mais e desceu correndo com um prato roubado de comida morna.

O que será que pensou quando abriu a porta e me viu caída no chão? Que tinha chegado tarde demais? Que eu tinha desmaiado, talvez de fome, talvez de pura exaustão? E talvez ela tenha concluído que não seria capaz de viver com outra morte, não com uma morte provocada por ela.

Carrie não queria que eu morresse. Disso eu tinha certeza. E duvidava que ela pudesse me matar, não se eu continuasse lembrando que estava ali por causa dela, porque eu tinha lutado por ela e tentado ajudá-la.

Bullmer, por outro lado... Bullmer, que tinha passado o tratamento quimioterápico da mulher contando o dinheiro dela e tramando sua morte, só para ser traído na penúltima hora...

Sim. Bullmer seria capaz de matar sim, eu podia imaginar isso com clareza. E não perderia uma única hora de sono por isso.

Onde é que ele estava? Será que tinha saído do navio para estabelecer um álibi enquanto Carrie me matava de fome? Não tinha certeza disso. Ele teve todo o cuidado de se isolar e ficar bem longe da morte de Anne. Eu não conseguia imaginar que fosse permitir ser implicado na minha.

Enquanto avaliava isso tudo, ouvi o barulho lento do motor do navio sendo ligado. Zumbiu por um tempo, e então senti o navio inteiro balançar e virar e soube que estávamos navegando outra vez, saindo do porto de Bergen, a embarcação engolida pela escuridão quando voltávamos para o Mar do Norte.

30

Quando acordei haviam desligado o motor de novo, mas senti a massa de água se movendo em volta. Imaginei onde estaríamos. Nos fiordes, talvez. Imaginei os muros de pedra escura se avolumando, emoldurando uma faixa estreita de céu branco lá em cima e afundando no mar azul. Eu sabia que alguns dos fiordes tinham mais de um quilômetro de profundidade e que eram incrivelmente escuros e gelados. Um corpo jogado naquelas profundezas podia não ser encontrado nunca mais.

Estava só imaginando que horas deviam ser quando ouvi uma batida na porta. Carrie apareceu com um pote de granola e uma caneca de café.

— Sinto não ter mais nada — ela disse largando a bandeja. — Agora que os passageiros e a tripulação foram embora, ficou mais difícil pegar comida sem deixar o cozinheiro desconfiado.

— A tripulação também foi embora?

Aquilo provocou um certo desespero, mas eu não sabia bem por quê.

— Não todos — disse Carrie. — O capitão ainda está aqui, junto com alguns outros da equipe dele. Mas todos os que serviam diretamente aos passageiros foram para Bergen com Richard para fazer uma espécie de revisão da formação da equipe.

Então Bullmer não estava no navio. Talvez isso explicasse a mudança de atitude de Carrie. Sem Bullmer ali...

Comecei a comer a granola bem devagar e ela ficou me observando como antes, um olhar triste sob as sobrancelhas brutalmente depiladas.

— Você não arrancou os cílios? — perguntei entre colheradas.

Ela fez que não com a cabeça.

— Não, eu não consegui. Meus cílios já são meio ralos sem rímel de qualquer maneira, mas pensei que se alguém notasse, eu diria que eram postiços.

— Quem...

Parei de falar. Eu ia dizer "quem a matou?". Mas de repente não consegui verbalizar essa pergunta. Estava assustada demais de pensar que poderia ser Carrie. E de qualquer modo, minha melhor chance era persuadi-la de que ela não era assassina, e não ajudar a lembrar que havia feito uma vez e que podia fazer de novo.

— O quê? — ela perguntou.

— Eu... quero dizer, o que vocês disseram para a minha família? E para os outros passageiros? Eles acham que estou em Trondheim?

— Sim. Eu botei a peruca e desembarquei com o seu passaporte, escolhi uma hora em que os comissários estavam preparando o café da manhã e quem estivesse na prancha fosse membro da tripulação. Por sorte você não foi à excursão pela ponte de comando do navio e não conheceu nenhum deles. E é sorte também que nós duas tenhamos cabelo preto. Não sei o que teria feito se você fosse loura. Eu não tenho peruca loura. E depois voltei para o navio como Anne e torci para que eles não percebessem que Anne havia embarcado, mas não desembarcado.

Eu não teria escolhido a palavra "sorte". Então a pista estava armada: um registro de que eu tinha saído do navio e que não voltei mais. Não admira que a polícia não tenha aparecido para revistar o navio.

— Qual era o plano? — perguntei baixinho. — Se eu não tivesse visto você? O que devia ter acontecido?

— Eu teria desembarcado em Trondheim do mesmo jeito — disse ela com amargura. — Mas dessa vez como Anne. Então eu poria a minha peruca, trocaria de roupa, desenharia as sobrancelhas e desapareceria no meio da multidão como qualquer mochileira anônima. A pista levaria para Trondheim: uma mulher instável, encarando a morte, desaparecendo sem deixar vestígio... E depois, quando tudo fosse esquecido, Richard e eu íamos nos "conhecer", nos apaixonar, publicamente dessa vez, e fazer tudo de novo para as câmeras.

— Por que você fez isso, Carrie? — perguntei desesperada e mordi a língua.

Não era hora de antagonizá-la. Precisava dela do meu lado e não ia conseguir isso fazendo com que se sentisse acusada. Mas eu não podia mais engolir aquilo.

— Eu simplesmente não entendo.

— Nem eu, às vezes — ela botou as mãos no rosto. — Não era para ser assim.

— Então conte para mim — eu disse.

Estendi a mão, quase tímida, e pus no joelho dela. Ela se encolheu como se estivesse esperando uma pancada. Percebi que estava muito assustada. Que grande parte daquela sua energia perversa nascera do terror, não do ódio.

— Carrie? — cobrei.

Ela desviou o olhar e falou virada para a cortina cor de laranja, como se não conseguisse me encarar.

— Nós nos conhecemos no Magellan — disse ela. — Eu fui garçonete de lá um tempo, quando tentava a carreira de atriz. E ele... ele simplesmente me fez levitar, eu acho. Foi como um romance saído de *Cinquenta tons de cinza*, eu sem dinheiro e ele... se apaixonando, mostrando aquela vida que eu nunca tinha imaginado...

Ela parou de falar e engoliu em seco.

— Claro que eu sabia que ele era casado. Ele foi completamente sincero quanto a isso. Por isso nunca nos encontrávamos em público, e eu não podia falar dele para ninguém. O casamento deles tinha acabado quase antes de começar. Ela era terrivelmente fria e controladora, e cada um vivia sua vida, independente do outro, ela na Noruega, ele em Londres. Você sabe que ele não teve uma vida fácil. A mãe foi embora quando ele ainda era bebê e o pai morreu logo que ele terminou o ensino fundamental. Parecia injusto que Anne, a pessoa que mais devia amá-lo, não suportasse estar com ele! Mas ela estava morrendo e ele não era capaz de se divorciar de uma mulher que tinha só alguns meses de vida. Parecia cruel demais. Então ele sempre falava de depois, de quando ela morresse, de quando ficaríamos juntos...

Ela não continuou e eu pensei que fosse só isso, que Carrie ia levantar e ir embora, mas ela recomeçou a falar, as palavras vinham mais rápidas, como se não pudesse se controlar.

— Uma noite ele teve essa ideia. Disse que eu devia me vestir como a mulher dele e ir ao teatro com ele, para podermos ficar juntos em público. Ele me deu um dos quimonos dela e eu assisti a um filme dela falando, por isso sabia como devia agir e desempenhar o papel, escondi meu cabelo com uma touca de natação e enrolei um dos lenços dela por cima. E conseguimos passar nesse teste. Sentamos em um camarote, só nós dois, bebemos champanhe e... nossa, foi incrível. Como um jogo, enganamos todo mundo.

"Fizemos isso mais uma ou duas vezes, só quando Anne estava em Londres, para ninguém desconfiar, e então, alguns meses depois, ele teve a ideia que, no início, parecia loucura, mas ele é assim, sabe? Nada é impossível. Ele realmente faz com que a gente acredite nisso. Ele disse que tinha uma viagem a negócios, para a imprensa, programada, que Anne devia estar presente na primeira noite, mas que ela ia desembarcar do navio tarde da noite e que ia voltar para a casa dela na Noruega. E ele disse, e se eu ficasse e fingisse ser ela? Ele podia me levar a bordo clandestinamente, e poderíamos ser um casal de verdade, juntos em público, uma semana inteira. Ele tinha certeza de que eu ia conseguir. Disse que ninguém a bordo a tinha visto antes e que ele ia cuidar para que ninguém me fotografasse, de modo que não haveria risco de ser pega depois. O navio ia parar em Bergen no final da viagem, então as pessoas iam supor que Anne tinha ficado alguns dias a mais, depois eu vestiria a minha própria roupa no último dia e iria para a minha casa. Ele deu um jeito para um dos convidados não aparecer, para que, assim, tivesse uma cabine vazia, e disse que a única coisa... — ela parou de falar, e depois continuou — A única coisa que eu tinha de fazer era cortar o cabelo para ser mais convincente. Mas parecia... parecia que valia a pena. Para estar com ele."

Ela engoliu em seco de novo e quando voltou a falar foi mais devagar.

— Na primeira noite eu estava me vestindo como Anne quando Richard foi até a cabine. Ele estava descontrolado. Disse que Anne havia descoberto o nosso caso e ficado furiosa, quis atacá-lo. Ele a empurrou para tentar se proteger, ela tropeçou e bateu a cabeça na mesa de centro. Quando ele tentou reanimá--la... descobriu... — a voz dela falhou. — Ele descobriu que estava morta.

"Ele não sabia o que fazer. Disse que se houvesse investigação policial, minha presença a bordo ia ser descoberta e ninguém acreditaria na versão dele da briga. Ele disse que nós dois seríamos processados, ele como assassino, eu como cúmplice de uma trama premeditada. Disse que iam revelar que eu estava fingindo ser Anne. E que Cole tinha uma foto de mim com as roupas de Anne.

Ele me persuadiu... — ela parou mais uma vez, a voz embargada de emoção. — Ele me convenceu de que a única coisa a fazer era jogar o corpo de Anne no mar e seguir com o plano. Se ela fosse dada como desaparecida em Bergen, não poderiam rastrear nada até nós. Mas as coisas não deviam ser assim!"

Objeções se amontoaram na ponta da minha língua, gritando para serem verbalizadas. Como Anne poderia desembarcar do navio na primeira noite se só devia chegar na Noruega no dia seguinte? E como faria isso sem seu passaporte, sem a tripulação saber que ela havia desembarcado? Não tinha sentido. A única explicação era que Richard nunca pretendeu que Anne descesse aquela prancha por iniciativa própria, e certamente Carrie devia saber disso. Ela não era burra. Mas eu já tinha visto aquele tipo de cegueira voluntária antes, mulheres que insistiam em dizer que seus namorados não estavam mentindo diante de todas as provas, pessoas que trabalhavam para patrões terríveis e que se convenciam de que apenas seguiam ordens e faziam o que era necessário. Parecia não haver limite na capacidade que as pessoas tinham de acreditar no que queriam ver, e se Carrie tinha se convencido a aceitar a versão distorcida dos fatos de Richard, mesmo diante de toda a lógica, ela provavelmente não me daria ouvidos.

Mas eu respirei fundo e fiz a pergunta que envolvia tudo:

— O que vai acontecer comigo?

— Porra!

Carrie levantou, passou as mãos na cabeça, o lenço deslizou para trás e deixou à mostra a cabeça raspada por baixo.

— Eu não sei. Pare de perguntar isso, por favor.

— Ele vai me matar, Carrie.

Ele ia matar nós duas, agora eu tinha quase certeza disso, mas não sabia se ela estava preparada para ouvir isso.

— Por favor, por favor, você pode fazer com que nós duas saiamos daqui, você sabe que pode. Eu darei provas, direi que você me salvou, que...

— Em primeiro lugar — ela interrompeu com uma expressão dura —, eu nunca vou traí-lo. Eu amo o Richard. Parece que você não entendeu isso. E em segundo lugar, mesmo se eu fizesse o que você diz, ia acabar com uma acusação de assassinato.

— Mas se você testemunhasse contra ele...

— Não — ela interrompeu de novo. — Não. Isso não vai acontecer. Eu sou apaixonada por ele. E ele por mim. Sei que ele me ama.

Ela virou de frente para a porta e eu soube que era agora ou nunca, que eu precisava tentar fazer com que ela enxergasse a verdade daquilo em que estava envolvida, mesmo que ela fosse embora e eu acabasse morrendo de fome ali.

— Ele vai matar você, Carrie — falei olhando para a parte de trás da sua cabeça quando ela ia para a porta — Você sabe disso, não sabe? Ele vai me matar e depois vai matar você. Essa é sua última chance.

— Eu o amo — ela disse, e a voz falhou.

— Ama tanto que o ajudou a matar a mulher dele?

— Eu não a matei! — Carrie gritou, e aquele grito angustiado soou muito alto no espaço exíguo. Ela parou, de costas para mim, a mão na maçaneta, e seu corpo estreito tremeu todo, feito uma criança soluçando, aos prantos.

— Ela já estava morta... pelo menos foi isso que ele disse. Ele deixou o corpo dela na cabine, dentro de uma mala, e eu a levei para a cabine 10 quando vocês todos estavam jantando. Tudo o que eu tinha de fazer era jogar o corpo no mar quando ele estivesse jogando pôquer. Mas...

Ela parou, deu meia-volta, despencou no chão com a cabeça encostada nos joelhos.

— Mas o quê?

— Mas a mala era pesada demais. Acho que ele tinha posto algum peso a mais lá dentro, bati com a mala no batente da porta quando entrei. A mala abriu e foi aí que... — ela soluçou. — Meu Deus, eu não sei mais! O rosto dela... estava todo ensanguentado, mas por um segundo, só um segundo... achei que ela pestanejou.

— Meu Deus — fiquei gelada de horror. — Você quer dizer... você não a jogou no mar viva, jogou?

— Eu não sei.

Ela escondeu o rosto com as mãos. Sua voz estava embargada, aguda e esganiçada, com um tremor de alguém à beira da histeria.

— Eu gritei, não pude evitar. Mas toquei no sangue do rosto dela e estava frio. Se ela estivesse viva, o sangue estaria morno, não é? Pensei que devia ter imaginado, ou podia ser algum movimento involuntário... dizem que acontece, não é? Nos necrotérios... Eu não sabia o que fazer, e apenas fechei a mala! Mas não devo ter fechado direito, porque, quando a joguei no mar, o fecho abriu e vi o rosto dela... o rosto dela na água... oh, meu Deus!

Carrie parou, a respiração acelerada e engasgada, mas enquanto eu ainda tentava registrar o horror do que ela talvez tivesse feito e pensava o que eu poderia dizer respondendo a essa confissão, ela recomeçou a falar.

— Não consigo mais dormir desde esse dia, sabe? Toda noite fico lá deitada pensando nela, pensando como devia ser quando estava viva.

Ela olhou para mim e pela primeira vez vi seus sentimentos revelados no olhar, a sensação de culpa e o medo que tentava desesperadamente esconder desde a primeira noite.

— Não era para acontecer isso — disse Carrie desconsolada. — Ela devia morrer em casa, na própria cama... e eu... e eu...

— Você não precisa fazer isso — falei com urgência. — Não importa o que houve na morte de Anne, você pode impedir que isso continue agora. Vai realmente conseguir viver caso decida me matar? Uma morte na sua consciência já bastou para deixá-la arrasada, Carrie. Não transforme em duas, eu estou implorando, por nós duas. Por favor, deixe-me ir. Não vou falar nada, eu juro. Eu... eu vou dizer para Judah que desembarquei em Trondheim e que devo ter apagado. De qualquer modo, ninguém ia acreditar em mim! Não acreditaram quando eu disse que vi um corpo sendo jogado no mar, por que agora seria diferente?

Eu sabia por quê: era pelo DNA. Impressões digitais. Pela arcada dentária. O resíduo do sangue de Anne que devia estar na proteção de vidro e em mais algum lugar da cabine de Richard.

Mas não falei nada disso, e Carrie parecia não ter pensado nisso. O pânico parecia ter diminuído com a confissão aos borbotões, e sua respiração estava mais lenta. Ela olhou fixo para mim, o rosto manchado de lágrimas, com uma expressão calma e estranhamente bela, agora que a histeria tinha passado.

— Carrie? — chamei timidamente, mal ousando ter alguma esperança.

— Vou pensar nisso — ela disse.

Carrie levantou, pegou a bandeja e virou para a porta. Então bateu com o pé no livro *O ursinho Pooh* e olhou para baixo. Alguma coisa mudou em sua expressão quando pegou o livro e folheou com a mão livre.

— Eu adorava esse livro quando era pequena — ela disse.

Concordei com um gesto da cabeça.

— Eu também. Devo ter lido e relido umas cem vezes. Aquela parte no fim, com a roda das árvores... sempre me faz chorar.

— Minha mãe costumava me chamar de Tigrão — disse ela. — Ela dizia, "você é como o Tigrão, não importa a altura da qual caia, você sempre quica de volta".

Carrie deu uma risada trêmula e jogou o livro no pé do beliche, fazendo questão de voltar para o pragmatismo.

— Olha, talvez eu não consiga trazer jantar para você essa noite. O cozinheiro já está desconfiando. Farei o melhor que puder, mas, se não vier hoje, amanhã trago alguma coisa a mais para o café da manhã, ok?

— Ok — eu disse e depois, movida por algum impulso, falei. — Obrigada.

Depois que ela foi embora, fiquei pensando na estupidez que era agradecer a uma mulher que me mantinha presa e que comprava a minha obediência sonegando comida e remédios. Será que eu estava com a síndrome de Estocolmo?

Talvez. Mas se estivesse, Carrie seria um caso muito mais avançado do que o meu. Acho que isso podia estar mais próximo da verdade: nós não éramos carcerária e encarcerada, e sim dois animais em compartimentos diferentes da mesma jaula. O dela é só um pouco maior do que o meu.

Aquele dia passou torturantemente devagar. Depois que Carrie foi embora, eu comecei a andar de um lado para outro da cabine, tentando ignorar a fome que aumentava e o medo do que aconteceria se Carrie não reconhecesse a realidade do plano de Richard.

Eu tinha a mais absoluta certeza de que ele jamais teve intenção de deixar Carrie viver muito tempo depois de estabelecer a partida de Anne em Bergen. Quando fecho os olhos, as imagens se enfileiram diante deles: o rosto de Anne, olhos vidrados de terror, quando Carrie deixou a mala cair. Carrie, andando inocentemente em algum beco na Noruega e alguém indo atrás dela.

E agora eu...

Para me distrair, pensava em casa e em Jude, até as páginas de *O ursinho Pooh* perderem a nitidez na minha frente, e as frases gastas e conhecidas se dissolverem numa torrente de lágrimas que me deixou exausta demais para fazer qualquer coisa além de ficar ali prostrada.

Já estava começando a perder a esperança de jantar e concluindo que Carrie não tinha conseguido pegar nada, quando ouvi o barulho da porta de fora e passos rápidos no corredor. Esperei que ela batesse, mas ouvi a chave na fechadura e ela abriu a porta. Assim que entrou na cabine ficou evidente que não trazia comida nenhuma, mas tudo desapareceu da minha cabeça ao ver sua expressão de pânico.

— Ele está vindo — ela avisou.

— O quê?

— Richard. Ele vai voltar esta noite. Era para ser amanhã, mas acabei de receber uma mensagem, ele está vindo hoje à noite.

Telepraph online
terça-feira, 29 de setembro

BREAKING NEWS: Segundo corpo encontrado na busca da inglesa desaparecida, Laura Blacklock.

PARTE OITO

31

— Ele vai voltar? — minha boca estava seca. — O que isso quer dizer?

— O que você acha que quer dizer? Temos de tirar você do navio. Eles vão atracar para pegar Richard daqui a uns trinta minutos. Depois disso...

Ela não precisou dizer mais nada. Engoli em seco, minha língua grudou no céu da boca.

— Eu... como...?

Ela tirou alguma coisa do bolso e me mostrou. Por um momento fiquei sem entender. Era um passaporte, só que não o meu. Era o dela.

— É o único jeito.

Carrie tirou o lenço e revelou a cabeça raspada, com uma penugem do cabelo recomeçando a crescer, então começou a tirar a roupa.

— O que você está *fazendo*?

— Você vai descer do navio como Anne e pegar um avião, como eu vou fazer. Entendeu?

— O quê? Ficou maluca? Venha comigo!

— Não posso. Como é que vou explicar isso para a tripulação? Essa é a minha amiga que andei escondendo no porão?

— Conte para eles! Conte a verdade para eles!

Ela balançou a cabeça. Já estava só com a roupa de baixo agora, tremendo apesar do calor abafado da cabine sem ventilação.

— E vou falar o quê? Oi, sou uma completa desconhecida, a mulher que vocês pensavam que eu fosse foi jogada no mar? Não. Eu não tenho ideia se posso confiar em qualquer um deles. Na melhor das hipóteses, ele é o empregador. Na pior...

— Então o que vai ser? — eu estava ficando histérica. — Você fica aqui e deixa que ele a mate também?

— Não. Tenho um plano. Mas pare de discutir e pegue a minha roupa.

Ela estendeu a roupa para mim, um monte de sedas que pareciam não pesar nada nas minhas mãos quando segurei. A magreza dela era chocante, os ossos quase furavam a pele, mas eu não conseguia desviar o olhar.

— Agora me dê as suas.

— O quê? — olhei para baixo, para a calça jeans manchada e fedendo a suor, a camiseta e o agasalho com capuz que eu estava usando havia quase uma semana — Essa?

— É. *Rápido!* — sua voz estava áspera. — Quanto você calça?

— Trinta e quatro — eu disse, minha voz abafada quando tirava a camiseta pela cabeça.

— Ótimo. Eu também.

Ela descalçou as espadrilles e empurrou para perto de mim, eu chutei minhas botas e tirei a calça jeans. Estávamos as duas apenas de calcinha e sutiã, eu desajeitada, procurando me cobrir, ela completamente concentrada e já vestindo a roupa que eu havia descartado. Vesti a túnica de seda pela cabeça e senti o tecido caro sussurrar bem fresco na pele. Ela tirou um elástico do pulso e me entregou, sem dizer nada.

— Para que isso?

— Para prender seu cabelo. Não é o ideal. Você vai precisar ter muito cuidado com o lenço na cabeça, mas é o melhor que posso fazer. Não temos tempo para raspar seu cabelo e, de qualquer forma, você vai sair do país com o meu passaporte, então é melhor ter cabelo para o controle de passaporte. Não queremos dar motivo para eles olharem duas vezes para a foto.

— Eu não entendo. Por que não posso ir como eu mesma? A polícia deve estar me procurando, não é?

— Para começar, seu passaporte está com o Richard. E ele tem muitos amigos por aqui. Não só nos negócios, ele conhece gente do alto escalão da polícia norueguesa também. Precisamos ter você bem longe dele antes que ele some dois e dois. Saia daqui. Fique longe da costa. Atravesse a fronteira com a Suécia. E quando entrar em um avião, não vá para Londres. Ele estará esperando por isso. Faça escala em algum outro lugar. Paris, talvez.

— Você está sendo ridícula — eu disse, mas a urgência e o medo dela tinham me infectado.

Calcei as espadrilles e botei o passaporte no bolso do quimono. Carrie fechou o zíper das minhas botas vintage. Senti uma dorzinha, porque aquelas botas eram as peças de vestuário mais caras que eu tinha. Levei semanas e uma boa dose de estímulo de Judah para juntar coragem e desembolsar o preço delas. Mas a bota era um sacrifício pequeno em troca, potencialmente, da minha vida.

Quando estávamos praticamente vestidas, só faltava o lenço de cabeça que estava no beliche.

— Sente aí — disse Carrie bruscamente, eu sentei na beirada do beliche e ela ficou de pé ao meu lado para enrolar o lindo lenço estampado na minha cabeça. Era verde e dourado, com um desenho de cordas entrelaçadas e âncoras, e tive uma visão súbita de Anne, da Anne verdadeira, flutuando e afundando nas profundezas azuis e esverdeadas, braços e pernas muito brancos se emaranhando em detritos de mil naufrágios, presos para sempre.

— Pronto — Carrie disse, finalmente.

Ela prendeu alguns grampos para segurar a ponta do lenço no lugar e depois me avaliou de cima a baixo.

— Não está perfeito, você não é tão magra, mas vai passar, sem muita luz. Ainda bem que eu não conheci a maior parte da tripulação.

Ela olhou para o relógio de pulso e falou:

— Certo. Agora a última coisa. Bata em mim.

— O quê? — o que ela disse não fazia sentido, bater nela com o quê?

— Bata em mim. Bata a minha cabeça no beliche.

— O quê? — eu estava começando a soar feito eco, mas não podia evitar. — Você enlouqueceu? Eu não vou bater em você!

— *Bata em mim!* — ela disse furiosa. — Você não entendeu? Isso tem de ser convincente. Essa é minha única chance de fazer com que o Richard acredite que não tive nada a ver com isso. Precisa parecer que você me atacou, me dominou. *Bata em mim.*

Respirei bem fundo e dei-lhe um tapa no rosto. A cabeça dela chicoteou para trás, mas não foi forte o suficiente, percebi que não, apesar de ela olhar sentida para mim, esfregando o rosto.

— Ah, pelo amor de Deus. Será que eu tenho de fazer tudo?

Ela respirou fundo e, antes que eu me desse conta do que ia fazer, deu com a cabeça na lateral da cama beliche.

Eu gritei. Não consegui evitar. O sangue começou a brotar do corte raso que a aresta de metal tinha feito, escorrendo na... minha camiseta e formando uma poça no chão. Ela recuou trôpega, gemendo de dor, com as mãos na cabeça.

— *Meu Deus!* — choramingou. — Que merda, isso doeu. Oh, meu Deus.

Ela caiu de joelhos, respirando rápido, e eu pensei que fosse desmaiar.

— Carrie! — gritei em pânico e ajoelhei ao lado dela. — Carrie, você está...

— Não ajoelhe no sangue, sua burra! — ela gritou e empurrou a minha mão. — Você quer estragar tudo? Não pode haver sangue na sua roupa! O que a tripulação ia dizer? Oh, Cristo, ai meu Deus, por que não para de sangrar?

Levantei sem jeito, quase tropecei no quimono e fiquei ali parada, tremendo. Então recuperei o juízo e corri para o banheiro para pegar um pedaço grande de papel higiênico.

— Toma — minha voz tremeu também.

Ela olhou para cima, zangada, pegou o papel e apertou no corte. Então afundou no beliche com a cara cinza.

— O... o que eu devo fazer? — perguntei. — Posso ajudá-la?

— Não. A única coisa que pode me ajudar é Richard acreditar que você bateu em mim com tanta força que eu não pude detê-la. Vamos torcer para que isso funcione. Agora vá embora — ela disse com a voz rouca —, antes que ele volte e isso tudo seja inútil.

— Carrie, eu... o que eu posso fazer?

— Duas coisas — ela respondeu, cerrando os dentes para aguentar a dor. — Primeiro, me dê 24 horas antes de ir à polícia, está bem?

Fiz que sim com a cabeça. Não era o que eu pretendia, mas achei que não podia recusar isso, pelo menos.

— Segunda coisa, *dê o fora daqui* — ela gemeu.

O rosto de Carrie estava tão branco que fiquei assustada, mas sua expressão era de determinação inabalável.

— Você tentou me ajudar, não tentou? Foi o que botou você nessa enrascada. Agora essa é a única coisa que posso fazer para ajudá-la. Então não transforme isso em perda de tempo. Dê o fora daqui agora!

— Obrigada — respondi, rouca, com a voz embargada.

Ela não falou mais nada, só acenou com a mão para o corredor. Quando cheguei na porta, ela avisou:

— O cartão-chave da suíte está no seu bolso. Vai encontrar cerca de cinco mil coroas numa carteira sobre a penteadeira. É mistura de dinheiro norueguês, dinamarquês e sueco, mas tem quase quinhentas libras no câmbio, eu acho. Pegue tudo. Tem cartões de crédito e de identidade. Eu não sei as senhas dos cartões, não são meus, são da Anne, mas você pode encontrar algum lugar em que deixam assinar. Terá de pedir para alguém abaixar a prancha de desembarque para poder descer do navio. A não ser que já esteja posta para Richard. Diga para eles que Richard acabou de telefonar e que você vai encontrá-lo no caminho.

— Ok — sussurrei.

— Troque de roupa e se afaste do porto assim que puder. É isso — ela fechou os olhos e recostou.

O pedaço de papel posto na têmpora já estava ensopado de sangue.

— Ah, e me tranque aqui quando sair.

— Trancá-la aqui? Tem certeza?

— Sim. Tenho certeza. Precisa ser convincente.

— Mas e se ele não vier para encontrá-la?

— Ele virá — ela disse com a voz monótona. — É a primeira coisa que vai fazer quando não me achar lá em cima. Ele vem ver você aqui.

— Está bem... — respondi sem muita convicção. — Qual é o código da porta?

— A porta? — ela abriu os olhos cansados. — Que porta?

— Você disse que havia uma segunda porta trancada, fora dessa aqui. Com um painel de código.

— Eu menti — ela disse cansada. — Não tem outra porta. Só falei isso para você não pular em cima de mim. É só ir subindo.

— Eu... obrigada, Carrie.

— Não me agradeça — ela fechou os olhos de novo. — Apenas tenha sucesso, por nós duas. E não olhe para trás.

— Ok.

Fui para perto dela, não sei para quê, talvez para abraçá-la. Mas seu peito estava todo molhado de sangue e saía mais do ferimento na têmpora. E Carrie tinha razão. Manchas de sangue na minha roupa não iam ajudar ninguém, muito menos a ela.

Foi a coisa mais difícil que já fiz na vida, dar as costas para uma mulher que parecia que ia se esvair em sangue e morrer, tudo por minha causa. Mas eu sabia o que precisava fazer. Por nós duas.

— Adeus, Carrie.

Ela não respondeu. E eu fugi.

—ɷ—

O corredor era estreito e quente demais, até mais quente do que a abafada cabine de onde eu vinha. Havia uma barra pesada na porta, presa no plástico, e um cadeado grosso, com a chave espetada. Abri a barra da tranca engolindo a sensação de culpa que apertava minha garganta, então hesitei com a mão em cima da chave. Será que devia levá-la? Decidi deixar lá. Não queria que Carrie passasse nem um segundo a mais do que precisava lá dentro.

A porta da cabine ficava numa ponta do corredor bege e feio. Na outra ponta havia uma porta com os dizeres "Entrada proibida — para uso exclusivo da tripulação autorizada", e depois um lance de escada. Olhei uma vez, consternada, para a porta trancada da cabine, atrás da qual Carrie perdia sangue, e então corri para a escada e comecei a subir.

Subi sem parar a escada, o coração aos pulos no peito, as pernas trêmulas de falta de uso. Subi a escada de serviço forrada com um tapete puído com borda de metal. Minha mão suada escorregou no corrimão e vi na minha cabeça a ofuscante Grande Escadaria, o faiscar do cristal, a sensação do mogno polido do corrimão na ponta dos dedos, macio como a seda. Senti o riso borbulhar dentro de mim, tão irracional como quando eu ri no enterro da minha avó, o medo e o susto se transformando em uma espécie de histeria.

Balancei a cabeça e continuei subindo o lance seguinte da escada, passando por portas marcadas "manutenção" e "exclusivo dos funcionários".

Fui subindo os degraus até chegar a uma imensa porta de aço que tinha uma barra atravessada na frente, como uma saída de incêndio. Parei um pouco, ofegante com a longa subida, sentindo o suor gelado formando poça na base da coluna. O que havia do outro lado daquela porta?

Atrás de mim estava Carrie, encolhida na cama beliche naquele quarto que era um caixão sem ar. Meu estômago virou e me obriguei a tirar essa imagem da cabeça e a me concentrar, fria e deliberadamente, nos passos que tinha de dar. Eu precisava sair e depois, assim que estivesse a salvo, poderia... o quê? Chamar a polícia, desafiando o pedido de Carrie?

Ali parada com a mão na porta tive uma lembrança marcada a fogo daquela noite no meu apartamento. Acovardada dentro do meu quarto, assustada demais para abrir a porta e enfrentar o que ou quem estivesse do outro lado. Talvez tivesse sido melhor derrubar a porta trancada com um chute, sair correndo e enfrentá-lo, mesmo se significasse levar uma surra. Eu podia estar no hospital agora, me recuperando, com Judah ao meu lado, e não presa naquele pesadelo acordada.

Bem, a porta agora não estava trancada.

Enfiei a mão na tranca e empurrei para abrir.

32

A luz. Foi como um tapa, fiquei tonta, piscando, olhando boquiaberta para os prismas arco-íris de mil cristais Swarovski. A porta de serviço dava diretamente na Grande Escadaria onde faiscava o candelabro, dia e noite, um gigantesco "vai se foder!" para a economia, a contenção e o aquecimento global, para não mencionar o bom gosto.

Eu me firmei segurando o corrimão de madeira encerada e espiei à esquerda e à direita. Havia um espelho na curva da escada que refletia o brilho do candelabro e multiplicava a luz dançante infinitamente. Quando virei e me vi nele, olhei duas vezes e meu coração pulou para a boca. Porque lá no espelho estava Anne, com a cabeça coberta de ouro e verde, os olhos fundos e machucados.

Eu parecia exatamente o que eu era, uma fugitiva. Obriguei-me a ficar com as costas mais retas e a caminhar devagar, apesar de querer correr feito um rato apavorado.

Depressa, rápido, rápido, rosnava a voz no fundo da minha cabeça. *Bullmer está chegando. Mexa-se!* Mas mantive o passo lento e firme, lembrando-me do jeito de caminhar de Anne — Carrie, altiva, como se medisse cada passo para conservar força. Eu estava indo para a proa do navio, para a cabine 1, e meus dedos suados apertaram a chave da suíte dentro do bolso, sentindo a rigidez tranquilizadora.

Cheguei, então, a um beco sem saída, escadas subindo para o restaurante, sem passagem para a proa. Merda. Tinha pegado o caminho errado.

Voltei e tentei me lembrar da rota que tinha seguido quando fui ver Anne — Carrie naquela noite antes de Trondheim. Meu Deus, tinha sido só há uma semana mesmo? Parecia um século, outra vida. Espere aí, era para ser à direita depois da biblioteca, não esquerda. Certo?

Rápido, pelo amor de Deus, rápido!

Continuei com o passo firme e ritmado, mantive a cabeça erguida, tentando não olhar para trás e não imaginar mãos agarrando minha roupa flutuante de seda, me arrastando de volta lá para baixo. Virei à direita, depois à esquerda e passei por um depósito. Parecia o caminho certo. Tinha certeza de que me lembrava da fotografia da geleira.

Outro desvio e mais um beco sem saída, com escadas levando ao deque do banho de sol. Senti vontade de chorar. Onde estavam as porras das placas? As pessoas tinham de encontrar as cabines por telepatia? Ou tinham escondido a Suíte Nobel de propósito para que os *hoi polloi* não perturbassem os VIPs?

Curvei o corpo para frente, apoiei as mãos nos joelhos, senti os músculos tremerem embaixo da seda e respirei bem devagar, tentando me fazer acreditar. Eu podia fazer isso. Eu não ia estar ainda vagando pelos salões, soluçando, quando Richard chegasse e subisse a prancha de embarque.

Respire... Um... Dois... A voz calmante de Barry na minha cabeça me deu um acesso de raiva que bastou para me botar de pé e andando de novo. Enfie, Barry. Enfie o seu pensamento positivo em algum lugar que doa bastante.

Eu tinha voltado para a biblioteca e experimentei outra vez, agora virando à esquerda no depósito. E de repente cheguei. A porta da suíte estava na minha frente.

Peguei a chave no bolso sentindo a adrenalina eletrizando cada um dos meus neurônios. E se Richard já tivesse voltado?

Não seja a perdedora se acovardando atrás da porta de novo, Lo. Você consegue.

Enfiei a chave na porta, abri com muita rapidez, pronta para largar tudo e correr, caso houvesse alguém lá dentro.

Mas não tinha. As luzes estavam acesas, mas não havia ninguém na cabine, as portas do banheiro e do quarto contíguo escancaradas.

Minhas pernas cederam e caí de joelhos no tapete espesso. Algo muito parecido com soluços de choro subiu até minha garganta. Mas eu não estava em segurança ainda. Nem de longe. Carteira. Carteira, dinheiro, casaco e depois para longe desse navio horrível, para sempre.

Fechei a porta, tirei o quimono correndo, agora que não tinha ninguém para ver meus movimentos febris, e de sutiã e calcinha vasculhei as gavetas de Anne. A primeira calça comprida que experimentei era de brim e muito justa, não passou da metade das minhas coxas, mas achei uma legging de lycra que coube em mim e um top preto bem discreto. Então botei o quimono por cima do top, prendi bem a faixa na cintura e arrumei o lenço de cabeça diante do espelho nas partes que tinham saído do lugar.

Desejei poder usar óculos escuros, mas espiei pela janela e vi que estava um breu lá fora. O relógio na mesa de cabeceira de Anne marcava onze e quinze da noite. Meu Deus, Richard ia chegar a qualquer momento.

Enfiei os pés de novo nas espadrilles de Carrie e olhei em volta à procura da carteira que ela descrevera. Não havia nada na penteadeira imaculadamente polida, mas abri duas gavetas ao acaso, imaginando se a camareira tinha guardado para não ficar tão à mostra. A primeira gaveta estava vazia. A segunda que verifiquei tinha um monte de lenços de cabeça estampados, e eu já ia fechar quando notei que parecia ter alguma coisa por baixo da pilha de seda macia, uma forma dura e chata no meio dos lenços transparentes. Empurrei os lenços e fiquei sem ar.

Aninhada ali no fundo estava uma arma. Eu nunca tinha visto uma arma de verdade antes e fiquei paralisada, esperando que disparasse sozinha, sem que eu tocasse nela, e muitas perguntas se amontoaram na minha cabeça. Eu devia levá-la? Estava carregada? Era verdadeira? Pergunta idiota. Duvidava que alguém se desse ao trabalho de ter uma réplica na cabine.

Quanto a dever ou não levá-la comigo, procurei me imaginar apontando a arma para alguém e fracassei. Não, eu não podia levar. Além do mais, não tinha ideia de como usá-la e mais provável seria que eu acabasse atirando em mim mesma e não em outra pessoa qualquer. Porém, o mais importante é que precisava fazer com que a polícia acreditasse e confiasse em mim, e aparecer na delegacia com uma arma roubada e carregada no bolso era a melhor maneira de garantir que me prendessem, e não ouvissem o que eu tinha a dizer.

Com certa relutância, botei os lenços de volta no lugar, em cima da arma, fechei a gaveta e continuei procurando a carteira.

Finalmente achei na terceira gaveta de cima para baixo, uma carteira marrom de couro, bem usada, posta com cuidado em cima de uma pasta com papéis. Dentro havia meia dúzia de cartões de crédito e um maço de notas que não tive tempo de contar, mas que parecia mesmo ter as cinco mil coroas que Carrie mencionara, talvez mais. Guardei no bolso da legging, por baixo do quimono, e depois dei uma última olhada pelo quarto, pronta para sair. Estava tudo como eu tinha encontrado, exceto pela carteira. Era hora de ir.

Respirei fundo, me preparei e abri a porta. Ao fazer isso, ouvi vozes no corredor. Titubeei um minuto, pensando se devia encarar de frente logo. Mas então uma das vozes disse, num tom de paquera, "Claro, senhor, qualquer coisa que eu possa fazer para garantir a sua satisfação...".

Não esperei para ouvir mais. Fechei a porta com um clique discreto, diminuí a intensidade da luz e fiquei no escuro, de costas para a madeira sólida, o coração acelerado. Meus dedos estavam gelados e formigando, e sentia fraqueza nas pernas, mas era meu coração, meu coração batendo feito louco e fora de controle, uma batida que parecia uma disparada de pânico, que ameaçava me dominar. Merda, merda, merda! *Respire, Laura. Um, dois...*

Cale essa boca!

Eu não tinha ideia se aquele grito estava dentro da minha cabeça, só que com um esforço enorme eu consegui me afastar da porta e ir para a varanda. A porta de vidro abriu deslizando e fui lá para fora, o frio da noite de setembro um choque na pele que não sentia ar fresco havia dias.

Fiquei um tempo encostada no vidro da porta, sentindo a pulsação nas têmporas e na garganta, e o coração batia acelerado nas costelas, então respirei fundo e andei para o lado, onde a varanda acompanhava uma curva do navio. Agora eu estava fora da vista da janela, com as costas no aço gelado do casco, mas vi a luz quando a porta do corredor abriu e então as lâmpadas da cabine foram acesas de novo, iluminando inclusive a varanda. Não venha para cá, não venha para cá, rezei e me encolhi no canto, esperando o clique e a porta de vidro deslizar. Mas nada aconteceu.

Dava para ver o reflexo do quarto no vidro. A imagem parecia cortada ao meio onde o vidro terminava, à altura das costelas, e o reflexo ficava misturado com fantasmas criados pelas camadas duplas e triplas de vidro. Mas eu podia ver um homem no quarto, fazendo coisas. Sua silhueta escura foi na direção do banheiro e ouvi o barulho das torneiras e da descarga, depois ele ligou a televisão e a luz azulada bruxuleante era facilmente reconhecível no vidro. Acima desse som ouvi o barulho de um telefone tocando, o nome de Anne e, então, prendi a respiração. Será que ele estava perguntando o paradeiro de Carrie? Dali a quanto tempo ele ia sair para procurar?

O telefonema acabou, ou pelo menos ele parou de falar, e vi quando ele se moveu de novo, se jogou na cama branca, espalhado no retângulo claro e luminoso.

Esperei e agora já estava com mais frio, mudando o pé de apoio várias vezes para tentar me manter pelo menos um pouco quente, mas sem coragem de me mexer muito, de medo que ele visse o movimento refletido na mesma barreira de vidro que eu usava para espioná-lo. A noite estava incrivelmente linda e, pela primeira vez desde que eu tinha ido para a varanda, olhei em volta.

Estávamos bem no fundo de um dos fiordes, os lados de pedra do vale subiam em volta de nós, a água lá embaixo escura, parada e profunda demais. Lá do outro lado do fiorde deu para ver as luzes de pequenas casas e as lanternas dos barcos apoitados mais ao longe na água calmíssima. Debruçadas sobre isso tudo as estrelas, claras e brancas, quase insuportáveis de tão lindas. Pensei em Carrie lá embaixo, presa e sangrando como um animal numa armadilha... por favor, meu Deus, faça com que a encontrem. Eu não ia suportar se alguma coisa acontecesse com ela. Eu seria responsável por tê-la trancado lá embaixo, deixando-a com seu plano maluco.

Esperei que Richard adormecesse, e não conseguia mais parar de tremer. Mas ele não dormiu. Pelo menos diminuiu um pouco a intensidade da luz, mas a televisão continuou fazendo aquele barulho todo, as imagens piscando e dando ao quarto tons de azul e verde, com repentinos cortes em preto. Mudei o pé de apoio de novo e enfiei as mãos geladas embaixo dos braços. E se ele dormisse na frente da televisão? Será que daria para eu saber? Mas mesmo se ele dormisse normal e profundamente, eu não tinha certeza se poderia reunir coragem para entrar no quarto com um assassino e andar ali na ponta dos pés enquanto ele dormia, a poucos centímetros de distância.

E qual era a alternativa? Esperar até ele ir procurar Carrie?

E então ouvi uma coisa que fez meu coração quase parar e voltar à vida, batendo duas vezes mais rápido. Estavam ligando o motor do navio.

O pânico me dominou como uma onda gelada no mar e tentei raciocinar. Ainda não estávamos nos movendo. Havia uma chance de a prancha ainda estar abaixada. Eu teria ouvido se a tivessem levantado. Lembrei que quando zarpamos de Hull, o motor ficou roncando um bom tempo antes da partida de fato. Mas era um relógio batendo. Quanto tempo eu tinha? Meia hora? Quinze minutos? Talvez menos, já que não havia passageiros a bordo e nenhum motivo para permanecer ali.

Fiquei ali congelando e torturada pela indecisão. Será que devia sair correndo? Richard estava dormindo? Não dava para saber pelo reflexo no vidro da varanda. A imagem era muito imprecisa e embaçada.

Inclinei a cabeça, me movi da forma mais silenciosa possível e, pelo canto da porta da varanda, espiei a quietude do quarto. Mas bem na hora que fiz isso, ele se mexeu e estendeu o braço para pegar um copo, depois largou e eu movi a cabeça para trás com o coração aos pulos.

Merda. Devia ser uma hora da madrugada. Por que ele não estava dormindo? Será que estava esperando por Carrie? Mas eu precisava sair do navio. Precisava sair dali.

Pensei nas janelas da varanda, que podiam ser abertas do lado de fora, que alguém muito corajoso... ou muito burro... seria capaz de escalar a alta parede de vidro entre as varandas e entrar na cabine vizinha. E uma vez lá na cabine vizinha, eu só teria de sair e correr para a prancha de desembarque. Não me importei com a história que teria de inventar quando chegasse lá. Eu ia sair daquele navio de algum jeito, se não por mim, por Anne e por Carrie.

Não, porra... Por mim.

Eu ia sair daquele navio por mim, porque não tinha feito nada para merecer isso, além de estar no lugar errado na hora errada e não ia admitir que Bullmer me acrescentasse à lista de mulheres que ele havia destruído.

Olhei para baixo, para mim mesma, para as linhas escorregadias do quimono, impossível fazer aquilo com ele, desamarrei a faixa da cintura e despi a seda macia. O quimono caiu no chão com um ruído que mal chegava a um suspiro, peguei e embolei o tecido da melhor forma que pude, depois joguei por cima da tela de privacidade e ele caiu na varanda ao lado com um "plof" suave, quase imperceptível.

Então olhei para a divisória de vidro, bem mais alta do que eu, e engoli em seco.

Eu jamais conseguiria escalar aquela tela de privacidade, isso ficou claro. Não sem algum equipamento especial e, ou, uma escada. Mas a proteção de vidro que dava para o mar... aquela dava para subir. Ficava na altura do meu peito, e eu tinha flexibilidade suficiente para passar uma perna por cima e me içar para montar nela, e dali usaria a tela de privacidade para me apoiar e ficar de pé.

Havia só um problema. Ficava sobre o mar.

Eu não tenho fobia de água. Bem, pelo menos nunca tive antes. Mas quando espiei por cima do parapeito e vi as ondas escuras sugando famintas o casco do navio, senti o estômago revirar e contrair como se estivesse mareando.

Merda. Eu ia mesmo fazer aquilo? Parecia que sim.

Sequei as mãos molhadas de suor na parte de trás da legging e respirei fundo. Não ia ser fácil, eu não estava me iludindo, mas era possível sim. Afinal de contas, Carrie tinha feito isso para entrar na minha cabine. Se ela podia, eu também podia.

Flexionei os dedos e passei uma perna por cima do vidro que dava para o mar bem devagar, usando toda a força que tinha nos músculos fracos de frango em gaiola, subi e fiquei montada na parede de vidro. À minha esquerda estava a cabine, com as cortinas abertas, e a porta da varanda me emoldurava em plena vista para qualquer pessoa que virasse para aquele lado. À minha direita era queda livre até as águas do fiorde lá embaixo. Eu não tinha ideia de qual era a distância, mas daquele ângulo parecia o equivalente a uma casa de dois ou três andares. Eu não tinha certeza de qual lado era mais assustador. Só precisava torcer para que meus movimentos não chamassem a atenção de Richard. Engoli em seco, nervosa, apertei o vidro escorregadio com as pernas e tentei reunir coragem. Ainda não tinha feito a parte mais difícil. Que vinha agora.

Tremendo de medo e com o esforço, pus um pé para frente e agarrei a ponta da tela opaca de privacidade para levantar. Agora tudo que precisava fazer era inclinar meu corpo para fora, dar a volta pelo lado do mar do vidro e pular para a segurança do outro lado.

"Tudo"... É. Está certo.

Respirei fundo, senti meus dedos gelados e suados escorregando no vidro. Não havia *pegada*. Todas as outras partes daquele navio tinham penduricalhos e adereços, será que não podiam ter separado alguma quinquilharia para botar no vidro da divisória? Só algumas pedras de strass, algum entalhe da moda, qualquer coisa que criasse uma protuberância para agarrar com as pontas dos dedos.

Passei um pé para o outro lado da parede de vidro... e no mesmo instante soube que as alpargartas tinham sido um erro.

Fiquei com elas achando que algo para proteger os pés e me dar mais firmeza no vidro não seria ruim, mas quando estava com o peso do corpo sobre o mar senti a sola do pé de apoio deslizar na beirada fina.

Levei um susto e apertei os dedos desesperadamente no vidro diante de mim. Se pura força de vontade pudesse me sustentar, eu teria conseguido. Senti uma unha quebrar, depois outra, e então pareceu que o vidro estava sendo puxado das minhas mãos, da ponta dos dedos que esgaravatavam tão de repente que foi impossível fazer qualquer coisa, até gritar.

Senti o vento no rosto um breve e apavorante instante, o cabelo adejando no escuro, as mãos ainda agarrando o ar. Eu estava caindo, caía de costas no mar, nas profundezas do fiorde.

Bati no mar escuro com um estalo que parecia um tiro, uma pancada forte e ardida que tirou todo o ar dos meus pulmões.

Senti o ar borbulhando dos meus pulmões quando despenquei no meio das muralhas de pedra e a água gelada chegou aos ossos. Quando mergulhei mais fundo no negrume sem fim, senti uma corrente sedosa subir lá do fundo, agarrar meus pés e puxar.

33

Não lembro o que senti quando afundei, só a pancada de quebrar ossos quando bati no mar e o gelo paralisante da água. Mas me lembro do pânico de revirar as entranhas quando a correnteza me pegou, bem lá no fundo.

Batam, eu disse para minhas pernas, sentindo o soluço chegar à garganta. E bati as pernas. Naquele negrume, naquele gelo, eu bati as pernas, primeiro porque não queria morrer, depois quando o gelo preto começou a me afetar, porque não havia nada mais que eu pudesse fazer, porque meus pulmões estavam arrebentando e eu sabia que, se não chegasse logo à superfície do mar, ia morrer.

A correnteza mexia e puxava minhas pernas com dedos escorregadios, tentando me arrastar para o fundo da escuridão do fiorde, por isso esperneei com aflição e desespero crescentes. Naquele pretume, com as correntezas de água rodopiante em volta, era quase impossível saber o que era em cima e o que era embaixo. E se eu estivesse indo cada vez mais para o fundo? Mas não tive coragem de parar. O instinto de sobrevivência era forte demais. *Você está morrendo!*, berrou uma voz na minha cabeça. E a única reação das minhas pernas foi chutar, espernear e bater muito.

Fechei os olhos para que não ardessem com o sal, e sobre as pálpebras fechadas luzes começaram a faiscar e tremular, terrivelmente próximas, próximas demais para serem os lampejos claros e escuros que fragmentavam minha visão quando tinha o ataque de pânico. Mas para minha surpresa e incredulidade, quando abri os olhos de novo consegui ver alguma coisa, o reflexo claro e luminoso da lua na água.

Quase não acreditei, mas estava cada vez mais perto e o puxão da correnteza no meu corpo já estava mais fraco. Então cheguei à superfície e respirei ruidosamente, parecia um grito, a água escorrendo no rosto, eu tossia e soluçava, e tossia de novo.

Eu estava perto demais do casco do navio, o bastante para sentir o pulsar das máquinas como um batimento cardíaco através da água do mar, e sabia que precisava começar a nadar. Não só por ser muito possível morrer de hipotermia em mares tão gelados, mas a urgência maior vinha do risco de o navio começar a se mover comigo ali tão perto; só a divina intervenção me salvaria. E naqueles últimos dias eu já tivera azar suficiente para concluir que se havia um Deus lá em cima, ele não devia gostar muito de mim.

Movi os braços tremendo e procurei saber onde estava. Tinha aflorado na proa do navio e pude ver uma fileira de luzes no cais e o que achei que talvez fosse a forma escura de uma escada, só que meus olhos ardendo e cheios de água não me permitiam ter certeza.

Era difícil fazer meu corpo obedecer. Eu tremia tanto que mal conseguia controlar braços e pernas, mas forcei o movimento e aos poucos fui conseguindo nadar na direção das luzes, tossindo com as ondas que batiam no meu rosto, sentindo o gelo da água batendo nos ossos, me obrigando a respirar devagar, profundamente, apesar de todas as partes do meu corpo pedirem para eu ofegar e bufar diante do ataque físico do frio. Alguma coisa macia, mas sólida, bateu no meu rosto quando nadava e eu estremeci, mais de frio do que de nojo. Eu podia me preocupar com ratos mortos e peixes podres quando chegasse em terra firme. Naquele momento a única preocupação que eu tinha era sobreviver.

Eu não devia ter caído a mais de vinte ou trinta metros do cais, mas agora parecia estar bem mais longe. Nadei muito e às vezes era capaz de jurar que as luzes da costa estavam se distanciando, outras vezes pareciam quase ao alcance da mão, mas finalmente senti a ferrugem do ferro da escada bater nos meus dedos dormentes, então subi, escorreguei, subi, escorreguei, lutando para não perder a pegada enquanto içava meu corpo molhado e tiritante degraus acima.

Na beira do cais despenquei no concreto, engasgando, tossindo e tremendo. Depois de um momento fiquei de quatro e levantei a cabeça, primeiro olhando para o *Aurora*, depois para a cidadezinha na minha frente.

Não era Bergen. Não tinha ideia de onde estávamos, mas era uma cidade bem pequena, mal passava de uma aldeia, e naquela hora da noite não havia vivalma à vista. Os cafés e bares que se alinhavam no cais estavam todos fechados. Havia algumas luzes nas vitrines das lojas, mas o único estabelecimento que fui capaz de ver e que parecia ter alguém para abrir a porta foi um hotel que dava para o cais.

Fiquei de pé tremendo muito, passei por cima da corrente baixa que cercava a beira do cais e fui andando, trôpega, na direção do hotel. O motor do *Aurora* tinha acelerado um pouco e agora soava urgente. Quando atravessei a beira de concreto do cais que parecia infinita, aceleraram mais ainda, ouvi o barulho de água jorrando e, quando olhei com medo para trás, vi o navio começar a se mover, a proa apontada para o fiorde, os motores roncando enquanto a embarcação se afastava lentamente da costa.

Desviei o olhar rapidamente, tomada por uma espécie de superstição, como se o simples fato de virar para ver o navio pudesse atrair a atenção das pessoas a bordo.

Quando cheguei aos degraus da entrada do hotel, o barulho dos motores ganhou mais força ainda e senti as pernas cedendo ao bater, com insistência, na porta. Ouvi uma voz dizendo "Alguém venha aqui, por favor, oh, por favor, venha alguém aqui...". Então abriram a porta, a luz e o calor escorreram para fora, senti que me ajudavam a levantar e me levavam para a segurança do interior do hotel.

—⁂—

Cerca de meia hora depois eu estava encolhida numa poltrona de palhinha, enrolada num cobertor sintético vermelho, no terraço envidraçado com luz indireta e vista para a baía. Segurava uma caneca de café, mas estava cansada demais para beber. Ouvi vozes ao fundo, falando em norueguês, supus que fosse. Eu estava cansada demais. Como se não tivesse dormido direito há dias, o que era verdade. Meu queixo ficava batendo no peito e subindo convulsivamente de novo quando eu lembrava de onde estava e do que havia escapado. Será que foi mesmo real aquele pesadelo do lindo navio com sua cela que parecia um túmulo, lá no fundo das ondas do mar? Ou seria isso uma longa alucinação?

Eu estava meio cochilando, meio observando as luzes na escuridão deserta da baía, e o *Aurora* já era um pontinho lá longe no fiorde, seguindo para o oeste, quando ouvi uma voz por cima do ombro.

— Senhorita?

Olhei para cima. Era um homem que usava uma identificação meio torta com o nome "Erik Fossum — Gerente Geral". Parecia ter sido arrancado da cama, estava com o cabelo todo embaraçado e a camisa abotoada errado. Ele passou a mão no queixo com barba por fazer e sentou na poltrona à minha frente.

— Olá — eu disse desconfiada.

Tinha contado a minha história para o homem da recepção, pelo menos as partes que achei que podia e até onde a sua fluência em inglês permitia. Ele devia ser o porteiro da noite, parecia e soava mais como espanhol ou turco do que norueguês, apesar do norueguês dele ser melhor do que o inglês, que servia bem para dizer frases padrão sobre registro de hóspedes e horário de funcionamento, mas não estava à altura de entender um relato balbuciado de identidades trocadas e assassinato.

Vi quando ele mostrou o único documento de identidade que estava comigo — de Anne — para o gerente, e ouvi sua voz baixa, cautelosa, e também meu nome repetido algumas vezes.

Agora o homem sentado à minha frente cruzou os dedos e deu um sorriso nervoso.

— Senhorita Black Lock, é isso?

Fiz que sim com a cabeça.

— Eu não entendi direito. O meu gerente da noite tentou explicar, mas como é que está com os cartões de crédito de Anne Bullmer? Conhecemos Anne e Richard muito bem, eles ficam aqui às vezes. A senhorita é amiga deles?

Pus as mãos no rosto como se pudesse empurrar para longe o cansaço que ameaçava me derrubar.

— É... é uma longa história. Posso usar o seu telefone, por favor? Preciso falar com a polícia.

Eu tinha resolvido quando me pendurei, encharcada e exausta, na mesa da recepção, que, apesar da promessa que fiz para Carrie, essa era a única chance de salvá-la. Não acreditei, nem por um segundo, que Richard pouparia a vida dela. Ela sabia demais, tinha estragado muita coisa. Sem o lenço de cabeça eu não tinha chance de me fazer passar por Anne, e sem o passaporte de Carrie também não tinha chance de fingir que era Carrie, e as duas estavam perdidas em algum lugar daquela baía, nas profundezas do mar. A única coisa que sobreviveu foi a carteira de Anne, e que continuou milagrosamente no bolso da calça de lycra quando eu subi a escada e saí da água.

— Claro que sim — disse Erik com simpatia. — Quer que eu ligue para eles? Talvez o tradutor de inglês não esteja lá trabalhando a essa hora da noite. E devo avisar que não temos uma delegacia aqui na cidade. A mais próxima fica a algumas horas de viagem, no próximo... como é a palavra... no próximo vale. E talvez só possam mandar alguém amanhã.

— Mas por favor, diga para eles que é urgente — eu pedi, cansada. — Quanto mais cedo, melhor. Eu posso pagar a diária daqui. Tenho dinheiro.

— Não se preocupe com isso — ele disse, sorrindo. — Quer mais alguma coisa para beber?

— Não, não, obrigada. Apenas diga para eles virem *logo*, por favor. A vida de alguém pode estar em risco.

Apoiei pesadamente a cabeça na mão e os olhos quase fecharam quando ele foi até a recepção. Então ouvi o barulho de um fone sendo tirado do aparelho e o bipe dos números sendo discados. Parecia um número bem longo. Talvez a versão norueguesa do 999 fosse diferente. Ou talvez estivesse ligando para a polícia local.

Tocou. Alguém do outro lado da linha atendeu e tiveram uma breve conversa. Através do véu da exaustão ouvi Erik falar alguma coisa em norueguês, e de tudo só consegui destacar a palavra "hotel"... depois uma pausa e mais frases em norueguês. Daí ouvi meu nome, dito duas vezes, depois o nome de Anne.

— *Ja, din kone, Anne* — disse Erik, como se a pessoa do outro lado não tivesse ouvido direito, ou não tivesse acreditado no que estava ouvindo.

Então mais conversa em norueguês, uma risada e finalmente a despedida.

— *Takk, farvel, Richard.*

Levantei a cabeça de estalo e todas as partes do corpo ficaram geladas e imóveis.

Olhei para os navios na baía, para o *Aurora*, cujas luzes já estavam desaparecendo ao longe. E... seria minha imaginação? Parecia que o navio tinha parado.

Fiquei mais um tempo observando as luzes do barco, tentando avaliá-las em relação aos pontos de referência em terra firme e finalmente tive certeza. O *Aurora* não estava mais indo para o oeste, subindo o fiorde. Ele estava virando. Estava voltando.

Erik tinha desligado o telefone e agora discava outro número.

— *Politiet, takk* — disse ele quando alguém atendeu.

Fiquei um tempo sem conseguir me mexer, paralisada por entender o que tinha feito. Eu não tinha acreditado nas afirmações de Carrie sobre a rede de influência de Richard, não totalmente. Deixei essa informação de lado, atribuindo à paranoia de uma mulher maltratada demais para acreditar na possibilidade de fuga. Mas agora... agora esses medos tinham ficado reais demais.

Botei a caneca de café na mesa com cuidado, deixei o cobertor vermelho cair no chão e, sem fazer barulho nenhum, abri a porta do terraço e saí para a noite lá fora.

34

Corri pelas ruazinhas sinuosas da pequena cidade, ofegante, com dor no peito, cortando os pés descalços nas pedras e gemendo de dor. As ruas foram rareando e as luzes dos postes desaparecendo, mas continuei correndo no escuro, no frio, tropeçando em poças invisíveis, pisando no capim molhado e no cascalho de trilhas, até meus pés ficarem insensíveis demais até para sentir os cortes e as pedras.

Mesmo assim segui em frente, desesperada para botar o máximo de quilômetros que pudesse entre mim e Richard Bullmer. Sabia que não ia conseguir manter aquela corrida, que em algum ponto teria de me render, mas minha única esperança era continuar avançando até onde desse, até encontrar alguma espécie de abrigo.

Por fim, não conseguia mais correr. Reduzi para um passo mais lento, ofegante, manquitolante e, conforme as luzes da cidade iam diminuindo ao longe, desacelerei e adotei uma dolorosa e trôpega caminhada. Estava numa estrada cheia de curvas que serpenteava rumo à escuridão, subindo a lateral do fiorde. A cada centena de metros, eu olhava para trás, espiava o vale lá embaixo, as luzes da pequena cidade portuária que se afastavam e a linha escura e lisa das águas do fiorde onde as luzes do *Aurora* se aproximavam. Agora era inconfundível. Dava para ver o navio claramente, e também pude ver a luz começando a tingir o céu.

Já estava amanhecendo... meu Deus, que dia era? Segunda-feira?

Mas havia alguma coisa errada e, depois de alguns minutos, percebi o que era. A luz no céu não era a leste e sim ao norte. O que eu estava vendo não era o nascer do sol, mas o verde fantasmagórico com laivos dourados da aurora boreal.

Descobrir isso me fez rir, uma risada amarga e triste que soou chocante de tão alta na quietude da noite. O que Richard tinha dito? Que todos deviam ver a aurora boreal antes de morrer. Bem, eu estava vendo agora. Só que não parecia mais tão importante.

Tinha parado um pouco para ver a mutante e gloriosa aurora, mas então, pensando em Richard, recomecei a andar. A cada passo lembrava dos pedidos frenéticos de Carrie para eu correr e ir embora, seus avisos histéricos sobre o alcance da influência de Richard.

Agora não pareciam tão histéricos assim.

Se ao menos eu tivesse acreditado nela... Eu nunca devia ter mostrado a identidade de Anne no hotel, nem confiado ao Erik os poucos detalhes que dei a ele. Mas eu não podia acreditar que qualquer pessoa, por mais rica que fosse, tivesse aquele tipo de influência e alcance. Agora entendia que estava errada.

Gemi diante da minha estupidez e do frio que atacava através da minha roupa fina e molhada. E principalmente por ter deixado a carteira na mesa da recepção. Burra, burra, burra. Eram cinco mil coroas molhadas, encharcadas, mas ainda úteis, e eu havia deixado lá para Richard, como um pequeno oi dourado para quando ele voltasse ao hotel. O que eu ia fazer? Não tinha identidade, nenhum lugar para dormir, não tinha como comprar sequer uma barra de chocolate, que dirá uma passagem de trem. Minha melhor chance era encontrar uma delegacia de polícia, mas como? Onde? E será que ia ousar contar a verdade quando chegasse lá?

Estava pensando nisso quando ouvi o barulho de um motor atrás de mim, virei e vi um carro fazendo a curva rápido demais, evidentemente sem achar que haveria alguém ali na estrada àquela hora da noite.

Corri para a beira da estrada, perdi o equilíbrio e caí, escorreguei no mato que me deixou ensanguentada e toda arranhada, com a legging em frangalhos, e acabei parando numa vala cheia de pedras e lama, uma espécie de riacho ou canal de drenagem que ia até o fiorde lá embaixo. O carro tinha freado cantando os pneus na estrada uns dois ou três metros acima de onde eu estava, os faróis apontados para o vale e a fumaça do escapamento vermelha saindo com as luzes traseiras.

Ouvi o barulho de passos na estrada logo acima. Richard? Um dos homens dele? Eu tinha de fugir.

Tentei ficar de pé, mas meu tornozelo dobrou, tentei de novo, com mais cuidado dessa vez. Soltei um soluço de dor.

Com o barulho, um homem iluminado por trás, do qual eu via penas a silhueta, veio espiar a beira da estrada, e uma voz disse algo em norueguês. Balancei a cabeça. Minhas mãos tremiam.

— E-eu não falo norueguês — procurei evitar que os soluços se misturassem com as minhas palavras. — V-você fala inglês?

— Sim. Eu falo inglês — disse o homem com sotaque forte. — Dê sua mão. Vou ajudá-la a sair daí.

Fiquei em dúvida, mas não havia como sair daquela vala sem ajuda, e, se o homem realmente pretendesse me machucar, ele podia muito bem descer até onde eu estava e me atacar ao abrigo da vala. Era melhor sair daquele buraco e ir para onde eu pelo menos pudesse correr, caso precisasse.

Os faróis do carro brilharam nos meus olhos e me cegaram. Levantei a mão para protegê-los da luz. Só conseguia ver uma forma escura e um halo de cabelo louro embaixo de um tipo de boné. Pelo menos não era Richard, e disso eu tinha certeza.

— Dê sua mão — o homem repetiu, com certa impaciência. — Está ferida?

— Não, n-não estou ferida. Meu tornozelo está doendo, mas acho que não está quebrado.

— Ponha a perna lá — ele apontou para uma pedra a uns trinta centímetros da vala —, que eu a puxo para cima.

Fiz que sim com a cabeça e, com a sensação de que podia estar fazendo uma enorme burrice, botei o pé bom na pedra e me estiquei para cima, com a mão direita estendida.

Senti o homem agarrar meu pulso, a pegada fortíssima, e com um grunhido ele começou a me puxar, se firmando na pedra na beira da vala. Os músculos e tendões do meu braço berravam de dor e, quando tentei botar meu peso no pé ruim, dei um grito de dor. Com mais uma puxada dolorosa finalmente me vi fora da vala, parada e tremendo na beira da encosta.

— O que você está fazendo aqui? — perguntou o homem.

Não dava para ver o rosto dele, mas havia preocupação na voz.

— Você se perdeu? Sofreu um acidente? Essa estrada leva direto para o alto da montanha, não é lugar para turista.

Enquanto pensava em uma resposta, entendi duas coisas.

A primeira, que ele carregava alguma coisa numa bolsa na cintura; o formato aparecia em silhueta contra os faróis do carro. E a segunda, que o próprio carro era da polícia. Parada ali, congelando, procurando o que dizer, ouvi a estática de um rádio perturbando a noite.

— Eu... — só consegui falar isso.

O policial deu um passo para frente, empurrou o boné para trás para poder me ver melhor e franziu a testa.

— Como é o seu nome, senhorita?

— Eu... — comecei a falar, mas parei.

O rádio dele estalou de novo e ele levantou um dedo.

— Um momento, por favor.

Ele pôs a mão na cintura e eu vi que aquilo que eu pensava ser uma arma não passava de um rádio da polícia em um suporte que pendia ao lado de um par de algemas. Ele falou rapidamente no receptor-transmissor, sentou no banco do motorista do carro e, então, iniciou uma conversa mais longa no rádio do carro.

— *Ja* — ouvi ele dizer, depois engatar uma conversa que não entendi.

Então ele olhou para mim através do para-brisa e seus olhos encontraram os meus, uma expressão de quem estava confuso.

— *Ja* — disse ele de novo —, *det er riktig. Laura Blacklock.*

Tudo pareceu ficar em câmera lenta, e eu soube com certeza absoluta que era agora ou nunca. Se eu saísse correndo agora, podia estar cometendo um erro. Mas se ficasse, talvez não vivesse para descobrir, e não podia me dar ao luxo de correr esse risco.

Hesitei só um segundo, vi o policial botar o fone do rádio no lugar e pegar alguma coisa no porta-luvas.

Eu não tinha ideia do que fazer. Mas antes não tinha acreditado em Carrie, e isso quase me custou tudo.

Reuni toda a minha coragem para a dor que sabia que ia sentir e comecei a correr. Não estrada acima como antes, mas descendo, pelo mato e mergulhando na lateral vertiginosa do fiorde.

35

Já estava clareando quando percebi que não dava mais para continuar, que meus músculos, exaustos além da conta, simplesmente não me obedeciam mais. Eu não conseguia mais andar, estava tropeçando e me arrastando como se estivesse bêbada, os joelhos cedendo e dobrando quando tentava passar por cima de um toco de árvore caído.

Tive de parar. Se não parasse, ia cair ali mesmo, tão enfurnada no interior da Noruega que talvez nunca encontrassem meu corpo.

Eu precisava de um abrigo, mas já fazia muito tempo que saíra da estrada e não havia nenhuma casa à vista. Eu não tinha celular. Não tinha dinheiro. Nem sabia que horas eram, mas achava que não ia demorar a amanhecer.

Um soluço subiu na minha garganta seca, e bem naquela hora vi algo no meio das poucas árvores, uma forma comprida e baixa. Não era uma casa... mas devia ser alguma espécie de celeiro.

A visão deu a última injeção de energia para as minhas pernas, e saí me arrastando do meio das árvores, atravessei uma trilha de terra e passei por um portão numa cerca de arame. Era um celeiro. Mas esse nome parecia grandioso demais para o barracão que estava na minha frente, com as paredes de madeira quase caindo e o telhado de ferro corrugado.

Dois pequenos pangarés viraram as cabeças curiosos quando passei por eles e um voltou a beber no que eu vi, com o coração aos pulos, que era um bebedouro, a superfície da água cor de rosa e dourada à luz suave do amanhecer.

Eu me arrastei até o bebedouro, caí ajoelhada na grama ao lado dele, peguei a água com as mãos em concha e bebi grandes goles. Era água da chuva, tinha gosto de lama, terra e ferrugem do bebedouro de metal, mas não me importei. Estava com sede demais para pensar em qualquer coisa que não fosse saciar minha garganta seca.

 Depois de beber toda a água que pude, me endireitei e olhei em volta. A porta do celeiro estava fechada, mas quando botei a mão na tranca ela abriu e eu entrei com cuidado, fechando a porta em seguida.

 Dentro havia feno, rolos e mais rolos de feno, algumas banheiras que imaginei que deviam ser para ração ou suplementos e, pendurados na parede com pregadores, dois cobertores de cavalo.

 Devagar, tonta de cansaço, puxei o primeiro cobertor e botei em cima da maior pilha de feno, sem pensar em ratos ou pulgas, nem mesmo nos homens de Richard. Certamente não havia como me descobrirem ali, e eu tinha chegado ao ponto de quase não me importar mais. Se me deixassem descansar, podiam me levar dali.

 Deitei na cama improvisada e me cobri com o segundo cobertor.

 E então dormi.

— Olá?

 A voz dentro da minha cabeça falou outra vez, alto demais, abri os olhos e vi uma luz forte e um rosto olhando para mim. Um homem mais velho com uma barba espessa e toda branca, muito parecido com um personagem de anúncios da TV, me espiava com olhos castanhos remelentos e um misto de surpresa e preocupação.

 Pisquei e me encolhi para trás com o coração disparado, depois tentei ficar de pé, mas senti uma pontada de dor no tornozelo e tropecei. O homem segurou meu braço, disse alguma coisa em norueguês e, sem pensar, puxei o braço para me libertar da mão dele e caí de costas no chão do celeiro.

 Ficamos alguns minutos só nos olhando, ele avaliando meus arranhões e cortes, eu vendo seu rosto enrugado e o cachorro latindo e dando voltas atrás dele.

 — Kom — ele disse, levantou com dificuldade da posição de cócoras que estava e me estendeu a mão com calma e cautela, como se eu fosse um animal ferido capaz de morder diante de qualquer provocação, e não um ser humano.

O cachorro latiu de novo, dessa vez histérico, e o homem gritou alguma coisa para ele que certamente devia ser *cale a boca!*.

— Quem... — lambi os lábios secos e tentei de novo. — Quem é você? Onde estou?

— Konrad Horst — disse o homem, apontando para ele mesmo.

Ele pegou a carteira e remexeu nela até encontrar uma fotografia de uma senhora mais velha de rosto corado e um coque de cabelo branco, abraçando dois menininhos louros.

— *Min kone* — disse ele, falando bem devagar.

Depois apontou para os meninos e falou alguma coisa que parecia "Vorry bon-bon".

O homem apontou para a porta do celeiro, para um Volvo muito velho parado lá fora.

— *Bilen min* — disse ele, e de novo. — *Kom*.

Eu não sabia o que fazer. A foto da mulher e das crianças dava uma certa tranquilidade, mas mesmo estupradores e assassinos tinham netos, não é? Por outro lado, talvez ele fosse apenas um velho simpático e bondoso. Talvez a mulher dele soubesse falar inglês. E, no mínimo, era possível que tivessem um telefone.

Olhei para o meu tornozelo. Eu não tinha muita escolha. Estava inchado, duas vezes o tamanho normal e eu não sabia se dava para ir pulando até o carro, que dirá até um aeroporto.

O capitão Birdseye estendeu o braço e gesticulou.

— Por favor? — ele pediu, como se me desse uma opção.

Mas era ilusão. Eu não tinha opção nenhuma.

Deixei que me ajudasse a levantar e entrei no carro.

Com o carro andando, eu percebi que tinha chegado bem longe na noite anterior. Não dava nem para ver o fiorde daquela parte de floresta na encosta, e o Volvo já devia ter descido alguns quilômetros pela trilha de terra antes de chegarmos a algo que parecia uma estrada de verdade.

Estávamos entrando no asfalto e então notei uma coisa no pequeno console embaixo do rádio: um celular. Era muito, muito antigo, mas era um telefone.

Estendi a mão, mal conseguindo respirar.

— Posso?

O capitão Birdseye viu e sorriu de orelha a orelha. Botou o celular no meu colo, mas então deu uma batidinha na tela e falou alguma coisa em norueguês. Quando olhei para o aparelho entendi o que estava dizendo. Não tinha sinal nenhum.

— *Vente* — disse ele, alto e bom som, então bem devagar, com o que soou como inglês e um forte sotaque, traduziu. — Esperar.

Segurei o celular no colo observando a tela com um nó na garganta enquanto as árvores passavam na estrada. Mas alguma coisa não fazia sentido. A data no telefone era 29 de setembro. Ou eu tinha contado errado, ou tinha perdido um dia.

— Isso... — apontei para a data na tela — ... hoje é realmente dia 29?

O capitão Birdseye olhou para a tela e meneou a cabeça.

— *Ja, tjueniende*. Terça feirra — ele disse, pronunciando a palavra bem devagar.

Terça-feira. Hoje era terça-feira. Eu tinha dormido naquele barracão uma noite e um dia inteiros.

Estava registrando isso e querendo não pensar como Judah e meus pais deviam estar preocupados, quando ele virou na entrada de uma bonita casinha pintada de azul e alguma coisa piscou no canto da tela do celular. Era uma única barrinha de sinal.

— Por favor?

Levantei o celular com o coração batendo tão forte na garganta que as palavras pareciam estranhas, como choro na boca.

— Posso ligar para a minha família na Inglaterra?

Konrad Horst disse alguma coisa em norueguês que eu não entendi, mas balançava a cabeça para cima e para baixo, consentindo. Com dedos que tremiam tanto que eu mal conseguia achar as teclas certas, apertei +44 e digitei o número do celular de Judah.

36

Ficamos um tempo enorme sem falar nada. Parados no meio do saguão do aeroporto feito dois idiotas, abraçados, Judah passando a mão no meu rosto e no meu cabelo, nos machucados, como se não pudesse acreditar que era eu. Acho que eu estava fazendo a mesma coisa com ele, não lembro.

A única coisa que eu pensava era, estou em casa, estou em casa, estou em casa.

— Não acredito — Judah ficava repetindo. — Você está bem.

E então vieram as lágrimas, comecei a chorar na lã áspera e dura do casaco dele e ele não disse absolutamente nada, só me segurou como se nunca mais fosse soltar.

No início eu não queria que os Horst chamassem a polícia, mas não consegui fazer com que eles entendessem isso, e, depois de falar com Judah e ele prometer chamar a Scotland Yard e contar a minha história — uma história tão improvável que até eu tinha dificuldade de acreditar —, passei a aceitar que nem mesmo Richard Bullmer podia pagar para escapar dessa.

A polícia apareceu e me levou para uma clínica para tratar dos cortes nos pés, do tornozelo luxado e para me darem uma receita dos meus remédios. Levou uma eternidade, mas finalmente os médicos disseram que eu estava bem para receber alta, e só lembro que depois estavam me levando para uma delegacia no vale onde havia um funcionário da embaixada britânica à minha espera.

Tive de recitar inúmeras vezes a história de Anne, Richard e Carrie, e cada vez parecia menos e menos plausível para mim mesma.

— Vocês precisam ajudá-la — eu ficava repetindo. — Carrie, vocês têm de ir atrás do navio.

O funcionário da embaixada e o policial trocaram olhares e o policial falou alguma coisa em norueguês. De repente eu soube que o que estavam escondendo, deixando de falar, não era boa coisa.

— O que foi? — perguntei. — O que é? O que aconteceu?

— A polícia encontrou dois corpos — disse o funcionário da embaixada, com a voz constrangida e formal. — O primeiro bem cedo, na segunda-feira, tirado do mar por um barco pesqueiro, e o segundo mais tarde, também na segunda-feira, recuperado por mergulhadores da polícia.

Cobri o rosto com as mãos, apertei os olhos e vi a pressão aumentar e explodir feito chamas e faíscas por dentro das pálpebras. Respirei fundo.

— Contem para mim. Eu preciso saber.

— O corpo recuperado pelos mergulhadores era de um homem — o funcionário da embaixada explicou lentamente. — Foi atingido por um tiro na têmpora, e a polícia acha que pode ter sido suicídio. Não tinha nenhuma identificação com ele, mas estão presumindo que seja o corpo de Richard Bullmer. A tripulação do *Aurora* tinha registrado o desaparecimento dele.

— E... — engoli em seco. — E o outro?

— O outra era de uma mulher, muito magra, de cabeça raspada. A polícia terá de fazer uma autópsia, mas as descobertas preliminares indicam que ela morreu por afogamento. Srta. Blacklock?

Ele olhou em volta aflito, como se não soubesse o que fazer.

— Está tudo bem, srta. Blacklock? Alguém quer fazer o favor de pegar um lenço de papel? Não chore, por favor, srta. Blacklock. A senhorita está bem agora.

Mas eu não conseguia falar. E o pior era que ele estava certo: eu estava bem, mas Carrie não.

O fato de Bullmer ter se matado devia ser um consolo, mas eu não sentia isso. Fiquei lá chorando no lenço de papel que me deram, pensando em Carrie e em tudo que ela fez comigo e por mim. Quaisquer que fossem os erros e os acertos, ela acabou pagando com a vida. Eu não fui suficientemente rápida para salvá-la.

37

O táxi do aeroporto nos levou para o apartamento de Judah. Não conversamos sobre isso exatamente, mas eu não queria ver meu apartamento no subsolo. Tive dose extra de ficar fechada em quartos sem ventilação, e Judah percebia isso.

Na sala de estar, ele me cobriu com um cobertor no sofá como se eu fosse uma criança pequena, ou alguém se recuperando de alguma doença, e me beijou na testa com muito carinho, como se eu fosse quebrar.

— Não consigo acreditar que você está em casa — ele repetiu. — Quando me mostraram suas botas naquela foto...

Os olhos dele se encheram de lágrimas e eu senti a minha garganta apertada de choro.

— Ela levou as botas — eu disse com a voz embargada. — Para eu poder fingir que era ela. Ela...

Mas não consegui terminar a frase.

Judah me abraçou e ficou assim me segurando um longo tempo, e, quando conseguiu falar, engoliu primeiro e disse:

— Você... você tem muitas mensagens. As pessoas têm ligado para mim porque sua caixa de mensagens de voz está lotada. Eu andei anotando tudo.

Judah enfiou a mão no bolso e me deu uma lista. Dei uma lida rápida. A maior parte eram nomes que eu já esperava: Lissie... Rowan... Emma... Jenn...

Um ou dois foram surpresa:

Tina West — Muito aliviada de saber que você está bem. Não precisa ligar de volta.

Chloe (?) Yansen — Espera que você esteja bem. Ligue, por favor, se houver qualquer coisa que ela ou Lars possam fazer.

Ben Howard. Sem mensagem.

— Meu Deus, Ben! — senti uma pontada de culpa. — Estou surpresa de saber que ele ainda está falando comigo. Eu praticamente o acusei de estar por trás disso tudo. Ele ligou mesmo?

— Isso não é nem a metade — disse Judah, e vi que secava os olhos na camiseta, tentando disfarçar. — Foi ele que deu o alarme. Ele ligou de Bergen para mim, querendo saber se você tinha chegado bem em casa, e quando eu disse que não tinha notícias suas desde domingo, ele sugeriu que eu falasse com a polícia inglesa e dissesse que era uma questão de urgência. Ele disse que estava fazendo um escândalo desde Trondheim e que ninguém da tripulação dava ouvidos a ele.

— Não faça com que eu me sinta pior.

Botei as mãos no rosto.

— Ei, ele continua sendo um merdinha que se acha — disse Judah, deu aquele sorriso apaixonante e eu notei que o dente dele tinha criado raiz de novo. — E ele deu uma entrevista bem ruim para o *Mail* fazendo parecer que vocês dois tinham acabado de se separar.

— Ok — eu disse e dei risada, ainda trêmula. — Assim eu me sinto um pouco melhor por tê-lo acusado de assassinato.

— Você quer um chá?

Fiz que sim com a cabeça, ele levantou e foi para a cozinha. Peguei um punhado de lenços de papel de uma caixa na mesa de centro e sequei os olhos, depois peguei o controle remoto e liguei a televisão, procurando alguma semelhança com a normalidade.

Estava só passando pelos canais, à procura de alguma coisa tranquila e conhecida, como uma reprise de *Friends*, talvez, ou então *How I Met Your Mother*, quando parei de chofre, com o coração na boca.

Fixei os olhos na tela da televisão. No homem que olhava fixo para mim.

Era Bullmer.

Os olhos dele mirando os meus, a boca torta com aquele sorriso assimétrico, por um segundo pensei que estava tendo uma alucinação. Respirei fundo, pronta para gritar e chamar Judah, para perguntar se ele estava vendo aquela cara olhando para mim da tela feito um pesadelo. Mas então a imagem voltou para o locutor do noticiário e entendi o que estava acontecendo. Era a notícia da morte de Bullmer.

— ... com a notícia da morte do empresário britânico e lorde Richard Bullmer. Lorde Bullmer, que era o principal acionário do problemático Northern Lights Group, foi encontrado morto depois de dado como desaparecido horas mais cedo no seu luxuoso iate, o *Aurora*, na costa da Noruega.

Passaram para outra imagem de novo, dessa vez de Richard em um pódio fazendo algum tipo de discurso. Os lábios mexiam, mas sem som, para que o locutor pudesse continuar narrando por cima das imagens, e, quando a câmera deu um zoom no rosto dele, eu diminuí o volume, levantei do sofá e me ajoelhei diante da TV, com o rosto a poucos centímetros do dele.

Quando terminou o discurso, Richard abaixou a cabeça e a câmera deu um close em seu rosto. Richard olhou direto para a tela e me deu sua piscadela característica, por isso meu estômago revirou e minha pele arrepiou.

Peguei o controle remoto com as mãos trêmulas, pronta para exorcizá-lo da minha vida de uma vez por todas, mas a câmera girou e vi uma mulher sentada na primeira fila, sorrindo e aplaudindo, e parei com o dedo sobre o botão para desligar. Ela era extraordinariamente linda, tinha cabelo comprido dourado escuro e maçãs do rosto pronunciadas. Por um momento não consegui lembrar onde a tinha visto antes. E então... lembrei.

Era Anne. A Anne antes de Richard acabar com ela, jovem, linda e viva.

Enquanto aplaudia, de repente ela percebeu que as câmeras apontavam para ela e seus olhos faiscaram para as lentes. Eu vi alguma coisa lá, mas não dava para saber se era minha imaginação ou não. Achei que havia uma tristeza em sua expressão, algo de prisão e de medo. Mas então ela deu um sorriso aberto e empinou o queixo, e vi que era uma mulher que jamais se renderia, jamais cederia, uma mulher que lutaria até o fim.

Então a imagem mudou de novo e voltamos para o noticiário, eu desliguei a televisão e voltei para o sofá. Puxei o cobertor para me cobrir e virei para a parede, fiquei ouvindo Judah fazendo o chá na cozinha ao lado e... pensando.

—⁕—

O relógio da mesa de cabeceira de Judah marcava mais de meia-noite. Estávamos deitados, juntos, seu peito amoldado nas minhas costas, abraçado comigo, me segurando bem perto dele, como se não confiasse que eu não ia desaparecer no meio da noite.

Tinha esperado para chorar até achar que ele estava dormindo, mas quando um soluço especialmente forte me fez tremer ele falou, suave e baixinho no meu ouvido:

— Você está bem?

— Pensei que você tivesse dormido — minha voz saiu entrecortada e rouca de choro.

— Você está chorando?

Eu queria negar, mas minha garganta estava muito apertada e não conseguia falar. De qualquer modo, já estava saturada de mentiras e de fingimento.

Fiz que sim com a cabeça, ele passou a mão no meu rosto e sentiu as lágrimas.

— Oh, meu amor... — ouvi o movimento da sua garganta quando engoliu. — Vai ficar... você não vai ter de... — ele parou, não pode continuar.

— Não consigo parar de pensar nela — eu disse, apesar da dor na garganta.

Era mais fácil não olhar para ele, falar para a escuridão silenciosa e para as faixas de luar no chão do quarto.

— Não posso aceitar isso. Está tudo errado.

— Porque ele se matou? — perguntou Judah.

— Não só isso. Anne. E... e Carrie.

Judah não disse nada, mas eu sabia o que ele estava pensando.

— Pode falar — eu disse com amargura.

Ele suspirou, senti seu peito subir e descer contra a minha coluna, a respiração quente no meu rosto.

— Eu não devia dizer isso, mas não posso evitar de ficar contente.

Virei embaixo da coberta para olhar para ele e ele levantou a mão.

— Eu sei, eu sei que é errado, mas o que ela fez com você... sinceramente, se dependesse de mim não a teria tirado do mar. Deixaria lá para servir de comida para os peixes. Ainda bem que a decisão não foi minha.

Senti a raiva crescer dentro de mim, a raiva por Carrie, surrada, desprezada e enganada.

— Ela morreu por minha causa. Ela não precisava me soltar.

— Besteira. Você só estava lá por causa dela. Ela não precisava era ter matado uma mulher e prendido você.

— Você não sabe disso. Você não sabe o que acontece nos relacionamentos das outras pessoas.

Pensei no terror de Carrie, nos machucados no corpo dela, na crença de que jamais escaparia de Richard. E ela estava certa.

Judah não disse nada. Eu não podia ver a expressão dele no escuro, mas dava para sentir sua discordância silenciosa.

— O que é? — quis saber. — Você não acredita em mim? Não acha que as pessoas podem ser usadas para fazer alguma coisa por medo, ou que são incapazes de ver qualquer outra saída?

— Não, não é isso — Judah falou devagar. — Nisso eu acredito. Mas ainda penso, apesar de tudo, que somos responsáveis pelos nossos atos. Todos sentimos medo. Mas você não pode me dizer que faria isso com outra pessoa, por mais duras que fossem as circunstâncias, trancar alguém desse jeito, aprisionar alguém... por mais assustada que estivesse.

— Eu não sei...

Pensei em Carrie, na bravura dela, e na fragilidade também. Pensei nas máscaras que ela usou para esconder o terror e a solidão que sentia por dentro. Pensei no machucado da clavícula e no medo em seus olhos. Pensei como tinha desistido de tudo por mim.

— Ouça — sentei e me enrolei no lençol —, aquele trabalho que você tinha mencionado antes da minha viagem. Aquele em Nova York. Você já descartou?

— Sim, quero dizer, não... Mas eu vou. Não liguei para eles ainda. Depois que você desapareceu, não pensei mais nisso. Por quê? — a voz de Judah ficou ressabiada de repente.

— Porque eu não acho que deva recusar. Acho que deve aceitar.

— O quê?

Judah sentou também e um raio de luar iluminou seu rosto, revelando uma expressão cheia de choque e de raiva. Ele ficou um minuto sem saber o que dizer, depois as palavras vieram aos borbotões.

— Que diabo é isso? Por quê? De onde saiu isso?

— Bem, essa é uma chance única na vida, não é? É o cargo que você sempre quis.

Enrolei o lençol em volta dos dedos, cortei o fluxo de sangue até ficarem dormentes e frios.

— E vamos combinar: não há nada que te prenda aqui, não é?

— Nada que me prenda aqui? — ouvi Judah engolir a raiva, cerrar os punhos e abrir de novo sobre o lençol branco. — Tenho tudo me prendendo aqui, pelo menos achei que tinha. Eu... você está terminando comigo?

— O quê?

Era minha vez de ficar chocada. Balancei a cabeça e segurei as mãos dele, esfreguei os tendões e os ossos das articulações, das mãos que eu conhecia de cor. Merda.

— Não, Jude! Nem em um milhão de anos! O que estou dizendo é... Estou tentando pedir... Vamos para lá. Juntos.

— Mas... mas a *Velocity*... seu trabalho. Você vai cobrir a licença maternidade de Rowan. Essa é sua grande chance. Não posso estragar isso para você.

— Não é a minha grande chance — suspirei e deslizei embaixo das cobertas, ainda segurando as mãos de Judah. — Eu entendi isso quando estava no navio. Eu passei o quê... quase dez anos trabalhando na *Velocity*, enquanto Ben e todos os outros se arriscaram, foram atrás de coisas maiores e melhores, e eu não. Eu tinha muito medo. E achava que devia a eles por ficarem ao meu lado quando as coisas iam mal. Mas Rowan nunca vai sair, ela voltará em seis meses, talvez menos, e eu não tenho para onde ir. E a verdade é que mesmo que eu subisse uns degraus nessa escada, não é mais o que eu quero. Eu nunca quis... entendi isso no navio. Deus sabe que tive bastante tempo para pensar nisso.

— O que quer dizer? Isso... desde que nos conhecemos, você só fala nisso.

— Acho que perdi de vista o que eu queria. Não quero acabar como a Tina e o Alexander, viajando de um país para outro e só ver hotéis cinco estrelas e restaurantes do Michelin. Sim, Rowan esteve na metade dos lugares mais luxuosos do Caribe, mas, em contrapartida, ela passa a metade da vida contando as histórias que gente como Bullmer quer que ela conte, e eu não quero isso, não quero mais. O que eu quero é escrever sobre as coisas que as pessoas não querem que você saiba. E se vou começar a construir o meu caminho a partir do zero de novo, bem, então eu posso trabalhar de frila em qualquer lugar. Você sabe disso.

Pensei numa coisa e soltei uma risada trêmula e involuntária.

— Eu podia escrever um livro! Minha prisão flutuante — inferno na vida real nos sete mares.

— Lo — Judah segurou minhas mãos, arregalou os olhos ao luar. — Lo, pare, pare de brincar. Está falando sério sobre isso?

Respirei fundo. E fiz que sim com a cabeça.

— Nunca falei tão sério em toda a minha vida.

—⁂—

Depois Judah pegou no sono, com a cabeça no meu ombro, de um jeito que eu sabia que ia acabar me dando câimbra, mas eu não queria sair dali.

— Está acordado? — sussurrei.

Ele não respondeu logo e achei que tivesse dormido daquele seu jeito de perder a consciência entre uma respiração e outra, mas então ele se mexeu e falou.

— Por pouco.

— Não consigo dormir.

— Psssiu... — ele rolou nos meus braços e tocou no meu rosto. — Está tudo bem, acabou tudo.

— Não é isso... é que...

— Você ainda está pensando nela?

Meneei a cabeça no escuro e ele deu um suspiro.

— Quando você viu o corpo dela — comecei a dizer, mas ele balançou a cabeça.

— Eu não vi.

— O que está dizendo? Pensei que a polícia tivesse mandado fotos para identificação...

— Não era um corpo... antes fosse, porque se eu visse o corpo de Carrie e não o seu, não teria passado dois dias no inferno, achando que você estava morta. Eram só roupas. Fotografias de roupas.

— Por que fizeram isso?

Parecia uma decisão esquisita. Por que pedir para Judah identificar as roupas e não o corpo?

Senti os ombros de Judah subindo e descendo.

— Eu não sei. Na hora achei que o corpo devia estar muito mutilado, mas falei com a oficial de ligação da família encarregada do caso depois que você telefonou. Eu queria saber como foi que eles concluíram tudo errado. Ela falou com os noruegueses e parecia pensar que as roupas foram encontradas separadamente.

Hã. Fiquei tentando entender esse mistério. Será que Carrie tinha tirado as botas e o casaco com capuz para tentar fugir a nado, numa tentativa desesperada de se livrar do Bullmer?

Estava quase com medo de dormir, esperando ser assombrada pelo rosto de Carrie me repreendendo, mas quando finalmente fechei os olhos foi a cara de Bullmer que surgiu na minha frente, dando risada, o cabelo grisalho todo despenteado pelo vento enquanto ele despencava do deque do *Aurora*.

Abri os olhos com o coração aos pulos, procurando lembrar que ele estava morto, que eu estava a salvo, que Judah estava deitado nos meus braços e que aquele pesadelo todo tinha acabado de uma vez por todas.

Só que não tinha. Porque eu simplesmente não acreditava no que tinha acontecido.

Não era só a morte de Carrie que eu não podia aceitar. Era a de Bullmer também. Não por achar que ele devesse viver. Porque a morte dele, com tudo aquilo, não tinha sentido. Eu teria acreditado no suicídio de Carrie, mas não no dele. Por mais que me esforçasse, não conseguia imaginar aquele homem, com sua determinação fria e imperativa, desistindo. Ele havia lutado muito, jogado suas cartas com muita ousadia e frieza. Será que realmente jogaria aquela rodada desse jeito? Não parecia possível.

Mas era. E eu tinha de aceitar isso. Ele estava morto.

Fechei os olhos de novo, afastei esse espectro de mim e me encolhi encostada em Judah. Então pensei disciplinadamente no futuro, em Nova York, e no salto de confiança que estava prestes a dar.

Por um segundo vi uma imagem muito nítida impressa na escuridão das pálpebras fechadas: eu, na beira de um lugar muito alto, me equilibrando numa mureta com as ondas escuras lá embaixo.

Mas eu não senti medo. Já tinha caído antes e sobrevivido.

EVENING STANDARD
quinta-feira, 26 de novembro

MULHER MISTERIOSA DO AURORA QUE SE AFOGOU É IDENTIFICADA
Quase dois meses depois da chocante descoberta de dois corpos no mar, um deles do empresário inglês e lorde Richard Bullmer, a polícia norueguesa hoje deu uma declaração anunciando a identidade do corpo encontrado por pescadores no Mar do Norte como sendo da mulher dele, Anne Bullmer, herdeira da fortuna bilionária da família Lyngstad.

O corpo de lorde Bullmer foi encontrado a centenas de quilômetros de distância por mergulhadores da polícia, nas águas da costa de Bergen, na Noruega, depois do seu desaparecimento ter sido registrado na embarcação dele, o navio de cruzeiro exclusivo, o Aurora Borealis.

NÃO FOI SUICÍDIO
A declaração em inglês confirma o anúncio anterior da polícia norueguesa de que a causa da morte da sra. Bullmer foi afogamento, enquanto a morte de lorde Bullmer se deveu a um ferimento de bala na têmpora. No entanto, o documento contradiz relatórios anteriores sobre o suicídio de lorde Bullmer, afirmando simplesmente que o ferimento não foi auto-infligido, segundo as descobertas do patologista local.

A descoberta de uma arma, recuperada junto com o corpo de lorde Bullmer e embrulhada em roupas que pertenciam à jornalista inglesa desaparecida, Laura Blacklock, levaram à especulação inicial de que a morte dele estava ligada ao seu desaparecimento dias antes.

A srta. Blacklock foi encontrada viva mais tarde na Noruega, mas seus pais exigiram um inquérito policial depois de passarem alguns dias acreditando que tinham identificado o corpo como sendo da filha desaparecida. A Scotland Yard enfatizou que o corpo não tinha, em nenhum momento, sido identificado como o da srta. Blacklock, mas admitiu que a descoberta das roupas da srta. Blacklock havia sido "mal comunicada" para a família. Responsabilizaram "problemas de comunicação cruzada" por suas falhas e disseram que estão tendo contato privado com a família Blacklock por conta desse incidente.

Em resposta à pergunta do Standard, um porta-voz da polícia norueguesa afirmou que, apesar de terem entrevistado a srta. Blacklock em relação ao caso, não estão considerando a inglesa suspeita de nenhuma morte e que a investigação continua.

CONTATO BANCÁRIO ONLINE: 6 DE DEZEMBRO, 16H15

Olá, bem-vinda ao Contato bancário online de Serviços ao Consumidor.
Você está falando com Ajesh de Personal Banking.
Como posso ajudá-la hoje, srta. Blacklock?

Olá, enviei esse e-mail porque recebi um crédito estranho na minha conta.
Eu quero saber se vocês têm alguma informação sobre o remetente.
Obrigada. Lo

Oi, srta. Blacklock, claro, eu posso verificar isso.
Tudo bem se chamá-la de Laura?

Sim, tudo bem.

Qual é a transação a que se refere, Laura?

É a que foi feita há dois dias, de 4 de dezembro, de 40 mil francos suíços.

Vou verificar para você.
Tenho os seus detalhes aqui – é a transação com a referência "pulo do tigre"?

Sim, essa mesmo.

Verifiquei o código. É uma conta de um banco suíço em Berna.
Sinto dizer que não tenho nenhuma informação sobre a identidade do titular dessa conta bancária. É uma conta numerada. A referência ajuda em alguma coisa?

Está ótimo, obrigada. Não se preocupe. Tenho certeza de que é de uma amiga, eu só queria confirmar. Obrigada por verificar.

De nada, tem mais alguma coisa que eu possa fazer por você hoje, Laura?

Não, obrigada. Até logo.

AGRADECIMENTOS

Agradeço muito a todas as pessoas que me ajudaram na trajetória de *A mulher na cabine 10*. Escrever é uma missão estranha e solitária, mas publicar é definitivamente um esporte de equipe e sou muito grata de ter gente tão dedicada, divertida e muito simpática envolvida com o meu livro.

O primeiro obrigada deve ir para as duas Alison, Alison Hennessey, da Harvill Secker e Alison Callahan, da Scout, por serem editoras com tanto tato, inspiração e destemor, e por terem provado que três cérebros certamente são melhores do que o meu sozinho.

Muita gente na Vintage merece meu obrigada pelo apoio e pela torcida, mas tenho um débito especial com Liz Foley, Bethan Jones, Helen Flood, Áine Mulkeen, Rachel Cugnoni, Richard Cable, Christian Lewis, Faye Brewster, Rachel Ludbrook e Versha pelo lindo trabalho de design, Simon Rhodes pela produção e finalmente, claro, Tom Drake-Lee e todos do departamento de vendas por fazer meus livros chegarem às mãos dos leitores, e Jane Kirby, Penny Liechti, Monique Corless e Sam Coates pela eficiência em vendê-los mundo afora. Obrigada por cuidarem tão bem do *Cabine* e por me deixar tão orgulhosa de ser uma escritora da Vintage!

Minha agente Eve White e sua equipe que sempre me protegem, e fico sempre atônita e agradecida pela generosidade da brilhante comunidade de escritores, online e na vida real.

Meus amigos e minha família sabem quanto eu os amo, por isso não vou repetir aqui — mas amo vocês!

Impressão e Acabamento:
GRÁFICA E EDITORA CRUZADO